短　篇　小　说　选　第　一　辑

主编：郑润良
符浩勇

渔头的两个徒弟

李焕才◎著

黄河出版传媒集团
宁夏人民出版社

图书在版编目（CIP）数据

渔头的两个徒弟 / 李焕才著 . 一银川 : 宁夏人民出版社 , 2017.11
（中短篇小说选 / 郑润良 , 符浩勇主编 . 第一辑）
ISBN 978-7-227-06796-2

Ⅰ . ①渔… Ⅱ . ①李… Ⅲ . ①中篇小说—小说集—中国—当代②短篇小说—小说集—中国—当代
Ⅳ . ① I247.7

中国版本图书馆 CIP 数据核字（2017）第 295650 号

中短篇小说选（第一辑） 郑润良 符浩勇 主编
渔头的两个徒弟 李焕才 著

责任编辑 李彦斌
责任校对 王 艳
封面设计 格 林
责任印制 肖 艳

黄河出版传媒集团
宁夏人民出版社 出版发行

出 版 人 王杨宝
地 址 宁夏银川市北京东路 139 号出版大厦（750001）
网 址 http://www.nxpph.com http://www.yrpubm.com
网上书店 http://shop126547358.taobao.com http://www.hh-book.com
电子信箱 nxrmcbs@126.com renminshe@yrpubm.com
邮购电话 0951-5019391 5052104
经 销 全国新华书店
印刷装订 泰安市恒彩印务有限公司
印刷委托书号 （宁）0007198

开 本 690 mm × 960 mm 1/16
印 张 13.5
字 数 160 千字
版 次 2018 年 1 月第 1 版
印 次 2018 年 1 月第 1 次印刷
书 号 ISBN 978-7-227-06796-2
定 价 30.00 元

目录

夫妻船

1

我爹也不是东西，他强暴我娘，生米煮成了熟饭，我娘才嫁给了他。

我爹死皮赖脸，打死也不承认是“强暴”。他振振有词地说，你们不分青红皂白!

我爹叫青。

我娘叫红。

那天是谷雨，天要下雨。云块懒懒地，待在天上不动。青打算开船出海。青很勤快，风雨天经常出海打鱼。青说，风里雨里鱼都傻傻的，懵懵懂懂就往网上撞。风雨中大海很暴躁，打鱼人要有那个胆，还要有那个能耐，青都有。

小机船静静地泊在村前的港口。青的屁股搁在小机船的甲板上，目光飘上天去，又落下来，漂浮在港湾的海水上。不知不觉中，他的目光又滑向岸边，爬行在港岸上。

红又出现在港岸上。红要到港湾对岸去。近来红常到对岸去，都是在天气要变化的时候。港湾南岸村庄的人要到北岸去，都到这个港口来坐船。此刻港湾很清静，停泊在港口的渔船上都没人。摆渡的艄公见天的脸色不好，云块很沉，便伸个懒腰，拎个酒壶走进村去了。他的舢板靠在码头边，缆绳拴在一块石头上。

青的目光爬在红的身上。红穿条淡紫色小衫，着条粉色短裙，修长的身材窈窕在青的眼睛里。红的目光也从那舢板移到小机船去，定格在青的身上。青着条黑色短裤，穿条红背心，身上的肌肉黑里透红，泛起的暗光映在青的脸颊上。

青问，要坐船吗？

红说，那老艄公去哪了？

青说，年轻艄公也行呢！

他们每次对话都重复这几句。红爬上那只舢板。青从那小机船爬下来，也踩上那舢板。缆绳解开，舢板滑离岸边。青架上木橹，舢板疯起来，哗啦啦左摇右晃，拖着一道水痕朝对岸晃去。青随着橹的节奏也左摇右晃。青脸憋得通红，身上那疙疙瘩瘩的肉块窜上窜下。坐在舢板上的红像颠簸在簸箕上。她的身子颠簸，目光也颠簸，心里也颠簸。她问自己，青为啥摇得这样疯狂，要展示他的力气，要展示他的橹技，要展示他的肌肉？还是……

来到港心，水流湍急，浪也大了，舢板摇晃得更凶。海水一波一波地从舢板两侧扑上来，拍起的浪花飞扬，泼在红的身上。红的嘴唇紧闭，眉头一跳一跳，目光仍在青的身上游移。青的嘴唇也咬紧，从眼角射出来的光热辣辣的，辣得红的身上发热。

红突然说，哎哟，我晕——晕船了！

红闭上眼睛，趴下，手脚无力，身子软绵绵地随着舢板颠簸。舢板晃动得更剧烈，红在甲板上滚动，眼看要滚下海去。青扔下木橹，鱼跃似的扑过去，抱住红，一把抱进了船舱。

木橹咣当掉进水里，舢板在急流中打转。

青抱着红坐在狭隘的船舱里。红仍闭着眼睛，身子仍绵软，偎依在青的怀里。红的衣服全被浪花泼湿了。青的身上也湿漉漉的，汗水淋湿的。青抹掉红脸上的水。红睡着了，一动不动。青干脆抹掉红身上的衣服。红仍睡得很香。青的目光在红的身上摩擦。红的皮肤好光亮，好润滑，像一条银带鱼。青也抹掉自己脸上的水，又抹掉自己身上的衣服。青的皮肤也光亮，但很瓷实，像一条黑鲳鱼。风起了，浪腾了，舢板颠簸得激烈。两条光秃秃的鱼在船舱里游得欢。

风停了，浪静了。红穿好衣服，又爬上甲板来坐。她的脸很红，不看青，目光洒在海水上。青瞅着红，傻傻的。

橹丢了，舢板在水上漂浮。海浪将舢板推过去，急流又拉过来。舢板身不由己。一阵风吹来，舢板一颠一颠地朝港湾的对岸漂去。

2

我娘和我爹这次奇遇，成就了一段姻缘。

我爹说，这是天意，冥冥之中安排的。

我们村里人却说，那天，我娘特意来找我爹，我爹也特意在那等着我娘。

我娘说，这是冤家路窄！

红的那个村庄是个小山村，很美丽，一片竹林拥抱一片错落有致的瓦房，安静地挨在一条流溪边。青的这个渔村说不上漂亮，光秃秃没有一棵树，房屋高高低低，拥挤在海岸上，一眼看去，有一种逼仄而又焦躁的感觉。

渔村人都以海为生，山村人都种地。以前，山村姑娘都不肯嫁来渔村。小女孩哭闹时，大人就吓唬说，再哭，长大后，就让你嫁去渔村！究其原因，渔村的日子很苦。男人扬帆出海，风来浪去，命捏在海龙王手里。女人守在村里，拖儿带女，侍候老人，又操持家务，还要赶海。赶海就是赶着海水退潮时，下海滩采海鲜。女人们戴顶大竹叶帽，捋起裤脚走下海滩去，踏泥滩，踩沙滩，泡咸水，挖沙虫、泥虫、海螺，像鱼一样忙碌。不知不觉，渔村变好了。渔船回来时，男人怀里揣着大把的钱回家来。女人们抓着一沓沓钱，手心沁出汗水。钱真是好东西，填进人的口袋，也填进人的心里，人就安稳了。女人心里一宽，就变懒了，不再下海滩赶海，守在家里等渔船从海上回来，等男人和钱一块儿回来。渔村女人回头来瞧那山村，见山村还是老样子，得意就爬上心头。遇见到山村女人时，就喜滋滋地炫耀她们的得意，眼睛半眯着，嘴巴对着空气说，哎哟，人闲着很不好受，我们渔村女人呀，咂咂，干最苦的活，就是伸手按那电灯的开关了！

山村人回头来羡慕渔村人。山村姑娘眼浅，屁颠屁颠地要嫁来渔村。渔村的小伙子喜欢山村姑娘的朴实，尤其喜欢那白皙细嫩像白色尼龙布一样的皮肤。小伙子们像赶潮汐打鱼似的，挑着拣着，都找个山村姑娘成家。青不着急，他的底气足，他会挣钱，要出人头地找一个出类拔萃的媳妇。青说，急啥，随潮头涌过来的，大多是小鱼小虾，要等潮水涨满了，突然跃起的，才是大鱼呢！

村里的姑娘争先恐后地嫁到渔村，红也不急。红说，渔村有啥，不就是现在的人都疯了，拼命吃海鲜，鱼虾蟹都金贵了，要不……

红心无旁骛地守在山村种地。别看红还是个鲜嫩的姑娘，她实际已经是个庄稼把式，使犁用耙，种瓜种豆，种水稻种番薯，样样让人咂嘴巴点头。红长得比花还漂亮，那眉眼，那肤色，那腰身，活脱脱是月亮女神变出来的。她家门前那棵杨桃树上，经常站着几只鸟，目不转睛地看着她进进出出，又忍不住对着她叽叽喳喳叫得热闹。

红抹着汗水挑着担子从地里走进村口时，各种目光就朝她瞟来，嘀嘀咕咕的声音就跳跃在人家的嘴边。有人说，长这么漂亮，不嫁去渔村，有啥用！有的人却说，她多勤快，多能干，嫁去渔村才浪费呢！又马上有人反驳，能干就一定要苦干吗？坐在家里等男人挣钱回来养，才命好呢……声音蹦跳过来，红就说，咦，嫁打鱼的，就是嫁给半个人和他的钱！人家不明白“半个人”是啥意思？

青依然在那个渔村孤高秀削地单身。

这个山村，红也卓尔不群地冷清在家里。

可是，不知从哪一天起，红的目光总不自觉地朝那渔村飘去，心里也老想到那个渔村的港口去坐船。她走到那渔村的港口时，脚步很懒，慢吞吞的，目光却很勤快，东瞧西望，有时双脚索性粘在港岸上，双眼呆呆地瞧着港口那些渔船，当然是瞧着船上的那些渔工……

3

这个渔村，青的那栋楼房最高，三层。海岸风大，房屋招风，渔村人都不把房子盖得很高。现在的人有钱了，拿钢筋水泥对抗台风，不少人盖起了楼房，可仍小心翼翼地只盖两层。青这栋三层楼耸立在村头，很威武，很雄壮，很了不起。最了不起的是青的感觉。爬上三楼时，他心里就涌动着居高临下的得意，再爬上楼顶，俯瞰四周，得意就把他撑起，轻飘飘的，好像双脚踩在云朵上。他憋足力气大喊一声，那声音马上变成冰雹，叮当下落，砸向四面八方，他的双臂就不自觉地张开，仿佛可以飞起来。

4

天空蓝得坚硬，没有云块。青的小机船从海上开回来了。很远时，小机船急匆匆的，船头哗啦啦翻开白浪。进来后，小机船有意思地缓了下来，不慌不忙，随着涨潮的海水慢悠悠地漂入港口。青望着他那栋楼，鹤立鸡群。楼顶上种一棵发财树，青好像看见那树叶在随风舞动。这棵发财树，说是以兆发财，其实装饰的作用更重要。青懂得审美。这个时候红就站在那棵发财树旁边，朝海上望来，她的头发和发财树的绿叶一起随风摆动，那该是一幅最美妙的风景画！

这个时候红就守在那楼房里。

红嫁给了青，也就嫁给了这栋三层楼。渔村的男人出海多回来少，红的任务就是守住这栋楼。这栋楼只是个楼壳。青急匆匆地把楼房盖起来，外头贴上瓷砖，光彩夺目，里头还尴尬地没有装修。婚事紧急，仓促中，青将一个主房和客厅做了简单处理，便体面地把红娶进去。红也就体面地变成了"金屋娇妻"。红不计较，她嫁给青是因为这栋楼，却不是为了这栋楼。这栋三层楼在这个渔村高高耸起，从红那个山村望过来，看见一截楼顶突出在阳光下。那就是突出青的本事。红的目光里也就出现一个有本事的青，也就毫无顾虑地嫁给了他。只有青这样有本事的男人，才配娶她。

红不守在这个渔村。昨天她才从娘家回来，住在这栋楼里。红做了渔村人的媳妇，可不像别的渔村女人那样，嫁给了男人，就甘心情愿做男人房里的一双拖鞋，男人出海去，就不声不响搁在门角，男人回来了，再找来穿上。红不愿意无声无息地搁在门角。青出海去了，她就回娘家去。人家都说红的心还没有完全转移到渔村来。的确，红不愿意做一个传统的渔村女人。她发觉，渔村的媳妇之所以对男人百依百顺，就是因为没有自己的本事，靠着男人。她回娘家去种地。她在那个小山村的那条流溪旁边开垦了一块地，种番薯、芋头、蔬菜、瓜果，把自己的心事也种在地里。她说，男人做男人的事，女人也要做自己的事，心里就踏实，就不再闷得慌。

昨天红的左眼连跳几下，青的小机船要从海上回来了。青娶了红后，他出海去都不是很久，天气有变或者潮汐不适合放网了，就赶紧开船回来。红嫁到渔村来后，经常看风起浪涌，看云卷云舒，看潮起潮落，摸到了大海的脾性，也摸清了渔船和渔工进港出港的规律。南风起了，摇着山村的竹尾。南风从海上来，吹到山村来了，在海上一定很猖狂，不好做海了。早上，红要收拾这楼房一下。渔村女人有个好习惯，尽管平日多邋遢，渔船回来前都很勤快，屋里屋外洗擦得干干净净。红的目光在屋里巡游一遍，没啥好收拾的，一切都井然有序。红站在梳妆台前看镜子里的自己，要收拾自己的身体。这个关键时刻，渔村女人都在镜子前忙碌，梳头涂脸打口红，换上新衣服，让镜子前照后照，一直到镜子满意了，才得意地离开。红不忙。她天生丽质，用不着让化妆品帮忙。她没换衣服，现在正穿一条短袖小衫。青经常说，男人看肌肉，女人看皮肤。她那两条玉臂的色彩比任何颜色的衣服都滋润眼球。

青从海上带着满腔的欢喜回来，踏进家门，见红那双水灵的眼睛闪出温润的光芒飘过来，身上顿时热乎。他忙打开那黑色塑料提包，将兴奋释放出来。青抓一条筒裙和一双高跟皮鞋递给红，说，穿上，很好看的！红瞧着这两样不寻常的物件，心里想，一定是青的小机船靠哪个渔港，他看见人家姑娘穿着漂亮，特意买回家来给她穿的。红顺从地换上，站在青的面前让他看。青的眼睛鼻子嘴巴都在笑，说，漂亮，太漂亮了，人家穿都不如你漂亮！红的目光在身上那筒裙和高跟鞋抹了几下，平静地说，平时都干粗活，哪能穿这个？青的眼睛鼻子嘴巴都着急，说，在家里穿，我出海回来，穿给我看，干活时再换出来！红的眉头跳两下，表情很平淡。她把裙子和皮鞋换下，倒一杯开水递给青，说，往后别买这些，买煤气炉、电饭煲、洗衣机更实用呢。青的眼睛鼻子嘴巴都没表情了。青不喜欢家电。男人娶媳妇，就是让媳妇侍候。男人有本事，出去挣钱，尽管很苦，没关系，回家来让媳妇侍候，心里熨帖，苦就转化成乐。媳妇侍候丈夫，就是让她围着丈夫忙碌，才有生活的温度和质感。买了家电，家电就代替女人，也就变成“电子媳妇”，那感觉大打折扣。青沉默了一下，说，买家电，慢点，等房子装修完整后再说吧！

船归是渔村最美丽的时刻，头三天都乐得化不开。第一天，男人女人鱼水合欢，如胶似漆，村里沉浸在平静中。第二天，缱绻转化成热闹。女人们都很活泼，活泼在家里。她们的手脚闲不住，忙这忙那，客厅、房间收拾一遍又一遍。又忙在厨房里，把自己的手艺拿出来，包粽子，蒸年糕，做点心，巧妙地将自己的心情揉进这些美食中，让男人吃得欢心，吃得顺心。渔村就靠男人。男人踏风踢浪，从大海里挣钱回来，养自己的女人，养一个家。男人就是神！其实，男人在海上是做鬼。风中浪里穿的破，吃的粗，睡的差，做的苦，命又捏在海龙王手中。男人回家来了，当然要做人上人，尽情地享受媳妇的侍候。两天黏稠后，第三天渔村人就努力展示轻松。男人把身体的轻松和心情的轻松搬到村头来，在那棵大枇杷树下说笑聊天，下棋打牌，把快活抖搂出来。女人也释放她们的快活，三三两两凑在一起咬耳朵，把满足掺和在笑声中，洒在村边巷角。

三天过后，红和青小别重逢的热乎一消退，她便回娘家去。红要去种那片地。船归的热闹冷却后，渔村男人和女人就变成主和仆的关系。女人仍要极尽其能侍候男人。红不愿意当青的仆人。青的心里不高兴，可他仍装作高兴。青大方地说，拿鱼干回娘家去！红说，拿了。青又说，拿多点，现在的鱼贵，山村人很少吃到鱼干哩！这话有异味，红听着扎耳，不作声，走了。

红每天都在她那块地上忙，傍晚了，才风尘仆仆回渔村来。

青自个做饭，自个吃饭，自个收拾，又要扫地、挑水、劈柴、洗衣服。青不敢到村头去和人家一块儿聊天。在那儿，人家都抖搂自己的轻松和快活，他却堵着一肚子的闷气；人家的女人满心欢喜满腔热情来叫男人回家吃饭时，他只有尴尬着。

青怎么也想不明白这个红。女人嫁来渔村，就冲着一个“闲”字。顺着男人，等男人挣钱回来养，养得白嫩嫩的，让男人瞧着欢心，用得顺意，多好！可红说，男人是人，女人也是人，干吗要把女人养成一条狗，拴在家里养，等着男人回来摇尾巴。这话很严重。青瞪着红良久后，在心里冷笑，说，行呀，你出海打鱼去，我守在家里，等着你挣钱回来养！红说，你也是人，干吗让我养？青说，你不要我养，又养不了我，咋办？红说，我和你一块儿出海去！青笑得喘不过气来。

青说，你说过，嫁来渔村，就是嫁给半个男人和他的钱。是不是见我出海去就无影无踪，心里没着落，想一起出海去，天天陪着我？红说，也是，也不全是。我也出海去，跟你一起打鱼，两人总比一个人强呢！青又笑，说，女人屙尿也要蹲下，出海去，咦——不让人家笑掉大牙！红说，有啥好笑的？青说，一个大男人，让媳妇一起出海去，还有脸做人吗？红说，没偷没抢，你怎么就没脸了？青不想和红再磨嘴皮了，就严肃地说，嫁鸡随鸡飞，嫁狗随狗走，入乡随俗，打鱼汉子养媳妇，天经地义，别再说瞎话了！红说，我就是偏不靠你养！青骂，吃饱了撑！红顶回一句，死要面子！青出海去后，红就回那小山来垦一块地，种上了庄稼……

中午，红满头大汗地挑着一担瓜果回家。跨过门槛，迎过来的是青的一张黑脸。红的脚一顿，肩头一晃，扁担滑下，噼里啪啦响，两筐瓜果滚得满地都是。青没有瞧那些瓜果，目光不由分说地射着红。红看出来了，今天青要铁下心和她过不去了。红仍镇静。她知道，这一天迟早要到来，谁输谁赢就看这一遭！红不动声色，蹲下来，捡拾那些瓜果。青把目光移开，剩下些许光线从眼角漏出来，落在红跟前那些瓜果上，嘴唇突然一动，说，还捡啥，扔掉算了，两筐瓜果不及一条鱼值钱呢！红的脸热辣，抓着一个萝卜站起来说，值不值钱也是我辛苦种出来的！青说，不值钱就别去瞎折腾！红说，你见不值钱，我见值钱啊！渔村男人都不让媳妇顶嘴。青的眼睛鼻子嘴巴都缩紧，呸一口，骂道，不静下心来好好侍候丈夫，你算啥媳妇？红说，干吗非要人侍候你？青发火了，喝道，我风里浪里拼命，挣钱回家来养你，不让你侍候，娶媳妇做啥？红又说，我就是不要你养！夫妻一块儿出海，一块儿在风里浪里吃苦，一块儿挣钱，互相照顾，不是很好吗？红又说一块出海去，青的嘴巴打结，说不出话了。

5

说心里话，青的生活愿景非常美丽的。他经常这样想，自己吃苦耐劳扎扎实实出海去打鱼，尽量挣钱，把他那楼房装修得漂漂亮亮，楼房里守着自己漂亮的媳妇，他从海上回家来，温顺的媳妇就献出无限的温柔，他潇洒地挥着手，唤媳妇去炒菜，去打酒来，他就躲进卫生间，舒舒服服冲个凉，把身上的咸水味都冲洗干净，然后伸直腿在饭桌前坐下，端起酒杯，哼着渔家小曲浅酌，媳妇就甜蜜地依偎在他身旁，给他捏大腿、捏肩膀，捏……哟，一个打鱼的有如此美妙的日子，还复何求？嘿，这个红，有福不会享！让她待在家里，日不晒，雨不淋，风不吹，浪不打，多快活！她却发神经，说嫁人是要做人，不是为了侍候人，更不是放在家里看，偏要折腾自己，闹着出海去，命贱啊！

6

那个时候，我爹身上那个精子还没和我娘身上那个卵子合二而一变成我。我讲的这些，都是我出生好久后，才听说的。

那次我爹和我娘一场吵架后，两人唇不对嘴别扭了好些日子，后来我爹拗不过了，只好答应让我娘一块儿出海去。

风很懒，浪很闲，大海很安静。小机船有些着急，屁颠屁颠地朝南边赶去，顿一下，掉转头，又急匆匆跑回北边来。小机船在找渔场放网。鱼躲在海里，看不见，怎样把网放下去，逮住鱼，捞上来，是有学问的。打鱼人大多靠经验，再结合现时海上的情况，比如季节、潮汐、天气，以及近日海上鱼类的活动状况，等等，然后定夺。其实这就是智慧。青坐在船尾使舵，红站在船头观察海面。小机船跑回北边来后，红的手还往前方指，叫青继续向前开船。青对红站在船头心里就不悦，又见她指手画脚的，不耐烦地说，算了，快点放网好啦，你不是海龙王呢！红心里咯噔响。青说她不是海龙王，就是说她瞎折腾。只有海龙王才清楚鱼群躲在什么地方。红的目光仍在前面的海水上漂移。她加大声音喊，跑过去，前面那流急，在那放网，可以截住鱼群！轮到青的心里咯噔响了。昨天放网红使舵，青站在前面找渔场，网收回来，没打到鱼，红唠叨青半天，青赌了一天的气。今天他宁可使舵，让红来找渔场，要找个机会奚落红一番。此刻，听见红的口气肯定中溢出自信，青的心里冒泡，加大油门让小机船啪啪啪向前急跑一会，又突然拉舵把，小机船一挺，一顿，一转，连颠几下。红猝不及防，一个趔趄，啪——栽进水里。红会游泳，水性挺好，翻转身，伸手抓住船帮，又爬上小机船来。红一身湿漉漉的，抹一把脸，朝船尾呸一下，吐掉嘴里的水，骂道，神经病，没工夫跟你吵架！她转过身去，赶紧抓起渔网，有节奏地往水里抛。

网放完了，小机船闲了，人也闲了。红松了口气，抓铁锚扔下海去。风将小机船拉去，缆绳把小机船拖住，悠来荡去。红把湿衣服脱了下来，换上干的。红还是穿长衣长裤，又拿毛巾包住脸。红很注意保护自己。大海不懂得怜香惜玉，海风海水阳光总是合伙蹂躏女人的肌肤。青仍坐在船尾，红仍坐在船头，两人都瞧着面前的海水不说话。两人一块儿出海后，话都不多说，也许是他们天天都待在一艘小船上，没啥新鲜事。不过，不说话也很好，起码比吵架好。在这艘小机船上，这两个人动不动就吵起来，总是因一些鸡零狗碎鸡毛蒜皮的事。此刻他们的嘴巴都闭着，可心里都在说话，比如红在嘀咕，这男人和女人，本来是亲爱之物，应该亲密无间，为什么夫妻同在一艘船上，还别别扭扭闹个心烦意乱？

天上突然没风了，那白色的日头渐渐变黄，踉踉跄跄要朝西边坠下去。红瞥见青抱个水烟筒斜靠在船帮边打盹，好像睡着了，又好像还没睡着。红走过船尾去做晚饭。出海来后，饭都是红做。红没有忘记自己是个媳妇，锅碗瓢盆的事还是女人做较顺手。记得当初红闹着要出海来时，青说，笑话，一个女人也要出海去？在海上，你能干啥？红说，我多笨，也能给你做个饭呢！青笑起来，笑声很轻狂，说，哦，说得轻巧啊？在海上，你能吃下饭，就烧高香啦！小机船开离村前的港口，青就使心眼直接开到大海来。红望见四面烟波茫茫，无边无际，小船突然变得很小很轻，像漂在水上的一只木屐，而海浪却越来越大，像一排排移动着的山丘，横冲直撞，随时要把小机船撞散，吞没。红的心随着哗啦啦的浪声一阵阵紧，伸手紧紧抓住青的胳膊。青很镇静，说，别怕，没事的！那一刻，红觉得青很强大，很坚强，也像一座山。小机船在风浪中颠簸，红在小机船上颠簸。红的头变得很重，身子却很轻，手脚无力，眼前一片昏花，天在旋，海在转，她闭上眼睛趴在青的怀里。刚趴下，她的胃肠便闹起来，身子一下下抽动，呕了，一口接一口，好像连胃肠也吐了出来。青拍红的背脊说，不碍事，晕船了。小机船来到渔场了，青让红平躺在甲板上。他开始忙着做海。红像一摊没有骨头的肉，躺着，一天一夜都没爬起来，水米也不进。青放完网，又收完网，打了很多鱼。青要开小机船归港。红突然爬起来说，别，打到很多鱼哩！青说，不打了，你晕船，得送你回去！红说，我挺得住！红确实挺得住。她开始躺在甲板上时，迷迷糊糊的，后来很清醒，一直看着青做海。她看见青很辛苦，一边使舵行船，一边收网放网，忽左忽右，来来回回，忙得晕头转向。尤其在这风浪中，小机船颠簸摇晃，人像荡秋千似的，可青不畏不惧，神色自如，脚步扎实，动作敏捷，轻松得像闲庭信步一般。她很佩服青，她为青自豪，有青在她面前，她胆大了很多，身上也很有劲。小机船继续在海上做海。两三天后，红渐渐适应了，不晕船了。红爬起来帮青做饭，又收拾船上的工具，渔网收回船来时，又帮着脱鱼，风浪不大时，还试着帮青使舵。这个时候，青在红心目中已经升级成为顶天立地的汉子，她很乐意在这个汉子身边忙活，只要能做到的，多辛苦她都要做。当然，这也是在为自己做。本来，青是故意开船到风大浪大的海面来，让疯狂的风浪把红吓坏，使她从此一说到做海，就心慌，再也不敢闹着要出海来。可是青弄巧成拙了，红不怕海了。青试探着对红说，渔船回去后，你就待在家里好吗？红说，不，我要做海。见青瞅着她，又说，我不再待在家里了！红说的是心里话，口气很坚定。以前她闹着出海来，是不想让青像养宠物一样把她养在家里；出海来后，她不再有“宠物”的感觉了，觉得自己有用了，作用还不小；她尤其觉得，在海上，青很需要她帮忙，青的身边不能没有她，当然，她的身边也不能没有青！

大海总是吓唬那些怕它的人。红继续和青出海，不再畏惧那些巨浪了，虽然海浪依旧凶猛。红发觉，他们这艘小机船很勇敢。不管风浪多嚣张，小机船都不胆怯，或是避过浪头，或是迎着浪峰冲过去，机敏地活跃在波峰浪谷间。红能够使舵掌船了，也能够放网收网了。红和青配合，一个在船头，一个在船尾，很默契。红觉得大海不再神秘。也怪，她也觉得青不怎么样了。做海没啥的，不就是开船出海来，找个合适的渔场，然后放网、收网。红发觉青做海算不上很出色。比如那天，海水涨大潮，螃蟹随潮水上滩，应该开船到浅海去，放网截住上滩的螃蟹，青却坚持在流急浪高处放网，捕捉那些来往的刀鱼，虽然也打到不少鱼，可螃蟹的价位高，两边一比，明显不及捕捉螃蟹合算。又比如，最近这几天，海上出现带鱼群，带鱼的习性是涨潮时分散游动，退潮时成群结队随潮水奔跑，应该选择在海水退潮前放网，可青不这样做，刚涨潮来就放网了，网随潮水而去，到退潮时，网漂到一边去，无法截住鱼群了。青的脾气很不好，他错了，也不让人说，红一开口，他的眼睛鼻子嘴巴就移位，火气冲上眉头来。就拿今天的事说，红叫青等海水退潮时再放网，青的脸又红又黑，喝道，叽喳啥，你会，就让你来放！

吃完晚饭时，天全黑了，潮水也退得差不多了，开始收网了。青一副慵懒的样子，朝船尾走去。青还在赌气，要使舵，让红在船头收网。哼，收网就收网，有啥了不起！红不吱声，走到船头去，抓起网钩，弯腰从水上捞起一个浮标，又伸手拉起网纲。青的右手抓舵把，左手抓水烟筒，不屑的目光飘向那网纲。他心里有些纠结，弄不明白自己是希望逮到鱼群，还是希望打不到鱼。红侧身将一把一把渔网拉上船来，没瞧见鱼。青咳一声，架起水烟筒，咕咚抽着，噗——烟屎落在船边的海水上，冒起一个泡。青吹出烟气时，对那烟雾说，行啊，火眼金睛呢，看透水里的鱼群啊，呸！红咬住嘴唇不吭声，可脸憋得很红，收网的动作快起来，两只手左拉右拉，好像三下五除二要把渔网都拉上船来。突然风起了，海浪趁机腾奔，小机船不老实了，淘气地颠簸着。海水里的渔网被风拉远去，红咬牙抓住网纲，使劲将渔网拉过来。船头一摆一摆，海浪哗啦啦扑向浪头，蹿上船来，扑在红身上。红像只落汤鸡，头发散乱粘在脸上，嘴唇发紫，身子一晃一晃的，可仍紧抓着那网纲。红突然啊一声，抓网纲那手有些颤抖，整个身子好像都颤抖了。渔网随着网纲拉上船来，那白花花的带鱼挂在网眼，密密麻麻，啊——逮到了一大群带鱼！红的手不颤抖了，眼睛呆呆地瞧着那些鱼，说不出话。片刻后，红才反应过来，回头来朝发呆的青喊，呆啥？快过来帮忙啊！青一激灵，扔下水烟筒，快手快脚将舵把固定，赶到船头来。

7

青那楼房装修好了，很漂亮。青叫工人按宾馆的模样装修，弄豪华点。红说宾馆是给外人住的，家是自己住，要弄得实用点。工人们很灵活，同时接受两人的意见，来个折中，洋土结合，结果很有特色。青没有忘记以前红的提议，买很多家电，一应俱全。

现在红走进这楼房来，感觉和以前很不一样。以前心里总有些虚，感觉这楼房只是青一个人的，虽然已经嫁给了青。现在心里很踏实，还有一种亲切感。这栋楼里，毕竟有了她的贡献。她和青一块儿出海后，互相配合，互相照应，青不那样辛苦了，放网收网也快了许多，有时一天连续放两趟网，渔网也增加了，网行一路摆过去，好长好长。不用说，放多网了，捕鱼更多，特别是青听红的主意，往往打得很多鱼。就是说，楼房装修这么漂亮，是因为两人一块儿出海来，挣到了更多的钱。红很喜欢这栋楼，她想，住在这栋楼里很舒服，但不能守在楼里。她仍要出海去。虽然出海辛苦，又经常和青吵嚷，可是能使力气，能挣钱，心里踏实。尤其大海空阔、坦荡，使红心舒意爽。

楼房装修得漂亮，青也很喜欢，却兴奋不起来。他感觉楼里很空旷，尤其缺少想象里的那种美妙。虽然青仍希望红走进他的想象中，但是不可能了。红不会答应。他更不能强求。退一步说，即使红要守在这栋楼里，她也不肯侍候他。

这栋楼房又空着，交给一把大锁看守。

8

说到大海，我娘依然兴奋。我娘说，她喜欢中午潮水涨得满满的时候。这个时候潮水不流动，鱼不跑动，放网打不到鱼，小机船悠闲地在海上抛锚。海风海浪却很多事，将小机船摇来晃去。我爹就在船上搭个凉棚，两人坐在凉棚下，一边收拾网具，一边享受海风的拂吹和海浪的摇曳，说一些海上的事、家里的事，又说趣事或者笑话，笑着，乐着……我娘说，海上的日子很怡人的，夫妻同在一艘小船上，那么亲近，那么明白，那么安稳，虽是风吹浪打日晒雨淋，可苦中有乐，乐在其中，有生活的温度和质感。这艘小机船就是一个家，夫妻在家里，不觉苦。

村里许多女人也出海来。村里人很佩服青。当初青和村里的其他男人一样，好几个人合伙造一艘大机船，威风地开到大海去打鱼。大机船驰骋于惊涛骇浪中，放大网，捕大鱼，很热闹，很爽快，可渔船归港一算账，大家的脸就酸了，除去开支，又分成，落到自己手上的钱没几许。青有头脑，又有本事，别出心裁造了这艘小机船，一个人不动声色地在近海放网，少了那种乘风破浪的快感，捕到的鱼也不很多，可来钱。有钱了，青财大气粗，要让村里人的目光都聚焦在自己身上，一口气拿出全部的钱盖了一栋三层楼。这栋三层楼不仅招徕目光，也招来金凤凰，红嫁给了他。他乐滋滋地憧憬着美好的日子，红却神经错乱，闹着和他一块儿出海。青很不愿意，却拗不过红，只好依了她。但是，村里又有了这许多艘夫妻船，分明是人家看出红在海上起很大的作用。

青看着海上的夫妻船，心里就冒泡。明摆着，人家认为他依靠女人，丢人！听见有人夸赞红，青的腮帮就鼓起来，嘟哝说，呸，女人真不是东西！青渐渐厌烦红，觉得她不是个好媳妇，不懂得照顾丈夫的颜面，不懂得尊重丈夫！的确，红在海上不输给青后，男人在女人心中那种特有的神秘和威严随之消散了。她似乎忘记自己是青的媳妇了，说话的口气变得很冲，动不动就吆喝青。比如在海上，青的耳边经常跳跃着她那讨厌的声音：你呀，长个千斤屁股，叫半天了，还抱个水烟筒坐着不动！你看你在干啥，哪有人这么开船的，船头直冲冲撞向网行，打算不要这些渔网啦？咦，这么脱鱼，把网撕破了，鱼头也拉断了，啧啧，做这么久海了，还这么笨！……简直是个泼妇！火气在青的耳朵里燃烧，真想一巴掌把红扫下海去，然后开着小机船回家去……不过，话又说回来，青不得不承认红很勤快，又很能干。行船使舵放网收网动作快，处理得当，干净利落，观察海面寻找渔场也比自己强。她很细致，很灵敏，经常通过一些蛛丝马迹就找到了鱼群……但是，不管如何，女人就是个女人，她是青的媳妇，她跟着青出海来，才懂得做海……呸，无法容忍！

这天，老天爷好像感冒了，天色很诡秘，一阵风，一阵雨，一阵出太阳。这样的天气往往有鱼群，可海面变化多端，很难找到。红二话没说，咚咚跑到船头去，眺望海面，寻找鱼群。青的心里很不爽，骂一声娘，坐下，伸手去抓舵把。自从海上出现更多的夫妻船后，红一站在船头上，青的肚里就像钻着一条黄鳝，上下翻腾，折磨得他难受。青瞪着眼睛看红。此刻，他觉得红一点也不好看，皮肤黝黑，四肢粗壮，身上没半点女人味！红心无旁骛，目光漂浮在海水上。红一站在船头上，面对空阔的大海，心里就欢欢的，身上就爽爽的。红很喜欢大海，尤其喜欢这海风海浪。海浪很调皮，连续摇着船头，船头却摇着她，把她摇得心舒意畅。海风虽然有些粗野，一扑过来就掀开她的衣襟，全身上下抚摸她，可粗野的海风并不淫荡，只是率性，率性得让人喜爱。红望见南边的海水腾着不规则的波纹，眼睛一亮，挥臂朝南边指去。小机船却傻乎乎地朝西边开去。红回头来，见青傻傻地望着天空发愣。红喝道，你发神经啦？青一跳，抓舵把的手无意识地一抽，船头打转，小机船在风浪中一阵晃动，一个浪头斜刺里窜起，哗啦扑上船来，把红和青盖住，几乎把两人都撞倒……青分神了，在想什么呢？又想那栋三层楼，想楼里有一个听话的媳妇等着他回去……尽管夫妻一起出来做海挣到很多钱，还是不如他一个人出来，回家就将自己交给一个百依百顺的媳妇侍候——那样的日子舒心、快活……这天红又找到鱼群，打到很多鱼，可青一点也高兴不起来。青好像巴不得放空网，那样，他的心里会很愉快。青瞧着红那喜悦的样儿，他的脸拉得很长。

9

这个潮汐青没有出海，说他的身体不舒服。红说，我在家里照顾你。青说，我不要你照顾。红说，也好，我自个出海去。

这是夏末秋初风浪横蛮的季节，鱼也横蛮，东窜西跑。红开着小机船出海来。小机船也横蛮，纵横驰骋在风中浪里。

两个潮汐后，小机船顺顺当当开回港口来，载回一船的丰收。

青没有出海，是想红也出不了海，从而凸显他的重要；或者红一个人出海去，做不了海，灰溜溜跑回来——他就胜利。此刻，红神采奕奕活泼在青的面前，像鱼刺卡在青的喉咙，他说不出话。

青又和红出海来。青像换成另外一个人，嘴巴老锁着，无精打采的。

今天转换潮汐。旧潮快退尽了，潮尾无力地悠悠荡荡的；新潮还未形成气势，力不从心，潮头突几下，便趴下了。海水平平静静不流动，鱼也不动声色地待着，小机船闲着，没有放网。

天要黑了，日头红着脸把身上的热气抖落，洒在水面上，把海水染成猩红色。青叉开两条腿坐在甲板上。他要吃酒。每天傍晚，只要不是很忙，红都做两个菜，让青吃上两杯。男人吃点酒好，忙了一天，吃点酒舒筋爽骨，活动血脉，男人的性情就活泼起来。红明白，青活泼不起来，是因为自己活泼在青的面前，盖住了他。但是红不肯收住自己的活泼。夫妻同吃一锅粥，同睡一张床，干吗非要女的软弱，两人都很强，都活泼，不更好吗！红也要让青活泼。男人不生龙活虎，还像个男人吗？当初红就是看中青身上活泼着一股男子汉的气魄，才嫁给他！酒能激活男人的性情。红要让酒气鼓起青的精气神，鼓起他的威风。红很舍得，煮墨鱼和大虾。这两样海鲜都很贵，可青喜欢吃，且补男人。青端着一盆墨鱼和大虾走过来，喜滋滋说，哎哟，咱做海人真爽啊，鱼虾都吃活蹦乱跳的！红又给青斟上一碗酒。红不喜欢嗅酒的气味，跑到船头去，静静地坐着看月亮。

日头还未落入水里，一颗歪月亮已经挂出来了。天上有一个日头，又有一颗月亮。青端着酒碗不说话。这个时候青吃酒只是为了解闷。酒从嘴巴流进去，把肚里的闷气搅拌，再从嘴巴呵出来。青的闷气都是来自这艘夫妻船。待在这艘小机船上，总觉得自己不像一个男人，渔汉子感觉无可奈何地一点一滴在红的面前消失。他不喜欢夫妻船。白天黑夜夫妻都待在一起，放个屁就臭两人，太没意思了！男人和女人没有距离，就没有神秘，就没有想象，也就没有感觉了。现在面对着红，他不想多看一眼。那次他借故不出海，也是要和红分开一会儿，看情况如何。

青吃完一碗酒，日头躲起来了，那颗歪月亮还在天上发呆，月亮也在海水里发呆。酒气和闷气在心里作祟，青又想那栋三层楼，想有个温柔的媳妇。他想，娶个强女人就是灾难！宁可娶一个不那么漂亮，不很有能耐，老实守在家里，甘心情愿侍候男人的……晚风起了，风扇动着翅膀掠过海面，拂皱了海水，波浪把水里那月亮撞破了，水上荡漾着一片碎光。青站起来屙尿，屙得不很顺，吱吱……尿水断断续续落在船边的海水上。红也要屙尿，蹲在青面前的甲板上，一个大屁股照着青。青在心里骂，呸，这夫妻船，屙泡尿都亮在对方面前，太没趣了！

吃了两碗酒，青有些许醉意了，不再吃了。红过来收拾碗筷。青趁着酒性搂住红，两人随就躺在甲板上，云雨起来。青不很兴奋，劲头不足，运动一会儿后，酒气消了，兴趣也下降了。青仍跨在红的身上，一边运动，一边伸手抓来水烟筒，架在红的身边，咕咚抽着。青吹掉烟屎那一刻，下边的红突然疯了似的，呸一声，推开他，爬了起来。青猝不及防，一踉跄，翻倒，烟筒和他都滚下船边，哗啦——掉进水里，溅起一片水花。青光秃秃爬回船上，湿淋淋地像一条突然跳上船来的大鱼。青气急败坏地骂，你发什么疯？红也发怒，说，没兴趣，就别做，谁稀罕你！青自觉理亏，干脆耍赖说，你这漏斗肚，吃多少，漏多少，多辛苦做也没个成绩，谁还有那么大的劲？听见“漏斗”这两个字，红身子一晃，肚肠一阵抽疼，脸色苍白。红嫁给青两三年了，肚泡还瘪瘪的，没怀上孩子。这只能怪红。开始出海来时，怕不方便做海，红不想这么早要孩子，悄悄吃避孕药。后来红做海顺了，不吃药了，可一年过去了，肚里还是不见动静。红估计自己身体的某个奥妙处出了差错，跟青说，让青和她一起想办法。想不到，呸，青居然拿这个事当刀子戳她！

10

我爹不是东西，他不能生育。他强不过我娘，恼羞成怒，恶毒地把这个莫须有的罪过安装给我娘，当作我娘的软肋。

在这个事上，我恨我爹！

红把她怀不上孩子的“秘密”说给青。青很生气，骂，原来是你做鬼！怪不得，两人都生龙活虎，天天做这个事，总没点动静！青虽然骂得很大声，心里却犯狐疑：吃过避孕药就不再怀孕了，人家计划生育干吗还要动刀子做结扎？他又警惕地怀疑自己，是不是他给红放的都是空炮？他狡猾地掖住自己的怀疑。那次青没出海，悄悄到县医院去做检查。医生说，他的精子成活率只有百分之三十，活动能力也很差。青不服气，说，我的活动能力这么强，在床上比武松打虎还勇猛，精子干吗那样懒，不肯活动？医生说，两者没直接关系。青又着急地问，能不能生孩子？医生说，精子成活率必须在百分之五十以上。青疑惑了，问，不是一条精虫变成一个孩子吗？三十条，干吗还变不成一个孩子？医生说，百分之三十，不是三十条。青问，百分之三十是多少条？医生答不上了。青又问，怎么治？医生说，西药没办法，去找中医试试。“试试”两字让青很失望。医生也说“试试”了，还有什么办法？青要保密，要想办法应付红。在这个要强的女人面前，腰骨已挺不直了，又让她知道他是个老“屙稀”的男人，脖子也要弯下！青这招“保密”效果特佳，“不育”的责任仍然挂在红的身上。红虽然一如既往地要强，有时却莫名其妙地发愣。分明是“不育”的包袱压在红的心里，让她心神不宁。青找到红的“软肋”，干脆瞄准机会骂红是“漏斗”，残忍地击中红的“要害”，让红崩溃在不知所措中。

11

轮到红讨厌这艘夫妻船。

那次红和青在甲板上云雨，做成一场不堪回首的闹剧，过后，两人都提不起兴趣，很少做这个事了。身体胀热憋得难受要做时，两人心里都疙疙瘩瘩的。红的眼前浮现出青架水烟筒抽着那个样子，就味同嚼蜡；又想到“漏斗”这两个字，下半身就冷冷的，没了感觉，闭上眼睛等待结束。红没兴头，上边的青也没劲头，心里虚虚的，防止红又把他掀翻，于是急匆匆地了事。

夫妻做不好这个事很悲哀，双方都伤神。可是一直在红前面雄不起来的青，又威风了。青有了撒手锏，只要骂一声“漏斗”，红就像被戳破的皮球，泄气，瘪了。的确煎熬人。生男育女是女人的天职，肚子不争气，人多争气也是白搭！听见青骂“漏斗”，红就感觉从头顶凉到脚后跟；青连续骂几次，红就像抽掉了脊梁骨，六神无主了。青尽情挥舞撒手锏，红心烦意乱一筹莫展。青趁机占据夫妻的制高点，重现丈夫的威风。

青的威风表现在他的嘴和手上。说话的声音莫名其妙变得粗犷壮实，语气斩钉截铁，那只右手随着一指，一摆，一甩，做出很有气势的动作。这一系列动作当然是用在吆喝红的时候。他叫红使舵，叫红放网收网，叫红做饭，叫红冲洗小机船的甲板，唯独没叫红站在船头上观察海面寻找渔场。红仿佛变成了青雇用的渔工。青就有一种被压迫者翻身做主的快感，甚至有胜利的喜悦。作为一个男人，拿生孩子这码事来打击自己的媳妇，很无能，很可笑，很卑鄙，可他必须这样做。只有这样，他才能在红的面前扬眉吐气像个男人，像个丈夫；他没法享受媳妇侍候的乐趣，借此摆出丈夫的架势，也找到个心理满足。可红要垮了，目光呆板，反应迟钝，动作笨拙，像一条缺氧的鱼。

连续放几天网，青的小机船都打不到鱼。夫妻船多了，在海上来回穿梭争抢渔场放网，没有及时选准渔场，或者动作不迅速，就没法抢占到放网的好位置，就打不到鱼。青很着急。在选渔场、抢渔场上，他比不上红。这天又打不到鱼。红坐在船舱边的甲板上，面对大海，目光在船边的海水上游移。青拿眼角的余光瞟红，嘴巴对着红身旁那空气说，改天你来找渔场，碰碰运气！红的目光仍洒在海水上，说，我病了，很累，找不到鱼群了。红的确很累，身体很累，心里也很累。青那目光像爪子，伸过来，抓在红身上，说，死模烂样的，滚回家去算了！此刻红的心里正好闪着“回去”的念头。既然这海上的生活很烦人，让人厌倦，不如回去缓一缓。红的眼睛一眨，把散落水里的目光收回来，抛过去，抹在青的身上。青见红的目光软软的，脸上没有反应出对抗的神色，以为红经过他的有力打压，蔫了，听话了，愿意回那个渔村去了。他翘着嘴角说，就是嘛，你在家里待，等我出海回去，多好！红的眉梢耸动，马上摇头。红只想静一静，并不想守在那栋楼里，等着青出海回来。青骂一声，臭婆娘！

12

我爹应该见好就收，争取软着陆，求得个平稳和谐。可他得意忘形，越演越烈。殊不知，兔子急了也要咬人呢！

海上刮五级东南风，海浪把小机船摇得左摆右晃。红站在船头收网。一条鱼挂在网上，尾巴一弹一弹，红伸手要把鱼脱下来。一个浪头滚过来，小机船一颠，红的脚一滑，跌倒了，那条鱼一蹦，掉进水里。坐在船尾使舵的青骂，漏斗，真没用！红一脸的委屈，蓦地爬起，对着青喊，啥漏斗？说不定你就是个椰子壳，装一瓢清水呢！太突兀了，青的脸上犹如挨了一巴掌，整个人僵住。红也怔住。这些日子来，红在“漏斗”的压迫下，心烦意乱，痛不欲生，可她一直在顽强地挣扎着。在痛苦地挣扎中，她无奈地做出了大胆的怀疑：说不定不育的原因不是在自己的身上，男人出问题也常有的……这个话躲在她心里有些日子了，有几次曾闪到她的嘴边，可她都憋住，不想，今天蹦了出来。红把话骂出来后，仍然愣着。青仍然怔住，抓舵把的手仍僵硬。一排海浪斜刺里扑过来，把小机船撞得颠簸起伏，船上的红和青都被颠得东歪西斜。

连续好多天青不骂红是漏斗。红说青是一只装一瓢清水的椰子壳，戳穿了青的猪尿脬，青的心里在发虚。

这个夜晚没有风，海浪无力地塌下去，海面死一样平静。小机船百无聊赖地浮在水上。没有风的大海闷热得像蒸笼。青和红的心里更闷更热，两人都像死鱼似的一动不动地躺在甲板上，一人在船头，一人在船尾。三更时分，天上突然射下一道紫色的光，顿时狂风大作，哗啦啦响。大海疯了，巨浪翻滚，海水汹涌澎湃而又旋转着向上升腾，小机船像被无数只手抓着，拉过来，搡过去，又颠悠悠拖离水面，拖向空中。也许是青和红还没睡醒，或许是太突然了反应不过来，两人都在小机船的甲板上滚来滚去。一声雷响，狂风拐弯了，小机船从空中栽下来，猛生生地撞入水中。一阵剧烈颠簸后，小机船又浮出水面。恶浪马上扑过来，将小机船掀起。小机船在浪头上打转，似乎要翻覆……青睁开眼，见自己塞在船尾的一个角落里，红无影无踪。一道闪电从天上划下来，落在水上，亮了一片。一个巨浪将红从水下托起。红像一具尸体，不动弹，在水面上晃两下，又被浪涛吞没了。青不顾一切跳下小机船，奋力朝红游去。红正在下沉。青一个猛扎钻进水里，抓住红的头发，拼力往上拉。红仍昏迷着。青拖着红在波涛中忽沉忽浮，朝小机船游去。小机船从空中栽下来时，把红撞昏了，滚落水里。红醒来了，见头皮麻疼，哎哟一声喊。青急忙松开手，喘着粗气对红说，快……快游过去，追上小机船。小机船正随风浪漂去。两人游了一会儿，青游不动了，手脚僵硬、绞痛，不能动弹，抽筋了，像石头一样沉下去。红一惊，伸手抓青的头发，抓不住，头发太短了。红好机灵，伸脚勾住青的胳膊，翻转身潜下去，将青托出水面。海浪依然疯狂，一个浪头扑过来，又把青压下去。红又潜入水中，将青托起。青太沉了，连续折腾几次，红筋疲力尽了。红急中生智，脱下胸罩拴在青的一只胳膊上，又拴在自己的胳膊上。巨浪又撞来时，两人一起没入水里。红挣扎着往上游，两人又一起浮出水面。红被浪涛折腾得喘不过气来了，又被巨浪压了下去。红在挣扎，可无法拖着青浮起来了。眼看两人要葬身海底了，青的手脚突然活络了，一把拉着红从水下冲出。红呛一口水，趁着浪头落下那一刻，缓了口气，恢复点力气，她解开胸罩，和青一起朝小机船游去……

这是一场龙卷风，来得突然，去也迅速。天亮时，海上风平浪静了。劫后余生的青和红都疲倦地仰卧在小机船的甲板上。两人都不说话，可目光都抛向对方。其实，他们心里都在说话。红说，要不是他不顾一切去救我，我就……啊，毕竟是夫妻……青说，要不是她没命地托起我，拖着我，我就……啊，毕竟是夫妻……两人都坐起来，看着对方。这是夫妻俩闹别扭后第一次长时间对眸，意义深长。可青又发神经了，说，看我干吗？我不救你，你早做水鬼啦！红也不输给青，说，我不救你，你就沉在海里喂鱼了！两人的距离又蹭开，都闭上嘴，目光也收回，不睬对方。

13

龙卷风不常见，刮的范围也不大，老天爷让我爹和我娘经历这场劫难，就是让他们明白，两人的心一直连在一起，各自占据着对方生命的重要位置，应该珍惜，可是……

一场龙卷风吹不散青和红心里的疙瘩，两人依然牛头不对马嘴。

小机船靠港来了。每次渔船靠港，红那憋屈的心情就轻松许多。这个时候，红就离开这艘让人喘不过气来的小机船，轻松地到上镇走一走。这是一个漂亮的滨海城镇，繁华和热闹涌荡在镇上。红挑鱼到农贸市场去卖。卖完鱼了，红就到街上逛一逛，东瞧瞧，西看看。走累了，看够了，顺便买一些生活用品回来。

小机船停在码头边。红把仓里的鱼装进箩筐。红把扎在脸上防晒的毛巾抓下来，换上一套新衣服，又往脸上抹点胭脂。青阴沉着脸瞧红。红挑起箩筐，脚还未踩上码头。青哼一声问，干吗去？红答，卖鱼去呀！青说，卖鱼干吗要化妆？红说，你让我邋邋遢遢上街去丢人？青说，媳妇打扮是给丈夫看，在船上，你拿毛巾包住脸，穿破旧衣服；上街去，就涂脂抹粉穿漂亮衣服，要给谁看？红的背脊发凉，搁下担子，一屁股坐在甲板上赌气。青不理睬红，招呼码头上的鱼贩子过来买鱼。卖完鱼，青解开缆绳，又要开船出海去。红突然站起来喊，我要上街去！青不搭理，继续开船。红发火了，跺着甲板大喊，快点停下！青瞧着红问，你上街去干吗？红说，看病，找朱医生看病！青的脸上掠过复杂表情。朱医生是个老中医，专治不孕不育症。青不想让红找医生，怕拆穿他的骗局。青侧过头去，伸手抓水烟筒来抽烟。连抽两筒烟，小机船跑好远了。青张大嘴巴喷出烟雾，勾下头对那水烟筒说，啥猪（朱）医生狗医生？一个骗人的江湖郎中！红本来就对自己“不育”怀疑，此刻更加怀疑。红赶过来夺舵把。青的脸涨红，推开红，喝道，滚开！青的霸道使红怒火中烧，眼睛闪出愤怒的光芒。她回头望去，见小机船离码头两百多米远了。她一咬牙，跳进海里，奋力朝码头游去。青很吃惊，站起来看着水里的红，喊道，这个疯女人，疯了啊……

红湿漉漉地爬上码头来。她从裤袋掏出一把湿腻腻的钱，买了一套衣服换上，便来找朱医生。朱医生很老了，目光混浊，从那老花眼镜镜框上边漂过来的光芒却很尖利，还有些阴冷，落在红的身上，寒意袭人。朱医生收回目光，换了一副表情，给红望、闻、问、切。弄了半天后，朱医生的眼睛上翻，目光瞟向屋顶，两片黑褐色的嘴唇一张一合给红分析病情，说红吃避孕药把子宫给弄寒了，必须连吃半年中药，把残留在体内的避孕药全部清除，疏通血脉，调养血气，温补下焦，子宫才重新养精藏气，怀上孩子。红听得一头雾水。朱医生见红的神情飘忽，又说，你房事过频，劳累宫室，要节制，不能伤了阴气，泄了宫气。其实，“漏斗”二字的反复折磨，红的身心疲软，做那个事没了感觉，青的兴趣也冷淡，房事很少。红狐疑地望着朱医生，见他藏在眼镜里的目光贼贼的，努力地从她的神色变化中捕捉信息。红也眼勾勾地看着朱医生，不吭声，走了。

14

一艘小机船傻傻的，在海上跑来跑去。有时穿梭在其他夫妻船之间放网，有时跑到那些角落的地方去。

那天真把青气坏了。红跳下海后，他先是吃惊，接着是发怒。他顿脚骂道，哪是个女人啊，简直是只螃蟹，横行，张牙舞爪，还钳人！他没有掉转船头回去找红，直接开船到海上来。可是，回到大海，青却犯难了。船上没有红，青很不习惯，行船使舵放网收网样样不很顺溜，尤其要寻找渔场，他眼瞪瞪的，干着急。现在海上到处是夫妻船，找个有利的渔场放网像抢劫一样，争先恐后。人家夫妻船，一个人站在船头看海面，一个人在后边使舵。此刻青像一条只有一只眼睛的鱼。青争不过人家，只好跟在人家后面放网。收网时，看见人家打到很多鱼，青的眼睛发红，脸却发黑。青打不到鱼，心里憋着一窝火气。他恨红，觉得这一切都是红造成的。当初，海上只有他的一艘小机船，想怎么放网就怎么放网，轻松自在，鱼又多，每次放网都打到很多鱼。多好的日子！要不是娶了红这个泼妇，发神经要跟着出海来，不会引来这么多夫妻船，不会造成这种糟糕的局面……青想，这个时候红已经跑回那个渔村，住在家里那栋三层楼里。青心里不舒服，不想让红舒服地住在家里。他要开船回去，把红找回来。可是，青还是不肯开船回去。这个女人不是东西，回去找她，她会认为自己不能没有她。她不是想出海吗？她要回来，就自个找到海上来！

15

青还是撑得住。毕竟他是第一个到这片海面来打鱼，对这种捕捞作业很熟悉，对海上的情况很熟悉。红和他一起在船上时，为了摸透这一带的各种鱼的活动规律，经常在不同的情况下，到不同的渔场去放网。他们发现一些偏僻的小渔场在特殊的天气特殊的潮汐中，在那放网就有意外的收获。青不再和那些夫妻船挤在一起抢渔场，瞄准合适的天气和潮汐，就开小机船去找那些特别的小渔场。

这些天见鬼，青的小机船开向那些偏僻的渔场来时，远远就望见一艘小机船早先在那放网，占据了小渔场。青只好掉转船头，躲开。

这天刮南风，潮水又涨得很满，渔船靠近海岸的石滩边放网，渔网不会漂到石滩去，活动在石滩上的石斑鱼、螃蟹、大虾等值钱的家伙却往网上撞。青已经做好准备，一定要抢在那艘该死的小机船前头，沿石滩周边放网，让那小机船干瞪眼。潮水刚涨满，青便开着小机船赶过来。可还是晚了一步，那艘小机船刚放完网。这回青不再躲开了，非要弄个明白，这艘小机船为什么很熟悉这些偏僻的小渔场，又每次都掐得那么准，恰好截在他的前头。青的船靠了过来，见那小机船上只有一个人，而且是个女人，天哪，她就是红！青像突然吞下一只活螃蟹，眼睛发直，手脚僵硬，他的小机船在原地打转。

那小机船上的女人的确是红。

红从那滨海城镇走回来，没有回那个渔村去，直接回到那个小山村来。这个小山村真是个好地方，空气清新温润，平和静谧。只住几天，柔软的山风便把红心里的烦恼涤荡得一干二净。其实，那天红从小机船上跳进海里后，仿佛跳出了无形的樊篱，心里豁然开朗，身上有一种轻松的感觉。红平静地回望海上的那些日子，如梦如幻，发生的事情既让人匪夷所思，又好像都在情理中。她又认真地检举自己，觉得自己不想依靠青来养，不想变成青的附属物，没啥错。红又要出海去。她不愿意回到青的那小机船去。红跑回那渔村来拿钱，买了一艘小机船，又买了鱼网，自己开船出海来。

几次争抢那偏僻的小渔场，青都争不过红。青很生气，真想跳过那小机船去，掴这个讨厌的女人两巴掌。可是他不能，谁在谁的小机船上，谁也犯不着谁。

红不再找那些偏僻的小渔场放网。她回头来和那些夫妻船争抢渔场。红那小机船的马力很大，跑得快，不一会儿便跑在别的小机船前头，抢先放网。

青的心里没着落。他的小机船也没着落，干脆开回那个渔村去。红的小机船急匆匆追过来，两艘船挨得很近。红喊，用不着回去，两艘船互相照应，一起找渔场，一起放网，不会输给别人！青说，我身体不好，回去好好治一治。红说，你的身体没问题，不是只装清水的椰子壳；我也没问题，不是漏斗！红发觉，她已经怀孕了。

我是老鼠

1

我回来了。其实，这个黄金周我哪也不去，就躲在这间屋子里。

来到这个城市已经五个年头了，就住在这间屋子里五个年头。那时，这栋楼刚盖好，很长，横着摆，两层高，楼上和楼下的两间房连着一个楼梯，组成一套。楼前是一块开阔的杂草地，楼后是一片茂密的木麻黄树林。我选择租住这栋楼，是看好它的位置。它在这个城市的边缘，叫城乡接合部。房租便宜，当然还考虑别的。我是来搞运输，远离市区，交通不是问题；再说，这座滨海城市就像涨潮的海水，一个劲地漫开，不久这里就热闹，那时我的媳妇就近找一块空地，就可以摆个摊铺做点小生意。我们刚住进来头两年，这里还安静，夜晚都跑到后面那树林里大便；现在热闹了，没有草地没有树林了，楼房已经排列成一条条街。我的媳妇捷足先登，如愿以偿地在前面那条大街的一栋烂尾楼前占据一块空地，和几个姐妹摆了一铺海鲜美食大排档。

那个晚上我只能醉。郑队长和他的部下一共十二个人，兴高采烈地热闹在酒桌上。我突然豪气冲天，右手抓一瓶酒，左手抓酒杯，一个一个敬过去，干，干，干！敬完一圈了，我跄踉一下，乒一声，酒杯落地，旁边一个人急忙扶住我。我仍然豪爽，眯着眼，喷着酒气说，不，我没醉——没醉！我连打两个打酒嗝，得一声坐在椅子上，头一歪，趴在酒桌上，便打起了呼噜。郑队长很体谅人，目光落在我身上两秒钟后，侧头对旁边一个部下说，嗨，送吴老板回去算了！那个人扶住我，走出酒店，将我塞进一辆的士。车启动了，我也就狼狈地酒醒了。

这场醉酒当然是我精心设计的。虽然有点下作，但是醉得漂亮。我已经做了精确的计算。如果那晚上我不醉酒，接下来就是一条龙。先是进歌厅卡拉 OK，每个人抱一个漂亮的小姐，仅小姐的小费，就几千元；接着是洗头、洗脚、按摩、桑拿；再接着就是……等到我懵懵懂懂离开时，皮包至少瘪下两万元。你们千万别说我狡猾，是精明，逼出来的精明。为什么大家都夸老鼠精明，因为人人都打老鼠。当然，多精的老鼠也斗不过猫。我是老鼠，郑队长他们就是猫。

我从床上爬起来，禁不住在屋里扫一眼。这楼房老多了，有的灰皮已经脱离了。我们刚住进来时，搬来的那个胶合板衣柜依然不声不响地靠在墙角那，我屁股下这张木板床依然结实，床边这张桉木办公桌蛀虫了，可还能用。这会儿，我特别喜欢这栋楼。它的好，仍然是好在它的位置。这里虽然已经热闹了，可仍然是城市的边缘，不让人注意。我打扮一番走出去，我就是一个老板；我随便穿着走出去，我就是一个农民工。很适合我的工作和身份。我和郑队长认识这么久了，他和他的部下还不知道我住在这儿。那天晚上我请他和他的部下喝酒，就是要表示一下，然后躲起来，骗他们说第二天早上我便离开这座滨海城市，和我老婆到海口去接老丈人和丈母娘，再陪着环岛旅游。我真聪明，说我老婆是从北方来的。我说这个谎，当然也是出于无奈。黄金周多少人涌到这个风光旖旎的热带滨海城市来旅游，这些人里肯定有郑队长及他的部下的亲戚、朋友、同学或者熟人。倘若我不这么做，提前脱身，到时候一个个打电话叫我去接待或者陪同，我身上的唐僧肉不都掉光啦！去年我没经验，黄金周只过了前三天，便焦头烂额应付不过来，第四天，只好马上“急病”进医院去打吊针。今年，哈哈，我已经“离开”这座要命的城市了……我看着这间房子，扑哧一声笑了起来。这里就是一道夹缝，我就是躲在夹缝里的一只老鼠。

咚咚咚……我媳妇出去买包子回来了。我媳妇上楼梯的脚步声什么时候都是这样震撼人心。我瞧着我媳妇，竟然咧开嘴笑。我媳妇小我两岁，可是她比我显老。她一天到晚都穿着这种宽松的印有椰树图案叫作“海南衫”的短衣短裤。女人到一定年纪后，穿着宽大的衣裤，身子就显得松垮，就没了形，也就显老。

她问我，你笑啥？

我一边往头发抹摩丝，一边说，没笑啥。

2

我拎个黑色皮包站在马路边，等一辆没有标志的出租车来接我。我要去做我的业务。

这会儿我的派头有点像个小老板。其实，我也算是一个小老板。我们有个公司，叫岛西货运有限公司。公司只有三个人，我是业务经理。当初到这个城市时，我是开一辆大卡车来。大卡车是集中几个亲戚的钱买的。他们都看好我，说我头脑灵活，嘴巴活溜，可以在城里混到一碗饭吃。我看中这座滨海城市，是见它一天天变大，不停地盖楼房，需要很多很多汽车运建筑材料。的确，这里有很多货物运送。我的大卡车就停在我住屋前面那草地上。谁要运货，就找到我的住屋来。我要运货，就去找那些街头的小广告，或者干脆跑到建筑工地去找活。当然很被动，经常有找不到活的时候，运价也往往被压得很低，更烦人的是，运费经常被拖欠，运几天就要停下来跑几天讨运费。后来，我们几个从岛西来的聪明地合伙成立一个货运公司，因为我机灵，也就荣幸地当上了这个业务经理。

我等的那辆没标志的出租车开过来了。这辆出租车几乎变成了我的业务专用车。为什么选没有标志的呢？做个老板必须有派头，才让人瞧得起，也就财大气粗说话有底气。我们财不大气不粗，大架子摆不起，最起码的，去谈业务，也要开着一辆小轿车去。可是，我们公司买不起小轿车，只能打的。我也就机灵地挑选没有标志的出租车，让人家误认为是自己公司的车。

坐上出租车，那司机便问，去建筑公司，还是去搅拌厂？

我在心里骂，这家伙太熟悉我的业务了！

不过，这也不能怪他。这些日子我老跑这两个地方，叫的大多是他的车。我说，当然是先去建筑公司啦！

本来，现在有实力的大建筑公司很少和我们这些搞运输的有直接的业务关系了。人家盖楼房，直接叫搅拌厂派搅拌车开过去捣制，既省事又快速还保证质量。搅拌厂却和我们的关系密切。水泥、石子、沙，都是我们拉进厂。搅拌厂的老板很狡猾，不，是他很会做生意。他拖欠我们的运费，让我们替他联系建筑公司。只有为他找到客户，将来结算工程款时，才能扣下他拖欠的运费，太不厚道了！我们给他运材料，还要给他当业务员，连公关的费用也是我们付。我虽然在心里骂，可还是很

"乐意"接受。现在僧多粥少，运货的卡车太多了，像苍蝇一样嗡嗡地飞来飞去，许多苍蝇还找不着屎呢!

我走进这家建筑公司的总经理室，便从皮包里掏出两条软中华香烟，轻放在总经理的大班桌上。这位总经理很傲慢的，从不拿正眼瞧我们这些"当托儿"的运输户，可他对我的态度却不冷淡。那些人觉得他们只是替搅拌厂谈业务，不肯花本钱。我看得开，私下和总经理订了协议，拿到钱时，给他百分之一的回扣。总经理端坐在大班桌前把玩一支写字笔。他什么话也不说，抓支票来写，然后将目光丢在那香烟上，说，很好，我正想拿两条烟去找人呢。

出租车又开进搅拌厂来。我为搅拌厂争得了业务收入，还反过来要感谢厂长。我心里憋屈，我讨厌这位厂长。但是，我没有情绪，绝不能有情绪。这位厂长很瘦，像饿死鬼转世托生的。他见我朝他堆笑脸，他也朝我笑，夸奖我，你很行，拿到了工程，又拿到了钱。我不想听这种廉价的表扬，直接说，出去玩玩。他的眼睛飘出黏腻腻的光，说，好，应该玩一玩。这位瘦厂长很好养。他患有慢性结肠炎，用不着请吃。他的嗜好是色，喂他这一口就行了。他的口味也不刁，有肉的就对他胃口。走进街边的一家美容院，瘦厂长的目光就跳跃在那些小姐的胸前和胯下。他的眼睛突然发亮，搂住一个很丰满的，便侧头来瞧着我。他有个习惯，陪他来的人，必须与他同流合污，一起要女人。我马上表现出兴致勃勃的样子，挑一个苗条的，各走进一个间房去。

说心里话，这种业务接待很辛苦，身上辛苦，心里也辛苦。我疲惫地回到家里时，二更天过了，我媳妇已经睡着，呼噜声很响。我媳妇不像别的女人，丈夫出去应酬，自己就在家里发愁。每次我出去，晚一点回来，她便伸直腿先睡了。不过，我也会做人。我到这个热闹的滨海城市后，没少在外头睡女人，但是我懂得内外亲疏，从没忘记家里的媳妇。在外头和女人逢场作戏，是吃零食，没啥。我媳妇当然也猜到有时候我在外边偷吃，曾经和我吵过、闹过。后来她看开了，不再闹了。她曾经和那大排档的姐妹们说过，经常在海滩走，哪有不湿鞋？既然要出来谋生，男人在外头的事就别去傻想，他懂得回家来就行了。当然，我并不是听到这句话就肆无忌惮。每次我在外边做了那事后，都把身上打扫得干干净净后，再回家来，不留一点蛛丝马迹让媳妇怀疑。

我看见床边那蚊香才燃到半圈，说明她才睡下不久。我急忙下楼去冲凉，然后轻手轻脚又上楼来，悄悄钻进蚊帐里。

3

郑队长打电话给我，说今天全市交警联合大检查，很严，局领导亲临现场指挥。其实，我已经有了预感。两天前我在电视里看见一辆三十多吨的大卡车超载五十多吨，急刹车没停住，撞死三个人。一般规律，电视里打雷，各地就要下雨。我马上通知公司的车队，今天不要出车。我跑到街边那家烟酒店去，掏一叠钱递给店主，说，买四条软中华，帮我送给郑队长。店主接过钱，有些疑惑，问，这个月不是已经送过了吗？我斜眼看他，在心里骂道，呸，郑队长太没眼光了，怎么选这样一个没头脑的人当接赃的二传手！我平静地说，礼多人不怪，送两次不可以吗？那人还想说话，我急忙掉转头走了。

靠上郑队长，一点不亏。我们这些大卡车一上货就超载。不超载行吗，油那么贵，司机工资那么高，运费那么低，卖掉老婆贴进去也不够赔。但是，让交警抓到了，罚款、扣车、吊销营运执照，更要命。花点钱，买个出入亨通，大大地合算。

今天闲，我哪也没去，待在家里陪媳妇。

下午日头还有几杆高时，媳妇她们的大排档开始营业了。我在大排档左侧的一张桌子旁边坐下，端一杯茶，看着这几个女人做生意。平时我的目光很少落在这铺大排档上，媳妇回家来，说她们大排档上的事情，也进不了我的耳朵。几个女人一身鱼腥味忙碌在油烟中挣几个辛苦钱，没啥值得说。这会儿还没有食客来。我呷了一口茶，目光在街上东游西荡，不觉飘落在街边那墙角上。有两只老鼠从那墙缝钻出来，耳朵支着，眼睛滴溜溜转。它们好机警，走走停停，左瞧右瞧，悄悄跑到墙根那废菜叶旁边，啃几口，突然听见脚步声，急忙掉头跑回墙缝里。一会儿，老鼠又出来了，沿着墙根走。走到那拐弯处，见那边人很多，又掉头走回来，还是走走停停，左瞧右瞧。老鼠见没人注意它们，一转身，从我媳妇身旁钻进那切菜的案板下，不动声色。突然又有一只老鼠也跑过来，在那案板旁边叼住一截鱼肠，要拖回去。我媳妇瞧见了，一跺脚。那老鼠吓一跳，死死咬住那鱼肠，奔回那墙缝里。躲在案板下的那两只老鼠惊慌失措，从案板下冲出来，也逃回那墙缝里。

这时，大排档渐渐热闹了。

我媳妇很能干，坐在一个矮墩上，弯着腰，在刮鱼鳞、剜鱼肠、切鱼肉，两只手晃动个不停，得心应手。我瞧她的神情，很自如，或者说很忘我，一副自得的样子，好像她天生就是干这个的。当初我们要从那个渔村到这个滨海城市来时，我媳妇就踌躇满志的，她说，去，上城市干吗不去？我半开玩笑说，会做城市人不？她一副不在乎的样子，说，咦，以前城市人有商品粮吃，不一样，现在都一样啦！城市人没长两个脑袋三只眼睛，都是两手两脚做吃，有啥会不会的？到这座城市来后，我们一直住在城市旁边这栋二层楼里，天天想着怎样去赚钱，却赚不到多少钱，她弄不明白，自己已经变成城市人了，还是……看着她现在的样子，我也说不准。

生意来了。几个外地打扮的人兴冲冲地提着一塑料袋螃蟹走过来，搁在我媳妇跟前，说，加工，清烝青蟹！

青蟹很贵的。我媳妇的表情马上活泼起来，学着这几个人的口音说，好咧！

我媳妇拎那袋螃蟹放进一口大塑料盆，抓住袋底的两个角，一掀，一抖，螃蟹都爬动在盆里。我媳妇动作好利索，把那塑料袋扔在脚边，随手舀一瓢水哗啦倒进盆里。那几个人都放心地掉转头，跑到旁边一张桌子去坐。

我媳妇曾得意地说过，哟，别看开个大排档忙得一身汗一身油的，奥妙多着呢！这些奥妙赚到不少钱呐！就拿这塑料袋来说……我盯着媳妇脚边那塑料袋，看见两个袋角在动着……天呀，原来倒螃蟹时，我媳妇抓住塑料袋的两个角，就是分别抓住了两只螃蟹……我媳妇什么时候学会玩魔术了？

我仍盯着我媳妇。我媳妇的确像个魔术师。她的左边右边像摆魔术道具似的摆着虾、蟹、螺、鱼，跟前又堆着好几个黑色塑料袋。又有客人来了，五个人一伙的。一个人走过来，挑了五个珍珠螺。我媳妇抓那螺全塞进跟前一只塑料袋，搁在秤盘上。六斤。那人疑惑，搁他的手机在秤盘上。二两半。很准。那人放心地走开了。我媳妇悄悄地从袋里掏出两个珍珠螺，剩下的，都倒进盆里洗。可盆里依然是五个珍珠螺。我禁不住在心里骂，这婆娘，是个东西啊！

突然，有两只老鼠在我媳妇面前争抢鱼肠，噼里啪啦，居然跳上那案板去。我媳妇一跳，抓菜刀“啪”的一声扎下去。没扎着。两只老鼠吱吱叫，没命地跑，都躲回那墙缝去。

4

我媳妇扭伤了脚，几天都下不了地。

那天的情况很突然，一辆警车无声无息地开过来，突然停在街边，几个穿制服戴头盔的人一呼啦走下车来。这是城管所的人，来管理街边摊铺，不抓人的，可是我媳妇她们反应太大了，拔腿便跑。惊慌中，我媳妇踢翻一张塑料凳子，一趔趄，摔了一跤，脚崴了，可爬起来时，又一瘸一拐地跑。

女人的腿动不了，嘴就代偿性地动得勤。我媳妇很烦躁，唠唠叨叨的。她责怪我，说我一天到晚都跑公司的事，她们的大排档也赚钱，可我一点也不关心；她说我很有能耐，左通厂长、经理，右通交警队的队长、队员，多麻烦的事都跑得通，却没去跑城管所和工商所，让她们顺顺当当做生意；她说她们现在就像老鼠一样，一听见猫叫声，就慌，就跑，就躲！我同情她，可是很无奈，只能让她唠叨着。我不是不肯去跑城管所和工商所，估计跑不通，或者不合算。跑这等事看似简单，其实有路数的，要先请人带路，接上头后，再上钱上物。这些猫很不好养。不如硬着头皮让他们抓一次罚一次，划得来。

我媳妇脚好了，不再唠叨了。她绝对不是一个怨妇，她是个闲不住的人，那大排档又顽强地开张了。

我又专心去忙我的事情。

吃过晚饭后，我的手机又准时响起来，那几个烦人的老女人又在那边叫了。

陪这几个老女人玩不很花钱，但是耗人。因为她们是女人，不要小姐，按摩、桑拿等不好意思的内容也省略，可唱歌、洗脸和吃夜宵这三个节目要连轴转，且天天重复着。洗脸很好打理，躺下来，交给洗脸小姐拨弄就行了。吃夜宵也不费事，她们身上都堆着多余的脂肪，不想摄入更多的卡路里，要一点刺激感观和舌头神经的小吃就可以打发。唱卡拉 OK 却很折磨人。这三个老女人走进包厢里，她们已经逝去的青春又回光返照，扭扭捏捏的，说话也嗲声嗲气。她们不喝啤酒，把啤酒都换成点心。她们点的都是情歌，那些好多年前曾经让她们醉过疯过的老歌。她们抓起话筒，目光就飘忽，不知飘到哪个世界去，接着就悲戚戚地唱，像叫春又像叫魂，我听得鸡皮疙瘩都出来了，还要拼命地鼓掌，又要挤出满脸笑容送鲜花。她们那已经褪色的陈年旧情从哪个角落扇起来时，就轮流抓我跳舞，她们的舞姿很拙劣，可是跳得很投入。我非常不投入，我特别不愿意陪那个胖姐跳舞。她确实很胖，像口大水缸。我的手伸过去，只搂在她的肚腩上，她那肚皮无情地拱着我，让人有蚂蚁扛饭粒的那种感觉。可她是这几个女人的头，不能得罪。我必须迎难而上。我们公司很困难，一辆大卡车每个月油费就十万块。只要拿到运费，我要忍辱负重当这个“三陪先生”。

这几个老女人非常重要。她们都是万海建筑公司的财会人员。公司老板原来是邻县的一个包工头。他有很多工人和各种设备，可是资金短缺，更短缺的是上边的关系。他没本事直接从上头的领导手上拿到工程项目，都是接二手的，利润不高，资金也受人家控制。他招聘这几个财会人员都是各单位退休的会计或者出纳。这几个老女人有特殊用途，懂业务，又在单位里练就了“磨牛皮”的本领，上家公司没按工程进度及时将资金拨到他的公司账户，这几个资深娘子军就大显身手，找上门去，死缠烂磨，一直磨到对方的经理、老板都招架不住。

胖姐是主管会计。她的大肚泡将我拱来拱去，拱到那墙角时，小声对我说，好消息，明天有一笔款拨到公司的账户。她粲然一笑，伸手拍拍我的脸，又说，保密。

我也有“磨牛皮”的本领。我一身短打装束，背上一个装有快食面、矿泉水的布袋，塞一小块槟榔进嘴里，便去找万海公司的老板。老板想躲我，可是躲不过。他走到哪，我就跟到哪，中午他休息，我就坐在门外吃快食面。连续跟了几天，老板对我不屈不挠的精神很没办法，最后，在烦躁、同情和无奈的复杂心情中，只好交代胖姐把资金转到我们的账户。说心里话，这个时候我的心情也很复杂，我庆幸，我又觉得自己可怜，反过来又同情这位没上头关系的老板。天地良心，他也不容易呢！他好艰难才揽到一项二手工程，又在艰难中运作……当然，我更不容易。我也经常被人缠住，有时有的人逮住我了，缠得更紧，除了没和我一起上床陪老婆睡，都形影不离。我们公司还拖欠沙场、石场、红砖厂和水泥厂的资金，已经两个月公司没发大卡车司机的工资了。其实，谁都很难。无形中我们已经形成一条艰难的生物链，每个接点都是挤在夹缝中，但是又各有作用，不能断开，只是越到后面的节点，越艰难。

5

这几个大排档的女人很会喂猫。后来，逢年过节她们就往城管所和工商所的领导家送海鲜。城管所和工商所的人带客人来吃大排档，她们就十二分地热情，又打折，甚至免费，大排档也就没事了。其实，猫最不愿意老鼠死绝，不能断了生物链。

郑队长已经连续两次给我传假消息，都是说全市交警联合大检查，我们的车队及时停止营运。可是，过后却发现，没那回事。这是一个不祥的信号，也是一个很好的信号。“不祥”就是说，郑队长不高兴了，不满意我现在的表现，在打草惊蛇；“很好”就是，郑队长手下留情，只是“惊蛇”，还不打算抓蛇。我马上检讨自己的“过失”。这些日子由于公司的资金紧缺，每月只给郑队长“买烟”一次，很少请吃请玩，郑队长不肯了。其实，机灵的我早就想到这个，而且未雨绸缪了。我在这条生物链的这个节点中挣扎得辛苦，力不从心了，我要求变，我已经有了李代桃僵的好办法。

这天早上，我在这条街上已经来来回回走了五遍。停在街边那三辆大卡车依然停在街边。蹲在那棵椰子树下的三个司机懒懒的，可又很警惕，目光不时抛向街的两头。我走近去，三双眼睛都奇怪地盯着我。他们已经注意到我莫名其妙地走来走去了。

我迎着他们的目光说，你们的大卡车大大咧咧停在大街边，不怕交警吗？

三个人的目光在我身上聚焦一会儿后，其中一个反问，不在大街边停，到哪去停？

另一个说，停在大街边，还等不到生意呢。

另一个又说，没法子的，瞧见交警过来，就跑呀。

我说，干吗不想个法子认识交警队队长？

一个说，交警队队长是什么人，想认识就认识吗？

另一个警惕地盯着我，问，你能带我们认识交警队队长？

我笑笑。

一桌酒吃得很开心，郑队长和他的部下，那三个司机和我，皆大欢喜。

今天我喝的很多，但是没醉。

郑队长拍拍我肩头，意味深长地说，你很聪明，很会办事，我也会做人呢！

我感激地点头。

找到人帮我伺候郑队长，他开恩，网开一面。这个黄金周，我用不着像老鼠一样躲起来了。我按照以往的规矩，又给郑队长买一次香烟，放假的前一天，扛一箱海鲜送上门，祝队长大人节日愉快，算是一切都打点好了。

来到这座滨海城市这么多年，总是看着人家从四面八方涌来观光旅游，自己从没静下心来认认真真看一看，好像这座城市没自己的份。吃过早饭后，我把手机关了，拒绝一切找我的人。我和媳妇坐上一辆的士，潇洒地出去走一回。可惜，只跑了两个景点，媳妇的脸上便生出疲态，她说，唉，人看人，又看几个石头和海水，有啥好看的！我见媳妇对这里的风景没一点感觉，心里也淡淡的，想说，这城市……可是，话说出来却变成了乏味的安慰：旅游，就是这么回事，大家凑个热闹。她说，要凑你自个凑，累死了，我先回去啦！

我们回到住屋来，媳妇却突然不累了。她说，今天游客很多，生意一定很热闹，赶紧做生意去！

日头刚斜西，媳妇她们的大排档便开张了。

我躺了一会儿，没睡意，干脆走过来看媳妇做生意。

媳妇又像魔术师，坐在那虾、蟹、螺、鱼中间操刀。她太投入了，我从旁边走过来，在她的身后站了好久，她都没有发现我。

突然郑队长的车开过来，在大排档的前面停下。我很紧张，急忙扭过头去，在一张桌边坐下，背对过来。郑队长不知道我住在附近，更不知道我的媳妇开大排档。绝不能让他瞧见我了。这个时候，郑队长的车开到大排档来，肯定是他陪客人去游景点回来，要吃海鲜。郑队长也有他的难处，曾经见他当着我的面抱怨他的接待任务很繁重，局领导的客人，局领导上司的客人，都打电话叫他亲自陪同，热情接待。我很熟悉郑队长的脚步声。我听见他亲自走到我媳妇跟前来点海鲜。也怪，此刻我心里莫名其妙地感觉开心，我竟然希望我的媳妇使出全身解数，狠狠地砍，越砍得重越好！

我一直坐着，不敢转头，不敢站起来。

一只老鼠突然蹿过来，抱住一条掉落在我身旁的熟虾，快速地啃着。

我没赶那老鼠。

郑队长他们终于走了。

老鼠也把那条虾啃完了，它仍鼠头鼠脑的，在我身旁窜去窜来。

台湾爷爷

1

我姐出嫁那年十七岁，我姐夫七十岁。

我姐天生漂亮，一张瓜子脸，一双杏仁眼，一个樱桃小嘴。更招人喜爱的是她那两条小辫子，左甩右甩，甩出一身的活泼。读小学二年级起，姐姐便梳两条小辫子。读完三年级，姐姐不读了，那两条小辫子仍然甩在她身后，一直甩到她出嫁那天。我姐是个好姑娘，机灵、勤快、懂事、听话。我有两个大哥。村里的男孩都很野，不做家务。有我姐，我娘，让我闲多了。我姐的出色，使我无法做成一个乖女孩。我娘动不动就拿我和姐姐比，嗨，你看你，有你姐的一半就好了！咦，懒死了，以后谁也不要你！

我姐出嫁那天好风光。

我们村前这条土路不很宽，有些弯曲，人和牛的脚板踩出来的，偶尔也有单车和胶轮牛车碾过。这天一口气开来三辆汽车。前面那辆是小轿车，贼亮，碾过地面一点声响也没有；后边两辆是中巴，好大，像两间移动的大房子。三辆汽车一下子把我们村吓坏了，村口那顿时围着好多看新奇的人。村里人来看汽车，当然也看新郎。这个新郎很特别，从台湾来，年纪比我爹我娘还要大好多。众目睽睽下，新郎从那轿车里钻出来了，穿条丁恤衫，打领带，梳个油头。呵呵的声音马上从村里人的喉管里蹦出来，接着是嘀嘀咕咕的议论声。有人撇嘴说，咦，一个老头。有人却说，不，这样看着，不觉很老。又有人说，他们吃好穿好住好，多老也不显老呢。

我姐穿一条好宽大的白色婚纱，脸也糊得很白，还画了眉毛，打了口红，那两条小辫子很可惜地剪掉了，头发弄得好复杂，高高低低拢在头顶上。我怎么看，我姐都不像我姐了，至少不如原来好看。昨晚有两个人从县城赶到我家来，说是化妆师，姐夫专门从一家照相馆请来给我姐打扮。两个人又是糊，又是画，七手八脚弄了一夜，把我姐弄成这般模样。当时我就在旁边皱着眉头看，很想叫我姐别让她们弄了，可我不敢。我娘分明也看不顺，可只眨两下眼睛。她说，这婚纱，咦，白白的，不吉利，能换成红色的吗？两个化妆师都不高兴，骂我娘没见识，又强硬地说，红色俗气，白色才好呢！

走出家门口，目光便噼里啪啦地从四面八方包围过来，交织在我姐身上。那目光好像牵着一根根无形的丝线，随着我姐的一举一动，他们的脸色和眼神都复杂地变化着。我的表情也在变化，随着我姐一步一步走出去，我的脸在发凉。但是，我惊奇地发觉，我姐的表情一点也没变化，可能她脸上的脂粉糊得太厚，遮盖了她的表情，也可能她脸上根本就没有表情。

我姐被那老头牵进小轿车了。

村口那些目光失望地移开，移向那两辆中巴车，迟疑地瞧着。

媒人走过来喊，呆啥，送嫁去呀！

又说，坐大车去，拿大红包！

又笑吟吟地说，台湾爷爷，钱多啊！

站在村口的人骚动了，呼啦涌过来，都爬上车去。

2

我姐夫是一个台湾爷爷。

这些年，好多台湾爷爷从台湾回来。以前，这些人都活在传说中，突然回来了，活生生地出现在眼前，好新鲜。每个村的台湾爷爷回来，都热闹好几天。台湾爷爷其实也是很普通的人。那时他们当国民党的兵，国民党败退了，他们倒霉了，逃到台湾去。我姐夫家在我们村南面那个梁屋村。听他们村人说，我姐夫家穷，娶不上媳妇，打算去当兵挣钱回来娶个媳妇，不想，一去便回不来了。那天，国民党兵被解放军追着跑，呼啦啦跑到洋浦港来，乘船逃到台湾。船刚离开码头，解放军追到了，拿大炮轰，有几艘船被轰沉。人们都以为我姐夫已经葬身海底了，四十多年来杳无音讯，可是，突然他又回来了。

3

大是金，小是银，中间是过路的。我姐生出来就尴尬，兄弟姐妹中排行老三，是个过路的。我娘连生两个儿子后，求菩萨要个女孩。我娘说，女孩好，和娘贴心。其实谁都明白，已经有两个儿子了，没个女孩做本钱，将来儿子就难找媳妇。后来，我娘生了我姐，又生了我。

我最小，是银。可我娘依然很喜欢我姐。村里人都说，我姐是我娘的小肚兜。我娘去哪儿都拉我姐一块儿去。她俩在一起，嘴就闲不住，有说不完的话。那次，我姑妈家的一个堂叔从台湾回来，我娘拉我姐到长坡村姑妈家里走亲戚。走台湾爷爷家的亲戚是时尚。谁家有台湾爷爷回来，五亲六戚都屁颠屁颠来认亲，热闹地听台湾爷爷讲他去台湾之前的那些陈年旧事，讲台湾那边的新奇事。其实，大家心里都兜着一个企求，就是拿到一样贵重的礼物，比如衣物、戒指、项链、电器什么的。台湾爷爷的钱像树叶一样多，出手又大方，送礼物像颁发小广告似的。这天全部人挤在姑妈家旁边那间旧堂屋里，等堂屋的主人介绍亲戚关系。这位主人比那台湾爷爷还老，是台湾爷爷的亲哥。我姑妈家和他家隔着一个"堂"字，关系远了些，和我们的关系更远，我娘和我姐心里虚，不敢挤进去，躲在人家的身后。那主人把一个个人介绍给那位台湾爷爷，台湾爷爷都热情地点头认可。连续介绍了两遍，都没介绍我娘和我姐。我娘侧头来瞧我姑妈。我姑妈做不了主，很为难，把头别向一边。我娘尴尬地待着。我姐突然拽我娘的衣襟，小声说，我们走吧，丢人呢。我娘无奈地点头。两人无声无息地退出那旧堂屋，走回家来了。

说出来不怕别人笑话。我娘拉我姐去认亲戚，就是想得到一枚金戒指。一枚金戒指值几百块钱，多么了不起！更重要的是，人家都知道我家有个台湾爷爷亲戚，啊——情况就不一样了。我哥戴枚金戒指走出去，就招来很多目光，还愁找不到媳妇吗？我大哥二十五岁了，二哥也二十二岁了。家里丢人现眼堆着两个娶不上媳妇的大男孩，愁死人了！我娘天天唠叨，说我爹没本事，说我两个哥哥没能耐，也说我和我姐的不是。我们都不怪我娘。我娘其实也在怪自己，经常自叹她的命不好。

时来运转，我娘的命突然好了。那天，一个媒婆突然登门来，为一个刚回来的台湾爷爷说亲。媒婆真行，闭口不说亲事，一进门就夸我娘命好，又夸我姐命好。夸完了，媒婆突然掏出一个布包，打开来，六枚金戒指亮灿灿的。她笑眯着眼说，一人一枚，你家六口人。她抓一枚递给我娘戴，又招手叫我两个哥哥过来戴戒指，转过来，又要亲手给我姐戴戒指。我姐没戴。媒婆咧嘴一笑，说，哎哟，戴戒指有啥不好意思？她斜眼去瞧我那两个哥哥。戒指已经套在我两个哥哥的手指上。他们正喜滋滋地舔口水抹那戒指，左瞧右瞧。媒婆太精明了，马上顺着斜坡滚西瓜，喊道，台湾爷爷说，等你俩娶媳妇时，再给你们金项链！两个哥哥的脸上顿时泛起喜色，嘿嘿笑着。用不着多费口舌，一门亲事就算说成了。接受了人家送来的重礼，就是答应亲事了。媒婆把剩下的戒指包好，塞给我娘，喜洋洋地走了。

媒婆一离开，姐姐又哭又闹，说打死也不嫁台湾爷爷！我娘说，哭啥？你命好呢！以后日不晒，雨不淋，伸直腿坐在家里，想吃啥吃啥，笑都笑不过来啊！我姐说，吃龙肝凤胆也不愿意！我很同情我姐，说，咦——嫁一个老头！我娘说，你懂啥？老头才会疼媳妇呢！我想说，老头不久就死啦！我娘瞪大眼睛，把我的话堵在嘴里。我娘又转头去对我姐喝道，还哭啥？你就忍心让一家人老住这间破屋，忍心看着两个哥哥打一辈子光棍？我姐咬住嘴唇不哭了，可身子还在搐动，泪水仍往外涌。那天后，我姐像换了一个人，面无表情，说话也少了。那个台湾爷爷好急，让媒婆送来五万块聘金，择个吉日良时，把我姐娶走了。

4

按习俗，女儿嫁出去三天，要回娘家探亲。我娘天天等，不见我姐回来。我爹很着急，对我娘说，她不回来，你去看她啊！我娘白我爹一眼，说，你懂啥！

我娘也很着急，可心里有数。我姐不肯回来，说明她的心情很糟糕，这个时候绝不能去看她。姑娘的心都高高地悬着，云里雾里，突然硬摘下来，就跳得很猛烈。这个时候去触摸，心会很疼，又反弹得激烈。只有等云消雾散了，她的心彻底落地了，沾满泥沙跳不起来了，那时她就死心塌地了，再去看她，也就没事了。我娘不肯马上去还有原因。那女婿比她这个丈母娘还大好多，上门去看女儿，多尴尬。

终于打听到那个台湾爷爷回台湾去了。

我姐夫的父母已经去世好多年了，家里没了亲人。姐夫把那年久失修已经崩塌成一堆瓦砾的老屋清除掉，重新盖成一栋平顶房，买来好多家具和电器，就风风光光地把我姐娶进门来。姐夫从台湾回来娶亲，对那边人说是回来探亲。我姐嫁过来一个月，探亲假超期了，姐夫得赶紧回台湾去。

我姐没能跟着去台湾。姐夫对我姐说，没办法啊！我姐送姐夫出村口，姐夫又说，你一个人在家里，心里闷，就回娘家去住。我姐没有回娘家来。那天她走出娘家的门口时，突然有被卖掉的感觉，上了轿车，心里空空的，接着眼前一片黑。这些日子来，她的心一直飘忽，每想到那个娘家，心里就冷，家里的人突然都变得模糊，甚至很陌生了。送走姐夫，折回那间平顶房来，我姐便把房门反关，脚不再踏出门。我姐不想回娘家，其实也不想见这个村里的人。这里的人的目光都怪怪的，好像会说话，有的在说她贪财，一个小姑娘居然嫁给一个老头；有的却在夸她命好，不用出力出汗，就有吃有穿了。

我娘拉上我，走进梁屋村来。我娘反复叮嘱，见到我姐，千万别乱说话，看着，听着，就行了！踏进那平顶房，我姐的表情很僵硬，朝我们点一下头，很客气地请我们坐在沙发椅上，接着摁风扇吹我们，然后转身打开冰箱，拿出鱼，拿出肉，到厨房忙去了。

我姐嫁过来才一个多月，就生分了，把我们当客人？气氛很窘迫。我不说话。我娘的嘴也锁紧。我偷眼瞧我娘，她的眉头一会儿舒展一会儿紧锁，表情也不自然。

我姐一个劲地在厨房里忙。

一会儿后，我发觉我娘的神情不再那样局促了，她的注意力已经从我姐身上移开，眼睛很忙碌，贪婪地左瞧右瞧，瞧这间屋子和屋里的东西。这个客厅不很大，摆设却很齐全，有茶几，有沙发，有一个金鱼缸和两瓶塑料花，更吸引眼球的是那些家电。我娘的眼睛一眨一眨，目光在那电视机、电冰箱、电风扇上来回摩擦。她那只手无意识地动来动去，忍不住走近去摸一摸。每摸一下，她就吸一口气。我娘进卫生间小便，踩进来，脚却迈不动了。她缩鼻子嗅，没臭味，突然没尿感了，屙不出。她敲一敲那洗衣机，又敲一敲那热水器，走出来，拐向厨房，站在门边瞧那喷着火煮饭的煤气灶。看了一遍，摸了一遍，我娘的表情活泼起来，莫名其妙地说，啊——不亏呢！她走回客厅来，静静地坐着。

有煤气灶，饭很快做好了。吃完饭，我姐在客厅陪我们坐。我姐只是坐着，不说话。今天我娘特意来陪我姐说话，却找不到合适的话题。我娘的目光又在那些家电上来回溜达。她想从这些家电上找话头，可我姐的神情平静得像金鱼缸里的水一样，话头粘在她的嘴唇边，跳不出来。我姐的嘴巴仍紧闭，她伸手按那风扇一下，让它转得更起劲。我娘的嘴唇终于翕动了，说，这么多电器，小心啊，弄不好触电死人呢。我姐的神情依然木木的，好像听不见，不答话。我娘的目光跑开了，说，闲着，就回家去看你爹呀。我姐很疼我爹。我姐的眼睛一闪，轻轻地点了点头。来时，我娘打算在我姐家住一晚上，母女俩好好聊一聊，此刻她犹豫了。我姐突然对我说，妹子，你跟我过个夜好吗，让娘回去。我娘愣愣地瞧着我姐，眼皮坠下，自个回家去了。

天黑了，我姐没开电视机。我和她坐在客厅里，像石佛一样。我姐突然说，小翠，姐的命苦啊！我心里一颤，看着她那张没有血色的脸说，让你嫁给一个老头……我姐打断说，你还小，不懂，姐是命中注定呢。我感觉全身冷飕飕的。我想起我娘说的话：……她的心彻底落地了，沾满泥沙跳不起来了。那时……我姐没有死心踏地啊！我姐又说，嘿，拿人家那么多的钱，做牛做马也还不了呢！

晚上我和我姐睡在一张床上，两人都睡不着，可不说话。早上我要走时，我姐说，得闲，常来看姐姐！

5

姐夫从台湾来时，坐飞机去香港，再从香港飞来海口。回去同样麻烦，坐车去海口，又从海口飞去香港，再转机飞去台湾。姐夫曾牢骚说，憋气，直道不走，偏走弯路！因为超期了，回到台湾，姐夫赶紧到有关部门说明原因。从那栋楼里走出来，姐夫轻松了，赶紧跑到一家小酒馆去见同乡们。姐夫在这个新竹县里有几个同乡，都是那个时候从家乡跑到台湾来。现在大家老了，都闲着，经常凑在一起，操着同样的口音，说一样的方言，一边吃酒一边聊家乡那边的事情。家书抵万金。这些日子，家乡那边的信息尤为入耳入心。

几个同乡很亲密。同是天涯沦落人，一样的经历，一样的命运，手携在一起，心也挨在一起。姐夫跑到台湾来后，仍当兵，薪金不多，时间长了，也积攒了一笔钱。这点钱不够买房，更不够娶媳妇。这里男多女少，女人都鬼精，只盯上那些当官或者做生意的。成不了家，人就漂泊，心也漂泊，姐夫经常进出妓院舞厅酒楼赌馆挥霍时光，钱也挥霍光了。没有钱，心里反而平静了，啥都不想，靠着养老保险金过一天算一天。心如死灰时，天却突然好了，老兵可以回魂牵梦绕的家乡探亲了。姐夫在兴奋中犯愁。两手空空的，怎么回千里迢迢的家乡去呀？只能节食省用等着。一批批老兵回去了，又回来了，眉飞色舞地说家乡人很亲热，把他们当财神爷下凡。不少人一抖钱袋子，就有了媳妇，有家有屋了。姐夫的心情澎湃，可自己的钱袋子还很瘪。几个同乡把姐夫叫来，每人从口袋里掏一把钱塞给他，说，赶紧回去娶个媳妇，别等老掉牙了，摘到了沙梨，却咬不开啦！

同乡们都知道姐夫今天回台湾来，早在小酒馆的包厢里等着。姐夫走进来，几双眼睛都聚焦过来，搜索一番后，有的咂咂嘴说，瘦了！有的摇头说，没瘦！有的说，更年轻了呢！我姑妈家那个台湾爷爷说，你们懂个屁，老牛吃嫩草，长膘了呢！都咧开嘴笑，酸酸地笑。银村没笑，他不爱听。银村岔开话题问，梁屋老弟，钱都花光了吧？这位叫“银村”的老乡，是银村人。“梁屋”就是我姐夫。平时他们不叫对方的姓名，叫家乡的村名。村名比姓名更亲切。长坡说，要回去，就别提钱了，有多少花多少。长坡就是我姑妈家那个堂叔。姐夫下意识捏一下口袋，苦笑说，啥都花钱，一转身钱就不见了。长坡说，别心疼那些钱，值得。又问，一切都顺利吧？姐夫的眼里闪烁着感激的光芒，说，真该感谢你！长坡嘎嘎笑。姐夫娶我姐，就是长坡出的主意。长坡回台湾来，兴奋地告诉我姐夫，说他的一个远房亲戚有个姑娘长得很水灵，叫媒人去说，就抓到了！那天我娘和我姐去认亲戚，虽受冷落，可长坡已经注意我姐了。他从我娘那复杂的眼神看出，我娘很想让我姐嫁给一个台湾爷爷。可惜那时已经有人在镇上给他物色一个条件更好的了。在长坡的指引下，姐夫很顺利地娶到我姐了。长坡说，咱俩是亲戚啦！姐夫点头应允，却又开玩笑说，你这位亲戚也做得出啊，人家母女俩跑去认你这个台湾爷爷，礼物没给，也不搭理人家。长坡哈哈笑，说，狗咬吕洞宾，不识好人心！当时要是送她母女俩一人一枚戒指，说不定你媳妇的哥哥就找到媳妇了，她就不肯嫁给你了呢！姐夫说，有这个可能。银村见他们找媳妇像上市场买荔枝似的，左瞧右看，挑挑拣拣，心里不是滋味，骂道，都是遭天杀的！能够回家乡去了，以为很好的事，可七老八老了，也不积点德，拿几个钱吓唬人，抢着争着找媳妇，糟蹋家乡的姑娘。银村为人很正直，说话也直。长坡说，银村兄，把话说反啦，我们回去做好事呢。家乡人缺钱，我们使钱，不是吓唬人，施恩啊。我姐夫很认真，说，怎么是糟蹋呀？又不是拿姑娘去卖，结成夫妻，生男育女，传宗接代呢！听见“传宗接代”四个字，银村心里咯噔响，感觉自己的话说过了。他又说，的确不能怪你们，大家的命不好，打了几十年光棍，折腾到今天，才有机会娶上个媳妇做人啊！

6

长坡很有眼光。我姐和我娘去他家那天，我姐穿一条黑褐色大襟衫，土土的，他一眼就看出我姐水灵。我姐的脸型很顺，五官端正，长相自然，身材匀称，人家都觉得好看，没人说她水灵。我姐嫁后，遮遮掩掩的，不想展现出漂亮。漂亮对她来说很多余，甚至残忍。可是漂亮藏不住。用不着下地晒日头干重活后，阳光蹂躏风雨磨砺留在我姐脸上的粗糙痕迹褪去了，肤色显露出光亮和白皙，鲜嫩得像刚掰开壳的熟鸡蛋，穿上姐夫从台湾买来的时新衣裙，水灵而又秀气，活脱脱从银幕里走下来的美人儿。

一个老头，一个年轻美貌的小媳妇。瞧着我姐，姐夫心里泛起得意。姐夫鼓励说，出去走走，整天待在家里，像腌咸菜一样，不闷吗？我姐调皮地说，不是腌咸菜，是窝豆芽呢。我姐也觉得不该整天闷在家里。嫁个台湾爷爷，不是偷，不是抢，没必要害怕那些抛过来的目光。我姐在平顶房前面那棵酸梅树下搭间铁皮小屋，开个小卖部。姐夫不赞成开小卖部，说费这个劲干吗，村里人少，又穷，小卖部能赚多少钱？我姐说，赚多少就多少，总比天天闲着，一分钱不赚强呢。我姐开小卖部，主要是为了有事做。一个年轻女人天天闲着，比什么都难受。姐夫吃台湾的养老保险金，要台湾、海南两头跑，来两三个月，就回去个把月。姐夫回台湾去，就剩下我姐，忙个小卖部，时间就过得快了。

姐夫回台湾去了，我来看我姐。那小卖部很热闹。村里人买糖果饼干，买烟买酒打酱油都来小卖部。村里的姑娘有事没事都到小卖部来，或买块毛巾、买只发夹、买瓶头油，或者什么也不买，只是来和我姐说话。小伙子们也喜欢跑到这里来，买盒香烟，买个打火机，为的是要瞟我姐一眼，或者说一句俏皮话。中午时，小伙子们干脆向我姐买一副扑克牌，坐在那酸梅树下热闹地打牌，让嚷声和笑声泼进小卖部来。

这天是中元节。我姐割一刀肉，杀一只鸡，买一条鱼，凑成“三牲”，在那平顶房里烧香点烛拜祖。在娘家时，我姐没做过这些。我好奇地站在一旁瞧我姐在神桌上摆茶杯摆酒盅摆饭碗、碟子和筷子。我姐见我很惊讶，她的表情依旧平静，说，做个媳妇，啥都要懂呢。香烛点燃了，我姐跪在神桌前磕头，又一边烧纸钱一边叨念：祖宗们，老梁在外头，心里仍惦记你们呢。要护持保佑他，让他行在吉方，坐在吉位，康泰平安……叨念完，我姐回头来对我说，做人家的媳妇，要懂得敬重人家的祖宗，关爱自己的男人。我心里想：姐姐完全进入角色了，在努力做好一个媳妇呢！我逗趣说，你不点姐夫的名，叫“老梁”，祖宗知道“老梁”是谁不？我姐迟疑一下，脸泛红，瞪着我说，你懂啥！

我姐又到镇上进货。石板街拐角那间商店的货物花样多，价格也相对便宜，女店主又热情，笑容总是灿烂在脸上，尤其她对我姐格外亲热。女店主叫阿花，很年轻，可人家都叫她“台湾婆”。她就是长坡的媳妇。她不仅漂亮，也聪明，可生意总做不好，本亏光了，还欠债。她嫁给了长坡，又有钱做生意了，风光地开了这家商店。阿花见到我姐，就亲热地叫妹妹，停下手头的活，拉我姐到屋里去说话。阿花每次都把我姐弄成重感冒似的，头昏脑胀，寒热往来。阿花说话总是分三个步骤：开始是热腾腾的一番家长里短，让人心里很熨帖。再是满脸忧愁长吁短叹，让人的心里很紧了，就说，唉，年纪轻轻就交给一个老头，命不好啊！最后又换成很亲切的样子，语重心长却莫名其妙地说，妹子，他们的日子短，咱们的日子长呢，别傻啊！

阿花执着我姐的手从屋里走出来，我姐仍云里雾里，阿花却一脸笑容。

阿花的弟弟已经给我姐点好货物，打包好了。她这个弟弟叫阿松，年龄稍比我姐大，长得像阿花，好看，可打扮怪怪的。一头长发盖在他脖子上，穿条女人的花衬衫，挂一条牛绳一样粗的金项链，嘴上总咬着一根牙签。阿松笑嘻嘻地热情洋溢。他迎过来说，阿翠，难得上镇来一趟，回去这么早干吗！我姐的名叫“大翠”。我姐不喜欢阿松的打扮，也不喜欢他。我姐说，不早啦。阿松把货物绑在一辆摩托车的后边，要亲自送我姐和货物回村去。我姐不肯上车。那货包已经占据摩托车后座的一半，她上车，只能窄窄的夹在中间，趴在阿松的背脊上。阿花笑着说，难得啊，阿松从不给别人送货，咱俩是姐妹，亲着，对你特殊呢！我姐不好意思了，跨上了摩托。摩托车呼一声跳起，左拐右拐歪歪扭扭向前冲。我姐惊慌，急忙伸手抓阿松的肩头，叫，别开这么快啊！摩托车慢下来了，却慢悠悠的。阿松笑着说，看得出，你很胆小啊！我姐问，怎么胆小？阿松说，夜晚镇上的舞厅、卡拉 OK 热闹死了，从不见你来过！我姐说，我不会唱歌，也不会跳舞呢。阿松说，我教你。我姐说，我不喜欢。阿松说，这么漂亮的姑娘，谁见谁爱，不跳舞，不唱歌，太浪费了！我姐不说话了。摩托车拐向梁屋村那条窄小的沙土路后，开得更慢。阿松说，路这么难走，怎么开店在乡下？我姐说，开店在村里方便呢。阿松说，要这么点货，能赚多少钱！我姐说，开大店，大本钱，哪有这么多钱。阿松说，台湾佬有钱，可很狡猾，找媳妇时出手很大方，媳妇娶到手了，就装穷，把钱攥得很紧。我姐说，过日子，钱攥紧好呢。阿松说，嫁台湾佬，就是嫁给钱。把青春全交给他了，他的钱不拿出来，不公平！我姐说，他的钱也是我的钱呐。阿松说，这么想不对，钱不在你的手上，就不是你的钱。太老实要吃亏的，看来，只有我和你配合，把台湾佬的钱挖出来。我姐不爱听，尤其阿松开口闭口叫“台湾佬”，很扎耳，不再答话。摩托车驶进梁屋村。我姐把货包卸下。阿松说，下次要货，我进村来接你！

7

我姐仍然很少回娘家来。理由很简单，她一个人看店，走不开。

一天天过去，时间把人的心里磨粗糙了，我们家里人也不惦念我姐了。再说，我姐夫好多次从台湾回来，都没带来礼物，我姐回娘家，都空着手，她回不回来，我们不很在意了。

现在我们的家门已经兴旺了。拿到姐夫五万元聘金，我家那破房子毫无可惜地全部拆掉，新盖一栋漂亮的大堂屋。大堂屋在我们村里并不新鲜，很久以前的人就是这么盖。新鲜的是几十年来没人盖得起了，而且两边厢房又开着两扇很大的铝合金玻璃窗。那光亮的铝合金玻璃窗反射出耀眼的光线，显示出这栋大堂屋的新景象。新景象就是与众不同，我们家自然与众不同了。更与众不同的就是那台电视机。我家的大堂屋盖成后，家声大振，一个知时务的姑娘慷慨地和我大哥定亲。一直被我们全家人暗地里骂作吝啬鬼的那姐夫，突然很大方，满腔热情买一台21寸日立牌彩色电视机送到我家来。我家大堂屋前面那空地蓦地竖起一根很长的竹竿，上边支着一副很特别的鱼骨架天线，招摇在村里人的眼睛里。这是我们村的第一台电视机。每天日头一下地，村里人就屁颠屁颠地来到我家门前，眯着眼望那鱼骨架天线，再瞪大眼睛瞧那尊贵地蹲坐在大堂屋里的电视机。我爹得意扬扬，捋起衣袖，以千钧一发之力摁那开关一下。噗的一声，雪花便沙沙纷飞，里边的人就渐渐从雪花里走出来，热闹在村里人的面前。这时，全部人的眼睛都绿绿的，鸦雀无声。不一会，雪花又沙沙纷飞，电视里边的人又隐去了。马上就有人喊，快，快去转天线！就有自告奋勇的人跑去抓那竹竿转动。屋里的人就瞪着电视屏幕一阵一阵喊：行了——行了，嘿——不行，好——行了……每个晚上，我家都热闹在这叫喊声中。

这台电视机就是我们家的颜面。我们家的人走出门去，身上都挂着人家投过来的羡慕的目光。我们全家人都珍爱这台电视机。但是，我大哥瞧那电视机，目光总要乜斜着，眼角好像缭绕着几丝诡秘的阴霾。原委我们家里人都明白。问题就出在我姐夫送来电视机时，在我家大堂屋建成之后，在我大哥成亲的日子之前。非常不好办啊！弄不明白是送给大堂屋，还是送给我大哥？为大堂屋落成之庆，电视机就是全家人的；为我大哥新婚之庆，电视机只能是我大哥的。我大哥那目光很具杀伤力，几天下来，把我们全家人都灼伤了，谁坐在那电视机前，全身都不自在。我爹是个老实人，见村里人涌来看电视，很为难，左顾右盼，证实我大哥不在家了，才大胆地走过去，轻轻按那电视机的开关。我娘很闹心。她要解决这个棘手的问题。这天，我娘把我姐叫回娘家来。全家人围着饭桌吃午饭的时候，我娘突然问我姐，这电视机，是送给娘家，还是送给你大哥？全部人屏气凝神地等我姐回答，又猜测她怎样回答。我姐怔住，筷子含在嘴里忘记拔出来。我想我姐一定说是送给娘家的，因为我娘的问话有明显的倾向性，而且答案好像已经给我姐暗示了。我姐把筷子从嘴里拔出来，眨眼睛扫视我们，吞吞吐吐说，送电视机来时没说明白，现在，更不明白了。天啊，这是最糟糕的回答。全家人都不满意。我姐也不满意，搁下筷子，愣着。稍许，我姐不再愣了，端起饭碗，低着头吃饭。我爹也端起饭碗说，都吃饭吧。全部人的目光渐渐疲软，都收回去了。我仍盯着我姐。我的眼睛突然亮起来，觉得我姐这个回答最聪明！我向我姐投去佩服的目光。士别三日，当刮目相待。姐姐呀，你这老实坯子才嫁出去不久，怎么变得这样聪明了啊！

大哥成亲的日子到了。姐夫没有从台湾回来。尽管我姐已经解释，说姐夫有些手续没办好，那边的人不让他登机。我们全家人仍不高兴。我娘说，哼，这些有钱人，娶个媳妇像买去一样，一点人情味都没有！我大哥说得更直接，这个台湾佬狡猾，故意躲着不回来，怕花钱买礼物！

大哥成亲前一天，我姐回娘家来。全家人对我姐都冷淡。我姐却表现得很自然，像平常一样，该忙啥就忙啥。事情都打理得差不多了，全家人缓下来时，我姐从裤兜里掏出两只精致的小盒子递给我娘说，老梁以前说过，两个哥哥成亲时，送给他们金项链，今天我都拿来了。我娘接过两只小盒子，抬头来，瞧着我两个哥哥。大哥从我娘手里把两只小盒子都抓过来，打开其中一只，喜滋滋地将一条金项链挂在自己脖子上，手上抓着另一只小盒子说，明天，我要亲手把这一条项链给我媳妇戴上！全家人都不说话，望着大哥。我娘侧头问我姐，两条金项链都送给你大哥，还是……我姐说，老梁说送给两个哥哥。我大哥索性把那只小盒子塞进裤袋，说，这个台湾人老糊涂啦，好事成双，哪有只送一条项链的？我娘又看着我姐。我姐不看我娘，嗫嚅地说，反正那时老梁就是这么说的，金项链我都交给你了。事情复杂起来。我们的眼睛转来转去，看我大哥，又看二哥。二哥一副不在乎的样子说，我是老二，好办啊，今天大哥怎样，以后我就怎样！我姐说，没有了。二哥不再从容了，气咻咻问，没有了？人家都说，有个台湾爷爷妹夫，就是有棵摇钱树，你不是我妹妹吗？我姐说，老梁没啥钱呢。二哥说，没钱就别嫁那老不死的！娶个年轻媳妇，却舍不得花钱，你还一口一个老梁叫他！二哥见我姐斜眼瞧着他，又说，我说的不是吗？嫁一个老头，丢人现眼，连我们的脸也丢光了呢！按你这模样，嫁给一个当官的，或者嫁老板，哼，要啥就有啥！我姐勾下头，咬住嘴唇，眼睛发红。我想为我姐说句话，我娘的目光及时扫射过来，噼里啪啦打在我身上。我娘又回头制止二哥，说，家里有喜事，应该高兴，你胡说个啥？二哥哼一声，撇开腿，抱着双手侧身站在我娘身旁，那目光仍扎在我姐身上。我娘又安慰我姐说，你二哥说话就是这个样子，别在意！我姐仍咬住嘴唇。我娘又说，你二哥的话难听，也在理哩。女孩大了，嫁出去，不是卖出去，心还要向着娘家啊！我爹一直在旁边看着听着。他突然说，大翠，你干脆抓把菜刀把自己的肉割成一块块，分给他们算了！顿时，愤怒的目光从几个方向射来，辣辣的。我爹招架不住了，受伤似的耷拉下头，嘴巴立刻锁上。

8

姐夫回来的日子，我姐的生活无波无纹。早上，两人吃过早餐，一块儿到小卖部来坐；中午吃饭后，姐夫睡午觉，我姐就守在小卖部里；吃完晚饭，小卖部就关门了，那间平顶房的门也闭紧，两人在里边看电视；电视机关了，屋里的电灯也随着关了，一天的日子也就关闭了。这样的日子好不好？各人有各人的认识。村里人很羡慕，说，幸福啊，坐坐就吃，神仙才这样呢！我姐也觉得好，有吃有穿有住，就是好生活。老梁虽老，习惯了，没啥。

姐夫回台湾去了，我姐那小卖部又热闹起来。一些女人没事就到小卖部来，和我姐说笑聊天。天黑了，就有许多人进屋来，和我姐一起看电视。开始来的是一些女人和孩子，渐渐地一些男人和老人也挤进来。我姐很热情，给人家端茶送水，还开电风扇给人家吹。每个晚上，那间平顶房里都热闹到深夜。

渐渐地，这热闹里出现了异常。小卖部里的人多起来时，老梁那个堂弟就背着手从门前走过去，走回来。晚上那平顶房里热闹了，对面那酸梅树下就蹲着一个人。一直到电视机关了，屋里的人都走出来了，平顶房也关门了，那个蹲着的人才悄悄离开。那个人是老梁的堂弟。我姐知道他为什么在那蹲。我姐嫁过来后，这个堂弟那张老脸都冷冷的，像是我姐欠了他什么似的。我姐问姐夫为什么？姐夫说，没啥。后来我姐弄明白了。开始时，每次姐夫回来都给他礼物，我姐嫁来后，很少给他送东西了。我姐堵了他的财路。现在姐夫每次从台湾回来，他都躲着我姐和姐夫叽里咕噜一番，姐夫回台湾前，他又和姐夫嘟嘟哝哝一阵子。我姐走出屋来，请这位堂弟进里边看电视。这位堂弟仍蹲着不动。后来，这位堂弟不再蹲在酸梅树下了，变换位置，或在房前屋后，或者躲在没人注意的角落里。

一双眼睛老在背后盯着，有芒刺在背的感觉，可我姐没办法。这天，我姐说电视机坏了。天黑后，没人来了。我姐早早熄灯睡觉。我姐的房前屋后不见有人蹲着了。半夜时，却听见房屋周边有窸窸窣窣的动响。过一会儿，就见一个人影躲在窗外，伸个头往屋里窥视。我姐烦透了。此后，每晚睡前，我姐都把四面的窗帘挂得很严实。

我姐的日子很沉闷。

我姐要出去透透气，三两天就到镇上要一次货。这天，阿松又骑摩托车送我姐回梁屋村来。刚下车，老梁的堂弟走了过来，问阿松，你是什么人？阿松一时不知所措，瞥他一眼，不答话，踩响摩托跑了。老梁的堂弟马上转过来问我姐，他是谁，为啥载你回来？我姐说，他是批发店老板，给我送货。老梁的堂弟说，以后……我姐不搭理他，走进屋里去。

姐夫又从台湾回来。

半夜里，姐夫悄悄摸回家来，掏钥匙开门，马上拉开灯。屋里突然亮起来。我姐惊叫一声，从床上爬起，抓起床边一把菜刀，喊，谁？连喊了两声，姐夫才应道，是我，嚷个啥呀？我姐全身一软，菜刀扔下，得一声坐在地上。

我姐缓过神来了，骂道，你发神经吗，不叫一声，我以为是贼呢！姐夫说，我就是来抓贼呢。我姐听明白了：老梁早回来了，躲起来，特意到半夜才摸回家，要抓奸。我姐身上一阵热一阵冷，接着喊道，贼在哪，谁是贼？呸，你怕有贼，就别回台湾去！

姐夫回来后，我姐的生活又重复原来的平静。

两个月后，姐夫又回台湾去。

姐夫回去第二天，我姐就回娘家来住。我姐为什么回来，她没说。晚上我姐和我睡在一起。半夜的时候，姐姐就悄悄爬起来，坐在床边发呆。

这个晚上天边挂着一颗歪月亮，淡淡的月光把我家庭前的水泥地板抹成灰白色。我和我姐坐在庭前晒月光。我们刚进房睡，我家那条狗闹了起来，接着听见急促的敲门声。我要出去开门。我姐拉住我，说，别开，让他敲。我娘也被吵醒了，从堂屋里走出来开门。天那，进来的居然是我姐夫。姐夫不等我娘反应过来，问，大翠回家了吗？我姐急忙从房里走出来。看见我姐，姐夫脸上的着急抹掉了。可我姐却羞得哆嗦着。姐夫解释说他去到海口，发觉家门的钥匙不见了，急坏了，只好赶回来。我娘看出了蹊跷，顺着姐夫的话说，是呀，钥匙不见了，要小心那贼进屋偷东西啊！

我姐和姐夫连夜赶回梁屋村去。

明摆着，姐夫假装回台湾去，然后躲起来，半夜三更跑回家来抓奸。家里没找见我姐，慌了，赶到我家来找……走出村口，我姐和姐夫吵了起来。我姐说，丢人啊，抓奸抓到我娘家来了，没留一张脸给我做人！姐夫想说：丢脸事小，掉了人就事大啦！可他没这么说。他叫我姐别嚷，外人听见了不好。

9

每次都是长坡和我姐夫一起从台湾回来，一起回台湾去。近来姐夫总是拖泥带水的，长坡回来几天了，他还拖拖拉拉回不到台湾。

几个老乡还是经常凑在小酒馆里。姐夫很少来了，回到台湾，就闷闷地躲在公寓里。长坡去叫他，他就推托说不舒服。长坡不高兴，说，咱们几个老乡能够熬到今天，就是经常在一起说话排遣心里的苦闷，不能有了媳妇就疏远了兄弟们。姐夫说他没有疏远兄弟们，而是媳妇让他闹心。每次回来后，心里都不踏实，太折磨人了。长坡说，难得你有这个心情，说明你对疏媳妇很上心。不过，这不叫“折磨”，是惦挂。我们回去找个媳妇，其实就是要找个念想，好事呢。

姐夫还是没去那小酒馆。他和长坡到公寓楼旁边那茶坊喝茶。

姐夫坐下，脸上还抹着愁色。他端起茶杯呷一口，目光划在长坡的脸上，黯然神伤叹息说，老兄，以为有个媳妇了，就好了，唉！长坡问，你感觉啥不好？姐夫拿着空茶杯转来转去，说，你说心里话，你担不担心你的媳妇？长坡警惕地问，担心她啥？姐夫说，隔山隔水远在千里，你不担心她闹出什么事来？长坡明白了，我姐夫就是为这个闹心。他说，好几十岁的人了，啥事都经过了，还操心这个事，傻了吗？姐夫说，你真的不担心她做出什么对不起你的事？长坡骂道，什么是对不起我们的事？你细想，难道我们就对得起人家？我们甩出一把钱，就把人家买来了。人家还很年轻呢，我们就很心安理得？姐夫急起来，说，我们有个家错吗？为了这个家，身上的钱全押上去了！长坡说，有个家没错，而且是应该的，可是，我们不仅仅为了有个家，还要挑肥拣瘦找年轻的、漂亮的。你想过没有，我们都是快死的人了，拿一个姑娘做媳妇，和人家夫妻相对，人家心里怎么样感受，你能体会吗？嘿，我的梁老弟，要将心比心，看开点，悠着点，别太苛刻！我姐夫更急，说，我的长坡老兄，你说的是什么话，什么是看开点，什么是苛刻？既然她们嫁了我们，就是夫妻，就得认真，除非不把人家当作妻子！长坡怔怔地看着我姐夫，点点头，又摇摇头，不再说话了。

10

我姐很苦闷，有话不知找谁说。阿花是同路人，上镇来要货时，我姐把心里的苦闷全抖了出来。阿花很气愤，骂道，这些老不死的，死了干净！她又说，别理他，爱干啥干啥，我们又不是卖给他们了！

这天傍晚，阿花亲自骑摩托车到梁屋村来，接我姐到镇上跳舞。阿花告诉我姐，她心里也苦闷，跳舞就好了。

镇上的舞厅是露天的，准确说应该叫舞场。在一块空地上铺着水泥地板，周边砌着围墙，上边挂着各色彩灯，四面摆许多桌椅，天黑时，进来的人坐在椅子上，灯亮了起来，舞曲也响起来，人就在灯光下搂着转，也就热闹起来了。

来到舞厅，早有一个穿着很时髦的男人等着阿花。阿花叫那人去找个舞女，她要教我姐跳。阿花很会跳，也很会教。我姐拘谨，手脚放不开。阿花鼓励说，跳舞很文明，别怕，大胆就会了。你这身材就是生来跳舞的，放开了，保证比谁都跳得好。连跳了几支舞曲，我姐会跳了。阿花回头去找那个人，把我姐交给阿松。几个朋友和阿松在一起，他们都叫阿松“台湾舅舅”，众星捧月一样捧着阿松。他们大口喝啤酒，很爽快，抽烟却很计较。有的把烟藏在口袋里，伸手摸出一根，自个抽。有的只带打火机，不带香烟，别人抽烟时，伸手讨，再掏火机给人家点火。他们不叫舞女，轮流和我姐这个“台湾婆”跳。我姐的舞步还忐忑，任由这些人操作，搂搂转转，碰碰撞撞，冷不防又说一句莫名其妙的话：老吃咸鱼，真傻；浪费资源，太可惜了！跳完一曲舞，我姐就脸红耳赤头晕目眩。那些人像馋猫嗅到了鱼腥，嘴没着落地痒，瞅着我姐嘀咕……多好的姑娘啊，一朵鲜花插在牛粪上……台湾爷爷有几个臭钱，就回来糟蹋家乡的姑娘，该拉去枪毙……女人也太贱了，贪几个钱，把自己的一生……好呀，就给她钱，让她……呸，太欺负人了！嫁个台湾爷爷就那么犯贱，那么另类！我姐很生气，又难受。

跳完舞，那些人邀请我姐到舞厅旁边的小食店去吃夜宵。这些小食店都是冲着舞厅开的，谁想和舞女进一步发展关系，就请舞女吃夜宵联络感情。我姐不想吃夜宵，找阿花送她回梁屋村去。阿松说，这个时候我姐不知道跟那人躲在什么地方乐啦！我姐很愕然。她只好和阿松走进一间小食店，等阿花回来。

小食店里面拿硬纸皮隔成一个个小包厢，里边有一张小饭桌，一张简易长沙发，两人进来，就是一个小天地。阿松要一些鸭脖子、鸡爪、鱿鱼干，还要两瓶珠江啤酒。举杯碰一下，阿松把一大杯酒全灌进嘴里，催我姐说，吃呀！我姐问，你说你姐和那个人躲在什么地方乐，到底怎么回事？阿松眼里闪出狡黠的光芒说，那人是工商所所长，我姐的男朋友，他们可潇洒啦。我姐说，你姐有丈夫呢！阿松说，这就是我姐的聪明，没在一棵树上吊死。我姐说，怎么对得起长坡？阿松说，我姐那么年轻、漂亮，死心塌地跟着一个台湾爷爷，更对不起自己！我姐说，你姐嫁时，不要聘金吗？阿松说，嫁台湾爷爷，就是嫁给钱，怎么不要聘金。台湾爷爷是拿钱买青春，可青春无价，怎能全交给他！我姐说，都做夫妻了，还有啥好说的？阿松说，“夫妻”是台湾爷爷拿来套住人的，谁保证他在那边没有情妇？说不定还有个老婆呢！我姐说，我家老梁不是那样的人。阿松说，别被他蒙了。要聪明点，反过来蒙他，把他的钱都拿过来！我姐见阿松的话越来越难听，不说话了。阿松说，算了，不说这些了，这个时候咱们应该高兴！阿松抓酒杯碰我姐的酒杯，一只手勾住我姐的脖子，说，要对得起青春，对得起酒，青春万岁！酒万岁！他把一杯酒又喝光时，索性将我姐搂进怀里。我姐用力推一把，从阿松的怀里挣脱出来，说，你醉了！阿松说，我清醒着呢。阿松确实没醉。他说，好吧，不拐弯了，咱俩交朋友，拿我的青春兑换你的青春，又共同对付台湾佬。我姐说，我不做那样的人！阿松说，嫁给台湾爷爷，本身就是交换，走了这步，就别说这个话了，要像我姐那样，想得清楚，做得明白。我姐全身发凉，呸一声，下意识捋一下弄乱了的头发，走出了包厢。

阿花已经等在小食店的门外。今晚的事，就是阿花安排的。她见我姐表情冷冷的，明白事情并不顺利，问，阿松呢？我姐不答。阿花干脆说，不理他，我驮你回家去。摩托车拐进梁屋村那条小路时，阿花突然叹口气说，妹妹，我真羡慕你啊！我姐问，羡慕我啥？阿花说，羡慕你心静呢。你说，咱们多可怜，为了钱，嫁给一个老头，一切都搭了进去。慢慢想，有时真想哭！阿花又说，妹妹，不久老头就死了，咱们咋办呀？我姐心里又说，你巴不得老头死呢。阿花说，妹妹，听大姐提醒一句，千万别给那老头怀孕了啊！我姐心里一颤，这女人只租给长坡，没嫁啊！她坐不安稳了，在阿花的身后扭来扭去。白炽的月光下，摩托车拖着一道长长的阴影撞进梁屋村来。我姐跳下车便赶去开门，闪进去，把门掩上了。

我姐不再上舞厅了。

11

我要出嫁了。我长成一个大姑娘后，很多人夸我长得漂亮，像我姐。我也觉得我漂亮，只是不如我姐漂亮。我的皮肤有些黝黑，也有些粗糙，脸上总有几个讨厌的青春痘，不像我姐那样，白皙、光亮、滑嫩。经常有媒婆上门来求亲。我窃喜又惊悚。姐姐的婚姻使我对“婚姻”两个字有异样的感觉。我来找姐姐。姐姐说，你命好呢，哥哥成家了，二哥也不愁娶不到媳妇了，你想嫁谁就嫁谁！姐姐又严肃地告诫我：不要听媒婆和我爹的，要靠自己的眼睛，自己的事自己拿主意。我有些惘然。姐姐又说，不要贪人家有钱，不要贪人家的房子漂亮，嫁的是人，嫁一个有手艺，出力出汗做吃的就够了。我姐在梁屋村给我物色了一个小伙子。那人做木工，手艺很好，有忙不完的活。我姐让我们见面。我很满意。我姐说，满意就嫁吧。嫁过来后，咱姐妹俩就有伴了。出嫁那天，我姐悄悄塞给我一个金手镯。我不要。我说，两个哥哥知道了，也向姐姐要金手镯，该怎么办？我姐说，不管他们。我还是不肯要。

我家现在仍穷，我爹我娘我大哥大嫂种地，打的粮食刚好够我们全家人吃饱。我大嫂嫁过来后，三天两头和我娘吵架。她说，以为有个台湾爷爷亲戚，家里很有钱，原来是个空壳！我二哥不想随便娶个媳妇。他天天做着发财的美梦。他没啥本事，门路就是买彩票。他期期买，期期输，仍锲而不舍坚持买。他说，不怕买不中，只怕没彩票卖了；只要有彩票，总有一天变成个富翁。他没钱买彩票了，就拿家里的谷子、番薯去卖。谁说他半句，就和谁吹胡子瞪眼睛。

我的丈夫很好，体贴我，经常叫我没事就去陪姐姐聊聊天。是的，我应该多陪我姐，她太孤独了，尤其姐夫回到台湾的时候。我没事就往那小卖部跑。姐姐看见我走过来，那张平静得近乎麻痹了的脸就活泼起来，眼角飘出一丝宽慰。她热情地拉我进小卖部里坐，拿水果、点心出来，和我一块儿吃。没人来买东西了，她就拉我进屋里，打开电视看。面对电视机，她的目光却不落在屏幕上，那张好看的嘴轻轻咧开，话便潺潺流出来。她什么都说，地北天南，想到哪就说哪，好像只要把话说出来了，人就舒坦了。我明白，我姐的心关得很紧，闷得难受，只有我来时，才肯露出一点缝隙，透透气。

12

那个银村死了，死在公寓房里，两天后才被人发现。银村没有家属，几个老乡就是他的亲人，办完葬礼，便拿去火化。银村为人仗义，对朋友很好。那年台湾当局开始让老兵回家乡探亲，老乡们很兴奋，又很担忧，迟迟不敢回来。银村胆大，第一个报名。银村的老家没亲人了，他到处走。梦里他经常回家乡来，哪个村哪个镇的路他仍记得。他走了一遍，把在新竹县的几个同乡家里情况都打听清楚，又把几个同乡的情况一一告诉他们的家里人。有人建议银村在家乡找个媳妇安个家。他不肯，拿五万块钱捐赠给村里人修建祠堂，叫刻上他的名字，便回台湾去。银村反对台湾爷爷回来娶媳妇，可谁回来娶媳妇，他都捐钱。

银村死了，几个同乡的心情都很坏，连续几天都凑在一起吃酒。大家怀念银村的同时，又想着自己的处境。都想着同一个问题：反反复复在台湾和家乡来回跑，哪一天突然跑不动了，怎么办？将来，自己到底死在哪一头？

几个台湾爷爷结伴从台湾回来。

大家商量好：在台湾，天天在一起，互相照顾，相依为命；回家乡来，依然是兄弟，有事呼之即到，没事也要三五天聚一次首。

长坡回家乡来便病倒了——气病的。长坡发觉，阿花拿他的钱给开的那商店易主了，法人代表变成阿松了。他留给阿花作流动资金的十万块钱也没了，连家里的金手镯、金项链、金耳环、金戒指也无踪影了。长坡火冒三丈，问东西哪去了？阿花答得很爽快，送人了！长坡问，送谁？阿花说，送情人了。如雷轰顶，长坡气得脸色发青。缓过气来后，长坡骂道，拿我的东西送情人！阿花的嘴一撇，说，怎么还是你的？长坡说，难道是你挣钱买的？阿花说，对，从你身上挣的！长坡的头顶又炸雷。这等于说他们只是妓女和嫖客的关系。阿花反问，不是吗，你有钱，我有青春，交换呢。一切都无可救药！长坡说，你拿钱去送情人，也是交换？阿花说，对呀，你需要我的青春，拿钱买；我年轻，更需要别人的青春，怎么不可以拿钱换？厚颜无耻！长坡气咻咻地说，你把商店转到阿松的名下，也是换他的青春？阿花呸一口，可没发火，振振有词说，商店亏空，欠一大笔债，人家逼上门，阿松拿钱还债，商店当然归他。你想要商店，就拿钱还阿松呀！一切都明明白白，这是精心策划的阴谋。面对这个既阴险又龌龊的女人，长坡咽不下这口恶气，瞪着阿花说，我有眼无珠啊，娶了一个贼啊！阿花反唇相讥，你才是个大贼呢，一个大淫贼！我的青春，我的名声，都让你抢劫啦！

长坡头痛头晕血压升高，在镇卫生院住院。几个台湾爷爷都来看他，长吁短叹。长坡心情好些了，身体也恢复了，马上回台湾去。我姐夫亲自送他去海口飞机场。临别时，长坡抓我姐夫的手说，老弟，人心叵测，千万要小心啊！我姐夫木木的。长坡的神情却变化着，又说，不过，想想也没啥，咱们七老八老的人了，娶个年轻媳妇，也很难为人家。顿一下又说，嗨，她没给我留下一男半女，我蹬腿之前，应该给我留住一个家，让我心里有个念想。

13

送走长坡，过几天，姐夫也回台湾去了。

姐夫回去后，我姐都睡得很早。我忙完家务走过来时，她的家门已经关死，熄灯了，屋里锁在黑暗中。

我感觉，这是姐姐把自己锁在孤独中。我必须撞开姐姐的心扉，不让她这样苦自己。一个中午，我跨进姐姐的门槛。姐姐奇怪地瞪着我说，大中午的，有啥事？我说，闲着，就来说说话呀！姐姐的目光仍在我身上溜达。她说，和你说话没劲，嘴里像含着糖果，吞吞吐吐的。我想向她做解释。她又说，以后说话别藏着掖着，姐不是个剥壳蛋，一捏就烂了！不等我答话，她又说，也怪不了你呢，姐姐本来就是一个剥壳蛋。姐姐左一句右一句把我说得有些不知所措了，又拉我在她身边坐下，说，姐姐不是在犯闷，都想明白啦！

我姐突然忙了起来。她在屋后那荒地上垦出一块菜地，种上了几畦蔬菜，天天在地里侍候那些菜。

为了这块菜地，我姐费了好多周折。我姐去找村里的生产队队长，要一块地。队长不给。村里人分田下户时，台湾爷爷还没回来，地都分完了。可那队长没讲缘由，笑着说，怪事啊，有钱人，得闲不肯闲，偏要劳苦！我姐掉头走了。我姐不喜欢人家说她是“有钱人”。她的许多烦恼，正是人家的目光都盯着台湾爷爷的钱。我姐也不喜欢人家说她是“闲人”，因此，人家都拿异样的目光瞧她。我姐扛把锄头到屋后边去垦地。可是，锄头挖下去，问题就出来了。姐夫那位堂弟不让开垦。这块地是姐夫家祖上的一块甘蔗地，因为靠近屋边，生产队分地时，那堂弟硬说是祖上的宅基地，不让队长拿来分。现在这位堂弟干脆说地就是他的。姐夫没回来，祖上留下的一切毫无疑问都归他。姐夫回来了，盖了一栋平房，不要紧，将来这一切还是他的。可是姐夫娶了媳妇，要是再生个儿子，祖上留下的一切，都要瓜分。我姐拿这块地种菜，将来就在地上盖房子。我姐说，兄弟之间，何必那样认真啊？我姐这么说，是因为姐夫曾经送给他一件呢大衣、一条金项链、一个录音机、一块手表以及几千块港币。这位堂弟记不得那些了，说，地是我的，不让你垦，就别垦，啰唆啥？我姐不再是剥壳蛋了，二话不说就扛锄头去挖祖坟，要把祖宗挖出来说句公道话！事情闹大了，我们村里一片议论声和指责声。生产队队长来找这位堂弟，说祖宗宅基地，我姐夫应该有份；如果不是，就全部收回生产队。这位堂弟哑巴了。

我姐精神多了，说话也有底气了。她说，她嫁给台湾爷爷和别人也一样，决不能让人家拿异样的眼光看她。

经常下地，我姐的皮肤不那样白皙了，人却很活泼，好像比原来更好看了。

14

我姐怀孕了。几年来，村里人瞧我姐，目光都不自觉地落在她的肚子上。我姐能不能怀孕，一直是村里人嘴边一个有味道的话题。一个黄花闺女嫁给一个七十多岁的老头，土地滋润肥沃没的说，可老树能不能发新枝呢？现在一个个问号化作老树的新芽，撑着我姐的肚子凸出来了，村里人的嘀咕声变成叽喳声，又变成了惊喜。姐夫更是喜出望外，那张很多皱纹的脸灿烂成一朵花。他像个小孩，见人就情不自禁地说，哦，我终于有后了！我姐能否怀孕一直是姐夫的心病，他担心自己年纪大了，生不了了，又担心自己身体有问题，不能生育了。以前的日子，什么烂事他都做过，患几种性病，吃了很多的药，打过很多的针，会不会……姐夫高兴中仍很冷静，叫我姐小心，就像端油盆一样！

我娘很重视，经常来看我姐。她拉我到姐姐的跟前，叮嘱我要好好照顾姐姐。这天我姐挺个大肚子和我和我娘一起回娘家。我大哥生两个孩子了，大的是个男孩，三岁了，光着屁股在大堂屋前面那棵杨桃树下挖蚂蚁洞。二哥也娶媳妇了。那媳妇虽不漂亮，可勤快，人也老实。我姐回家来，全部人都很高兴。大哥和二哥已经分家，谁有谁的锅，谁开谁的灶。这天我们全家人欢快地合成一桌吃饭，好亲热，很热闹。

姐夫要求我姐每月到镇上卫生院检查。我姐不让姐夫陪她去，说她挺着个大肚子，一个老头护在旁边，招徕目光，又招惹好多人嚼舌头。上镇来，我姐并不急着去医院，到街上走一走。她心里很希望遇见那个人。这天，她遇上了阿松。她不躲不避，径直走过去，却不和阿松打招呼。阿松目光呆呆的，瞧着我姐那个大肚子出神。我姐走过去时，他的嘴角一扬，骂道，哼，笨死了！我姐不理睬。我姐想见的人是阿花，要让阿花看见她怀孕了。我姐一直关注阿花。阿花现在很不顺，和阿松打官司争那间商店，阿花却输了官司。阿花拿身子经营得到的钱都变成风流孽债，在风流中丢光了。她和那个工商所所长合伙走私香烟，被查获，货物被没收，所长被撤职，她被拘留半个月，又受经济处罚，钱财全赔上了。她又和一个派出所的干事同居，快活地出入宾馆酒家，在疯狂中，那些金器又变成那干事的了……我姐每打听到阿花一个不幸的消息，耳边就出现阿花叫她别给我姐夫怀孕那"语重心长"的声音。现在我姐怀孕了，特别想让阿花瞧见。

我姐肚子疼得厉害，要生产了。她一路喊着走进卫生院来。躺在产床上，我姐咬住牙，不再喊一声。她旁边的一张产床上有人在做人工流产。那人就是阿花。阿花喊得好惨，死去活来，眼泪、鼻涕满脸都是。听着阿花的喊声，我姐自觉肚子不那么疼了。阿花的脸惨白，痛苦地爬下产床时，我姐的孩子生出来了。阿花的目光很空洞，朝我姐瞧来，见我姐眯笑着看自己刚出生的孩子，她的身子一晃，扭过头去，踉踉跄跄走了。

我姐生了一个女囡。

我姐从医院回来，村里好多人来看望。大家喜滋滋地说着祝贺的话，可是伸手去掀开那毛巾，瞧孩子那地方时，都闭嘴了，只有眼睛还在说话。说什么？尽在不言中。姐夫的眼睛也在说话。姐夫对每个来探望的人都热情有加，可眼睛里飘出来的目光却很昏暗，很淡漠，透出失望和无奈。他的心里很苦，可说不出来。他在床上已经力不从心。这个女孩就是他唯一的孩子，无后了！

孩子刚满月，姐夫便收拾行囊回台湾去。

我娘来照顾我姐。

我娘很忙，要照顾我姐，还要照顾那块菜地和小卖部。有人来小卖部买东西时，我娘就唠叨，呸，生个女囡就跑了，女孩不是人么！我姐听见唠叨声，就喊过来，娘，别嚷了！其实我姐的心里也很苦。作为一个女人，她清楚地知道自己的男人已经油枯火熄，没能力再生了。作为一个妻子，她觉得自己对丈夫有亏欠。我娘当然窥出我姐的心事。她觉得我姐没道理怪自己，只能怪那个台湾爷爷没本事。我娘说，你护着他干吗？你不能再生吗？我姐抹眼泪。我娘生气了，喊道，哭啥？生个女囡好呢，那混蛋不管了，就抱孩子去嫁人！听到“嫁”字，我姐的心里蓦地冲起一股恶气，发怒说，我是头牛吗，没地种了就牵去卖！

15

今年我姐的番茄长势很好，那巴掌大的叶片密匝匝铺盖在地垄上，南风吹来，叶片起伏，荡漾着一浪浪绿色，藏在叶片下的紫色茄瓜得意地晃来晃去，晃出丰收的景象。我姐是个种菜能手，种啥都有好收成。开始时，我姐只开垦一小块地，种几畦蔬菜。我姐生个女孩后，几年不见再生了。那位堂弟松了口气，大方地对我姐说，你种吧，想种啥就种啥，有力气就把整块地都开垦！我姐只生一个女孩。女孩大了就嫁出去，这块地还是他的。他突然通情达理了。我姐不去多想，把整块地开垦成一个菜园子，种蒜、葱、白菜、芥菜、芹菜、包心菜，又种豆角、萝卜、番茄、荷兰豆和各种瓜果。村里人都来向我姐买菜，卖不完，就挑到镇上去。村里人见我姐一天到晚忙在菜地上，劝我姐别那样拼命，一家才三张嘴，能吃多少啊？我姐不作声。我姐有深谋远虑。台湾爷爷领的是养命钱，从嘴里省一份出来养家。现在有孩子了，日子长下去，台湾爷爷哪一天撒手走了，手里空着，日子怎么过？

我姐从菜地走回家来，顺手摘了一枝野花。姐夫坐在小卖部里，戴副老花眼镜看一张彩票图纸在猜奖。那小女孩蹲在小卖部旁边那酸梅树下玩石子。姐夫的目光从眼镜框上边飘出来，掉头对那小女孩喊，小菊，娘回来啦！小女孩扔下石子，朝我姐跑来，一把夺过那野花。我姐说，哎呀，手那么脏！她弯下腰，将小菊抱起，抱进屋里去。

我姐家里的日子挺温馨的。

小菊刚出生时，姐夫心灰意冷地跑回台湾去，遭长坡一顿臭骂。在台湾的几个同乡一段时间就少一个，死得差不多了。当初台湾爷爷纷纷找个姑娘做媳妇。那个银村说，造孽啊，老七老八了还要糟蹋人家的青春，青春凶着呢，糟蹋你们的性命啊！结果呢，没回来娶媳妇的反而先死，银村死最早。长坡得出一个结论：青春养人，鳏夫命短！可惜长坡又变成一个鳏夫。长坡没有家了，他把心事移寄在我姐夫身上，得知我姐生了，很高兴。姐夫回台湾来，长坡置酒庆贺我姐夫老年得子。姐夫拉长着脸说，庆贺啥呀，生个女囡，全完了！长坡说，再生呀！姐夫说，还年轻吗，弹尽粮绝上不了战场啦！长坡说，有媳妇有孩子有家有屋有个归宿，还要庆贺！姐夫说，没个后，衰死了！长坡发火骂道，你娶媳妇是为了啥，不是为了有个家吗？天地良心，你媳妇这样踏实待你，替你生孩子，了不起啊！你这种人命贱，身在福中不知福，只配死在外头，做个孤魂野鬼！骂完，长坡心里一酸，抱头哭。姐夫把全部积蓄取出来，又回来了。

我姐抱小菊进屋去，姐夫跟着进来。姐夫把午饭做好了。坐上饭桌，小菊的两只手就到处抓，饭粒、菜叶、肉片撒满饭桌。我姐说，小菊，拿筷子。她那小嘴翘起，不吃了。姐夫赶紧搁下筷子哄小菊。小菊乖、小菊好、小菊听话……说得满桌子都是好话了，她那小嘴才松下，抓起筷子。每顿吃饭，小菊都这么闹，姐夫都这么哄。姐夫说，这就是过日子，很幸福的。

清明节时，长坡从台湾回来扫墓。长坡不再去找阿花，他已经原谅阿花了。他回台湾去后，痛定思痛，觉得阿花虽过分，可说到底，的确是一场金钱与青春的交易。他说，那些钱就当作补偿她了！长坡回来后，哪也不去，一直待在长坡村。

姐夫去长坡村看长坡。回来时，他对我姐说，这是长坡最后一次回家乡来了！我姐的神情凝重，说，长坡是个好人呢！姐夫说，人好可命不好啊！我姐说，我也想去看他。姐夫说，后天他来咱家看小菊。

说好来吃午饭，日头才两竿高，长坡便走进梁屋村来。瞧见我姐夫身旁站着一个小女孩，长坡凝神看了一会儿，点头说，像！接着，一把将小菊抱起，让小菊叫他大伯。小菊上小学了，没认生，叫，大伯好！长坡咧嘴笑，乖！放下小菊，长坡又瞧那小卖部，又点点头。走进屋里，长坡的眼睛很忙，东瞧西看。姐夫请他坐下喝茶。他说要出去走一走，看一看。长坡牵着小菊的手，朝屋后那菜园子走去。长坡走得很慢，看得很仔细，不时回头来对我姐夫说，你真有福气啊！

一桌饭菜做好了。我姐从菜地摘来蔬菜瓜果，杀了一只鸡，做成几个菜，算不上丰盛，摆在饭桌上并不显寒薄。长坡很兴奋，喊，酒，有酒吗？我姐说，地瓜酒，自个酿的。长坡说，好，自酿的地瓜酒好！长坡举杯说，来，干！他的酒量不大，酒流进肚里，酒气便涌上脸来。他仰头说，啊，一生来，吃过很多的酒，这一顿最可口，最有味，太高兴了！两杯后，姐夫说，别吃了，你酒量不大。长坡说，我没醉，真的，一点也不醉！我姐端一碗热汤放在长坡的面前，让他解酒。长坡放下酒杯，从一个皮包里摸出一大沓钱，搁在姐夫面前说，我身上就剩下这点钱了，老弟，拿去！姐夫很惊异。长坡说，这次回来，我要了却三个心愿：最后一次扫墓祭祖，再看家乡一眼，拿钱回来给你们。姐夫说，我不能拿你的钱！长坡说，钱这东西，生不带来，死不带去，要让我带进火葬场去吗？他从口袋里掏出一张化验单，递给我姐夫说，钱在我手里，没用了。这是一张 CT 检查报告书，长坡患肝癌，晚期了。姐夫抓着那化验单看了好久，口气仍坚定地说，不管怎样，决不能拿你的钱！长坡说，斟酒，咱俩再干一杯！姐夫说，你身体……不能再吃了！长坡说，好，我听你的，不吃酒了，可你要答应我一件事。姐夫问，什么事？长坡看着小菊说，让小菊做我的干女儿，行吗？姐夫说，我的女儿，就是你的女儿！小菊睁着大眼睛瞧长坡。我姐说，小菊，叫呀，快叫干爹！小菊的眼睛仍睁着，没叫。长坡亲昵地抚摸小菊的头说，太好了，我有干女儿了，也算有个家了，知足了！他严肃地对姐夫和我姐说，这些钱不是给你们，给我的干女儿，以后拿去读书！

16

回台湾去三个月，长坡走不动了。姐夫赶回台湾去照顾他。临终前，长坡又羡慕我姐夫有福气，嘱咐说，你要善待媳妇，培养好孩子啊！我姐夫说，一定！长坡去世后，在台湾新竹县的同乡只剩下我姐夫了。打理完后事，姐夫遵照长坡的遗嘱，把他的骨灰盒带回家乡来。

长坡在阴间保佑，我姐一家平安泰道。但是，我姐这样的家庭，安稳也让人心焦。姐夫这把年纪了，无可奈何地一天天老下去，到了那一天，日子怎么过？我姐不让姐夫这么想，她说，人在年年老，孩子也年年大哩，要想就想咱小菊！说的也是，小菊的天真和伶俐给这个家注入了活力，在我姐和姐夫的心里播下了希望。

转眼间，小菊在我姐和姐夫的疼爱中长成一个漂亮的姑娘了。她的活泼转化成聪明，以优异的成绩考上了县城中学，这给我姐和姐夫莫大的宽慰。

这天早上老天爷阴沉着脸。姐夫对我姐说，歇一歇，天要下雨，用不着浇菜呢。我姐抬头看一下天，还是挑着水桶走了出去。晌午的时候，天上飘下小雨。姐夫从那小卖部走出来，要去关家里的门窗，感觉头晕，摔了一跤，不省人事。送姐夫去县医院，中风了，半边身瘫痪。

姐夫中风后，我姐要打理家庭，照顾姐夫，照看小卖部，又照管菜园，忙得像陀螺转。我心里很不安。每天早上我都到菜园子来，帮姐姐浇一会儿菜。这天浇完菜，刚走出菜园子，姐姐赶来说，往后别来浇菜了，你也很忙哩！的确我也很忙，三个孩子的母亲了，家里的事情很多。我说，家里还有你妹夫呢。我姐说，这是姐的命不好，不能拖累你。我一时不知道怎么回答。我姐又说，不让小菊再读书了，叫她回家来帮我。我又说不出话。小菊在县城读书花费很大，她又不懂事，炫耀是台湾爷爷的女儿，花钱不心疼。我姐见我的脸上呈现难色，又说，这个事，还要和你姐夫商量呢。

吃午饭时，我姐把话说了出来。中风后姐夫那张脸已经歪斜，此刻急速歪向一边，流着口水说，你——你说啥？叫小菊回来种菜，以后要她嫁给怎样的人？听到“嫁”字，我姐心里一阵抽紧，勾下头，盯着脚尖不作声。姐夫的嘴巴翕动两下，又说，这个家就看小菊，她有出息，嫁到个好丈夫，咱们就跟着享福，要是……我姐咬紧牙，扭过头去，抓扁担挑水去了。

姐夫的脾气越来越坏，唠唠叨叨的，还发火骂人。这天早上，我姐挑水桶要去浇菜，姐夫在后面喊，又去了，我不能回台湾拿钱了，没用了，不管我了，没良心啊！我姐只好收住脚，让他骂。有一次姐夫说我姐不管他了。我姐说，怎么不管你，不见我很忙吗？姐夫说，我瘫在床上，你还天天去种那些菜，我不如菜重要吗？ 我姐说，没种菜，吃啥？这个回答很糟糕，姐夫抓住不放，变成他不能回台湾拿钱了，我姐不管他的证据。其实，我姐照顾姐夫很好。一日三顿，饭菜端到床边来，又天天给他洗澡，还要端尿盆提便桶。可是菜不能不种。姐夫没法去台湾拿钱了，维持日常生活，供小菊读书，都靠这菜园子。

小菊很少回来。假期她回来了，也不在家里待，到镇上泡网吧。这天我姐说，小菊，好不容易等到你放假回来，也不帮我煮顿饭，看一看你爹。小菊说，盼我回来劳动？拿我当保姆用？我姐说，这么大的女孩了，做点家务没啥苦，怎么这样说话？小菊说，事实就是这样。我姐说，上那网，也没用呢。小菊的嘴翘起来，说，你懂啥！姐夫从屋里喊出来，孩子难得回来一趟，干啥就干啥，玩得开心就好！小菊乜斜眼瞅我姐，走了。

小菊初中毕业后，没读高中，直接到海口去读一个旅游学校。旅游学校是中专，花费很大。第一年，没几天小菊就打电话回来要钱，数目都不小。第二年开始，小菊很少打电话回来了，连假期也不回来。一天，突然接到小菊的电话，说她认识一个从台湾来做生意的朋友，只要到医院写一张疾病证明书，又到当地政府和派出所打一张证明，再拍我姐夫一张病照，那朋友就可以帮忙从台湾拿钱回来。我姐跑了好多天，拿不到镇政府和派出所的证明书。小菊赶回来亲自办，走一趟，说说笑笑便办好了。小菊回去不久，便神奇地把一大笔钱汇回家来。

半年后，姐夫去世了。办完丧事，我姐叫小菊留在家里陪她几天。小菊说，很忙，必须回去。我姐说，你那朋友帮咱大忙，要好好谢人家！小菊说，那台湾佬，哼，一个吝啬鬼，不理他了！我姐疑惑。小菊说，你不懂呢！

小菊回海口后，在电话里告诉我姐，她不读书了，到外头挣钱。我姐说，别啊，要先把书读好。小菊不答。此后，小菊的手机号码不停地改换，无法再和她联系了。

一切都过去了，我姐静下来收拾心情。姐夫那位堂弟登门来说，没有田埂难堵水，你去嫁人可以，绝不允许找个男人上门来！我娘也来看我姐，说，你年纪不大，才有一个女孩，再嫁谁也没话说，可要多个心眼，拿钱给娘放，别带钱去嫁人！我姐的心情又坏了。

这天小菊电话说她汇一笔钱回家，问收到了没有？我姐问，你在哪？做什么工作？小菊说，傻吗，有青春，就有本钱，还做工作？没用的人才做工作挣几个小钱！我姐心里着慌，说，你千万别做蠢事啊！小菊说，啥是蠢事？我就是靠聪明赚钱！我姐猜个八九不离十了，好难受，说，小菊，你回来吧，现在就回家来！小菊问，回去干吗？我姐说，回来找个婆家嫁，好好做人！小菊笑在电话里，说，嫁人？嫁人有啥用？嫁人就是好好做人了吗？你十七岁嫁人，好在哪了？没有钱，就不能好好做人！我姐说不出话了，抓话筒的手僵硬。小菊在那边又说什么，她听不见了。

蓝嫂的茶棚

渔村都是矮矮的瓦房，墙壁垒得很厚，墙脚深深地扎在海岸上。

村口那，突然鹤立鸡群耸起一幢三层楼，太漂亮了，漂亮得让人眼眩。

楼房是蓝嫂家的，从动工那天起，便牵着村里人的目光，终于在一片赞叹声中盖成了。

盖楼的工人走后，蓝嫂想高兴，可怎么也高兴不起来。她站在楼房面前那空地仰头望，阳光泼在楼面那瓷砖上，花亮花亮；不锈钢玻璃门窗把日光反射过来，照在她身上，她晃一下，眼睛连眨几下。蓝嫂不再看了，她心里飘飘忽忽的，有一种莫名其妙的落空感。

第二天，蓝嫂男人那小轿车兴冲冲地赶回来，后边又紧跟来一辆叫2400的小卡车。蓝嫂的男人很了不起，在三亚做鱼货生意，发了大财。他不做忘恩负义的人，没有忘记前日的糟糠，所以他还记得守在家里的蓝嫂。但是，他很忙，没空回村来照顾蓝嫂，盖这幢楼房，就是让蓝嫂在家里享受。

从轿车里出来，蓝嫂男人的目光便抻长，飘向那楼房。他分明很满意，因为他的嘴角得意地连翘了两下。他回头来对小卡车里的两个男人一挥手，那两人急忙下车，把车上的电器都搬进楼房去，有电视、电话、音响，有电冰箱、电饭锅、微波炉，还有一个要热得热要冷得冷的空调机。

忙到下午，电器都安装好了。

蓝嫂的男人唤那两个人先上车，他下意识地瞧坐在大门边的蓝嫂一会儿，问，怎么样，满意吗？

蓝嫂不知怎么回答，愣着。

蓝嫂男人的目光在屋里游移一下，接着飘出外头去，话却从他嘴边溜出来，说，嗨，以后，你在家里可舒服了，最辛苦的，只是伸个指头摁电钮啦。

蓝嫂想问，你现在就回去？可她咬住嘴唇没问，傻傻地望着他。

蓝嫂的男人不再说啥，他要把自己的情绪收拾得自然一点，随手拍一拍身上的灰尘，又整一下领带，然后朝那小轿车走去。

蓝嫂的脸莫名其妙地泛红，头低了下去，没看她男人，也没看那屁股喷烟的小轿车。

村里人都羡慕蓝嫂命好。命好就是不劳也得吃。蓝嫂不用去种田，不用去赶海，天天待在家里。早上，村里人都到地里去，下海滩去了，蓝嫂就到村头来，吃一碗粉汤，或者买两个甜馍，又掉头走回家去。中午，有人赶海回来了，提膏蟹、大虾、黄鳝或者大鲜鱼来敲蓝嫂家的门。这些值钱的海鲜，只有蓝嫂吃得起。蓝嫂从不还价，也不看秤，问多少钱了？拉开抽屉抓钱，扔进人家的海鲜篮里，说，不用找零钱了。

下午，蓝嫂喜欢拉张椅子在那楼房大门外的阳台下坐。这个时候村口很热闹，在地里忙的人扛锄头、挑担子、赶牛回村来，下海滩赶海的男男女女也都提渔网、背鱼篓走回来。这些人好开心，边走边说笑，说种地的事，说赶海的事，说夫妻的事，又说村里村外的趣事，笑声飞扬，笑声泼向四面八方，当然也泼进蓝嫂的心里。蓝嫂很爱听，甚至想过去和他们一块儿说笑，可是她不能，只有咬住嘴唇静静地坐着听。

蓝嫂，乘凉呀？一个背鱼篓的男人问。

蓝嫂说，哎呀，这天气，屋里很闷热啊！

一个扛锄头的女人说，你家里不是安空调吗？

蓝嫂一怔，耳根发热。她急忙站起来，抓椅子躲进屋里。

蓝嫂不再在门外坐，把自己关在楼房里。她总是坐在二楼后边那扇窗前。这扇窗正好对着一户人家。那夫妻俩几乎天天吵架。那女的挑水回来，见孩子坐在门边玩螺壳，马上骂起来，天呀，你干啥啦，你瞧，孩子一身泥沙！那男的从屋里赶出来抱孩子，又马上顶回一句，嚷啥？挑担水功劳就那么大啦！那男的赶海回来，也骂，坐在家里也不煮饭，你闲着不饿，人家饿呢！锅盖扔得叮当响。女的一边洗锅，一边唠唠叨叨回击，喊啥？吃晚点，会饿死人吗！但是，到晚上时他们不再吵了，房门一关，静得让人羡慕。蓝嫂的确很羡慕他们。她觉得，这吵吵闹闹也是一种幸福呢！

这天，蓝嫂突然抓一把大锁走出来，咔嚓一声，狠狠地扣在那楼房的大门上。

蓝嫂在镇港口旁边搭个茶棚。

蓝嫂很喜欢这个港口。以前她也做生意，到这个港口来购鱼，挑到镇上去卖。她会唱山歌，挑两只箩筐走下码头来，歌声便从她嘴里飞出来，顿时，港口也就热闹起来。渔工们都冲着歌声提鱼围过来，在说说笑笑打打闹闹中，蓝嫂购够一担鱼了，扁担又爬上她的肩头，一甩头，丢下一路山歌。后来，蓝嫂幸福地嫁给了她的男人。再后来，她的男人也做鱼生意，越做越大，干脆做到三亚去，做成了鱼货大老板。从此，蓝嫂不再下港口来了，天天守在家里。

蓝嫂的茶棚搭在码头的西侧。这个港口历来是东边热闹，西边冷清。渔船进港时，车和人都是从东边那街口涌下码头来。渔工们要上镇去，踏上码头，便甩头往东走。码头西边是一块荒草地，一条小路横过草地，通往一片木麻黄树林。只有天气很热时，才有一些渔工踩着这条小路走进树林里乘凉，或者夜晚月色很好时，镇上的一些男女跑到树林来幽会。蓝嫂就别出心裁把茶棚搭在那木麻黄树林旁边。

天黑了，蓝嫂茶棚前那盏200瓦灯泡热烈地亮起来，照亮草地上那条小路，又照在码头上，照得码头前那海水一晃一晃的。随着，茶棚里的音响也唱起来，唱山歌。山歌很扰人的，尤其是这些风来浪去天天和海水打交道的渔工，听见山歌声，心里就动荡。这时，佑哥那舢板及时响起摇橹声。佑哥很会安排，他先把船上那猴急的年轻渔工摇到码头东边，让他们上街去乐，又急忙回头来把一拨拨中年渔工摇到码头西侧来。

今晚蓝嫂穿条水色短袖紧身衬衫，努力将那有些松垮了的身材勒回昔日的窈窕，两截露在外边的手臂很白，在黑皮人多的海边显得格外醒目。蓝嫂见渔工们的目光窜过来，粘在她的手臂上，马上送去一个笑脸，又提茶壶迎过去。坐在桌边的猫大色色地盯着蓝嫂，故意撞蓝嫂的手臂，那茶壶一荡，茶水啵一声泼在茶桌上，泼得满桌都是。蓝嫂没生气。生啥气呀，街上的茶房很漂亮，渔工们没去，偏偏坐进她这个简易茶棚来，不就是冲着她来，要和她闹吗？再说，她开这个茶棚，卖大碗茶，卖大甜饼，很辛苦，又没赚几个钱，目的就是寻个开心，就是要和这渔工们闹呢。蓝嫂不多想，嘴一咧开，笑了，笑声在她的嘴唇上跳跃。抹干茶桌时，蓝嫂挖猫大一眼，又顺手拍他的肩头，嘎嘎笑着一扭身，轻盈盈地荡到另一张茶桌去。

白天，渔工们也到蓝嫂的茶棚来，来打扑克，当然是冲着蓝嫂来。渔工们知道蓝嫂喜欢热闹，渔工们更喜欢热闹。以前，多少渔工想娶蓝嫂，蓝嫂的男人眼快手快，抢先一步，把蓝嫂叼走了。现在蓝嫂又回来了，虽然时过境迁没那个想法了，可是和她说说笑笑也开心呢。

猫大长一双猫眼，踏进茶棚来，眼珠便滴溜地转，瞧见蓝嫂蹲在厨房边洗茶壶，就喊，蓝嫂，快过来，三缺一，补个脚！

蓝嫂不想陪猫大打牌，她抬起头，瞧见佑哥坐在门边的一张椅子上，头靠在门框打盹。她喊，佑哥，大白天睡啥呀，昨晚去做贼啦？打牌呀！

佑哥睁开眼瞧猫大一下，摇摇头，眼睛又闭回去。

猫大走过来，一把抓住蓝嫂的手臂，将蓝嫂拉起，又一巴掌拍在蓝嫂的屁股上，硬把蓝嫂拉过来。

渔工们喜欢和蓝嫂闹，可都是在嘴上闹，酸的辣的甜的都说，却没动手动脚。蓝嫂长得漂亮，讨人喜欢，尤其是她笑起来时，笑声很逗人，使人心动，可她不是风尘女子，她有男人，何况她的男人以前也是个渔工，大家都认识呢。但是，猫大不管这些。猫大鬼精，他想，蓝嫂不缺钱，她扔下一幢漂亮的楼房不管，跑到港口来开间茶棚，分明是缺男人。蓝嫂的男人当老板后，上酒家，进宾馆，出入坐轿车，身边有小姐，蓝嫂变成了多余。女人不怕苦，不怕累，就怕被窝凉，怕心里冷。多余的蓝嫂自然成了馋猫，他就是要给这只馋猫喂鱼。

蓝嫂嘎嘎嘎笑着坐下，伸手去抓牌。佑哥突然走来，夺过蓝嫂手里的牌，说，你让开，我来打。

蓝嫂侧头来瞧佑哥，又瞥猫大一眼，接着嘎嘎嘎笑起来。她站起，让佑哥坐，却悄悄地把凳子移开，佑哥的屁股落空，栽下，栽在蓝嫂身上。蓝嫂又嘎嘎嘎大笑，笑得泪水泌出来了。

蓝嫂是个细心的女人，她发觉，佑哥很像是她的守护神，只要有人进茶棚来，他就跑到茶棚大门边来坐。他啥话也不说，只是悄悄地瞧着。

这天早上，渔船都出海去了，港口很静。佑哥的舢板挨在码头边。佑哥在煮早饭。一个泥炉蹲在甲板上，一口铝锅坐在上边，佑哥歪着头吹火，炉灰淘气地飞出来，粘在他的脸上，他抹一下，接着咳咳咳……

蓝嫂嘎嘎嘎笑。蓝嫂已经悄悄地站在码头边看好一会儿了。蓝嫂说，别吹啦，柴生火死，烧不着的。

佑哥原来也是一个渔工。那年他的渔船在海上遇台风，船沉了，船上的人都没了，只剩下他一个活回来。他没钱再造船造网出海了，他女人借钱在村里开个小店让他坐。佑哥天天守着个小店，很闷。可他女人管得很严，只要他一离开，她就唠唠叨叨的。他女人每天还要盘点货物清点钱，见烟少了，酒也少了，钱数对不上，又叨唠说，一个男人啥都干不了，靠女人，还吃吃吃，真没用！他受不了，和他女人吵一架，分手了。他找只舢板到港口来摇，渔船进港时，把船上的鱼驳到码头来，又摇渔工们上下码头。

佑哥抬头来望着蓝嫂。

蓝嫂拎个铝罐踩上舢板，在佑哥身旁坐下，说，别煮啦，我给你买水饺来了。

佑哥回头去摸酒瓶。佑哥有个习惯，吃饭之前一定要先喝两口。蓝嫂等佑哥把酒碗端起时，说，往后少吃点酒，酒不是好东西，医生说酒伤肝伤胃哩。佑哥放下酒碗，抓烟丝来卷纸烟。蓝嫂又说，烟也别抽了，有毒，实在戒不了，也要抽过滤嘴的，把毒气过滤掉。佑哥也不抽烟了，打开铝罐吃饺子。蓝嫂瞧着他吃，又说，往后别在舢板上煮饭了，到我那去吃。一个人吃要煮，两个人吃也一样煮，不麻烦的，多放一撮米就行啦。

猫大来了。猫大没出海去。他觉得，蓝嫂这块肉很多人想吃，谁先吃到就是谁的，他要赶在别人前头。不过，蓝嫂这块诱人的肉是装在玻璃橱柜里，让你瞧到，却不容易抓到。所以，他必须下功夫，必须尽快想办法打开橱柜，或者干脆撞玻璃。他赶到茶棚去，没见蓝嫂，一怔，马上甩眼朝码头边望来，果然瞧见蓝嫂坐在佑哥的舢板上，他骂一声娘，急匆匆跑过来。

蓝嫂，你吃错药啦，跑到这里来？猫大站在码头边大声喊。

蓝嫂抬头来瞧猫大，有点不好气地说，喊啥呀，喊魂吗？

猫大说，快上来，我有事跟你说。

蓝嫂说，你先到茶棚去坐，我要和佑哥说个事呢！

猫大不肯走，干脆也上舢板来。他伸脚踩在舢板的船帮上。蓝嫂瞥一眼，伸腿蹭码头边，舢板一荡，猫大一趔趄，摇摇晃晃，差点栽下水去。蓝嫂嘎嘎嘎笑，站了起来，踏上码头去。猫大急忙一转身，又跳上码头，跟在蓝嫂后边，朝茶棚走去。

猫大得一声坐在茶桌旁的椅子上，一条腿翘上茶桌去，一边掏烟来抽，一边对蓝嫂说，给我倒碗茶啰。

蓝嫂瞧他那条腿，嘴翘起来，说，茶在壶里，要吃，自个倒。

猫大收回腿，一挺身，直腰坐起来。他指旁边一张椅子，说，你坐下来啰。

蓝嫂给猫大倒了一碗茶，在旁边坐下。

猫大吹出一口烟，瞧着那烟气，目光却落在蓝嫂身上。他说，你上佑哥的舢板去，不怕人家说闲话吗？

蓝嫂瞅着猫大，说，上那舢板咋了？谁爱说啥，让他说去！她不高兴，又站起来。

猫大急忙抓住蓝嫂的手，又拉她坐下，说，我的事还没说呢，我打算和你合伙做生意。

蓝嫂不以为然，嘎嘎嘎笑起来，说，我这茶棚卖大碗茶，卖大甜饼，赚点零花钱，你也想合伙？

猫大已经想好了，他确实想和蓝嫂合伙做生意。这女人有头脑，会经营，又招人气，和她合伙做生意，能赚钱，她这块肉也吃得顺当。猫大认真地说，咱们可以把生意做大呀，比如在茶棚旁边开间发廊，叫小姐来给人家按摩，小姐又可以在茶棚斟茶招待客人，生意准热闹！

蓝嫂又嘎嘎嘎笑，接着连摇几下头。

猫大说，不开发廊，可以做烧烤摊呀，在树林里摆桌子，男男女女在里边喝啤酒，吃烧烤，说笑打闹，生意一定兴隆！

蓝嫂不笑了。蓝嫂开间茶棚，原本图个热闹，可是生意做起来后，越做越来劲，也想做更大。她觉得猫大这个想法很好。她望着猫大，想了一会儿后，说，烧烤摊可以做，不过，我自个做，不跟你合伙。

猫大像吃鱼让鱼骨卡喉咙了，伸长脖子说不出话。

这时，佑哥走了过来。

蓝嫂很热情，喊，佑哥，快过来坐，我给你倒茶。

猫大脸酸酸的，白蓝嫂一眼，又哼一声，站起来走了。

蓝嫂又笑了，嘎嘎嘎……

蓝嫂男人的小轿车开下码头来时，是中午。茶棚里有几桌渔工在打扑克，闹嚷嚷的，蓝嫂正忙着给打牌的人斟茶送水。蓝嫂男人的脸很黑，那是火气烧的。他很想赶过去揪住蓝嫂抽几巴掌，但是他没去，不能去，太丢人了！他仍坐在车里。他的司机走过去，把蓝嫂叫来。他把头别向一边，不看蓝嫂，大声喝道，上车！蓝嫂刚坐进车来，他又瞪着司机喊道，你愣啥，开车呀，赶快离开这里！

小轿车直接开回村里来。

蓝嫂和她男人坐在那楼房的客厅。司机没进来，仍躲在车里。

蓝嫂男人发火很吓人，眼睛发红，嘴唇发紫，下巴在抖动。他瞪着蓝嫂说，你没吃的，没穿的？还是没钱花？你干吗到那去丢人现眼！

蓝嫂的嘴很硬，她说，我偷人抢人吗？做生意丢啥人现啥眼了？

蓝嫂男人很了解蓝嫂，她吃软不吃硬，来硬的没个好结果。他的口气变软了，说，嗨，你不用操吃，不用操住，孩子也在外头读书，啥事不用你操心，多舒服呀，用得着做那个烂生意吗？

蓝嫂的嘴也不那么硬了，可她心里仍不舒服，低下头嘟哝说，你觉得用不着，我认为用得着呢。

两人都不再说啥了。

蓝嫂男人在家里和蓝嫂过了一个夜。

第二天，蓝嫂的男人要回去时，他递给蓝嫂一张卡，板着脸孔说，里边的钱花不完，你想花多少，就到银行去刷多少，不要再开那茶棚了。他见蓝嫂伸手接那卡，瞟蓝嫂一眼，走了。

蓝嫂心里烦，在家里待了两天，第三天便赶回港口来。

蓝嫂的茶棚照常营业，佑哥替她打理。

走下码头来，蓝嫂远远就望见佑哥给打牌的渔工们添茶送水。她很感动，她觉得佑哥很好，这样的男人很好，身边有这样的男人，心里会很安稳。她立住脚看了好一会儿，突然甩开脚步朝茶棚走来。

渔工们瞧见蓝嫂回来了，很高兴，都嚷起来，啊，好啦，以为蓝嫂不能再来了呢！

蓝嫂嘎嘎嘎笑，说，谁说我不能来了？谁绑得住我？

佑哥提茶壶走过来，递给蓝嫂。

蓝嫂的眼睛热热地瞧着佑哥，片刻后说，干吗给我茶壶，你干得很好呀！

渔工们都起哄，说，对呀，佑哥干脆当蓝嫂的服务员好啦！

佑哥的脸红了，放下茶壶，跑到大门边去坐。

蓝嫂的茶棚依然热闹，她突然感到心里很有劲，更加想干事情，她决定又做烧烤摊。

蓝嫂能干，干事情干脆利落，说干就干。她叫佑哥继续照看茶棚，让她腾出手来筹办烧烤摊。她一忙起来，就叫佑哥，不停地吆喝他。

佑哥，你跑进树林去，叫电工把电线拉高点；

佑哥，运桌椅的车来了，你过去和司机一块儿卸下来；

佑哥，你去叫那些工人别把炉台砌那么高；

……

佑哥见茶棚里没人了，抹着汗走过来，说，蓝嫂，茶棚里人多时，你别这么把我叫来叫去的。

蓝嫂瞧着佑哥，说，不叫你，叫谁呀？你不肯帮我吗？

佑哥的脸一阵热。

蓝嫂嘎嘎嘎笑，笑得很开心。

蓝嫂的烧烤摊也开业了，生意很热闹。蓝嫂又叫佑哥和她一块儿管烧烤摊，蓝嫂在前面招呼客人，佑哥在后边忙，配合得很默契，很像是一对夫妻。

猫大觉得，蓝嫂只不过是在利用佑哥，她不可能真的喜欢佑哥。他已经发觉，每晚烧烤收摊后，佑哥就跑到码头边那舢板去睡。

这天晚上，佑哥给烧烤摊的客人送去烤鱿鱼后，又赶到茶棚来斟茶。

猫大瞟他一眼，咯咯咯笑，说，掌柜的，忙啊？

佑哥听出猫大的话有异味，他认真地说，以后别乱叫！

猫大仍然笑，又说，好呀，不叫掌柜，就叫猪公啰。

叫猪公很侮辱人的，猪公是靠打母猪赚钱。佑哥的脸涨红。他放下茶壶，一拳打过去。

猫大一只手捂住流血的鼻子，另一只手要抓茶杯砸佑哥，可是瞧见佑哥的眼睛喷火，又举起一张椅子，他一怵，急忙跑出茶棚去。

蓝嫂赶过来了，喊道，哎哟，打啥架呀？来到佑哥跟前，她又说，哎哟，人家说啥，让他说去！

佑哥喝道，不行！

蓝嫂的烧烤摊开张没几天，她男人又赶回来。

这回，她男人是忍无可忍了。他觉得，蓝嫂太过分了，不仅是不拿他当回事，而且是明目张胆违背他！他自觉自己做得很好，很对得住蓝嫂。很多男人在外头发财后，都毫不犹豫地清理前日的糟糠，另找新欢，他虽然也见异思迁有了新的女人，可他不忘恩负义，没有赶走蓝嫂，又盖楼房让她住，给她钱花，让她舒服，让她享受，这是多么难能可贵！蓝嫂应该感恩戴德知足，但是，她身在福中不知福，不领他的情，还要抛头露面开茶棚，开烧烤摊，天天和很多男人混在一起，让他脸上无光，真是是可忍孰不可忍！他已经想明白了，对女人不能迁就，不然她就会得寸进尺。他这次回来，要给她点颜色看，来硬的，动真格的，让她知道，没有他，她啥都不行。让她以后只能服服帖帖的。他想好办法了，先威胁说不再给蓝嫂钱，让她拆除她的茶棚和烧烤摊，如果不行，又威胁不让她再住进家里那楼房！

蓝嫂男人的小轿车没有开下码头来，直接开进镇上一家宾馆。司机把蓝嫂叫来时，他也没发火，只是把脸板得像铁块一样硬，一样冷。

他的目光从眼角漏出来，飘向蓝嫂，冷冷地问，你还打算再开那茶棚和烧烤摊吗？

蓝嫂说，开呀，开得好好的，干吗不开了？

他的声调变得更冷，而且又硬又沉，说，你再开，以后我不再给你钱了。

蓝嫂说，我有收入了，也不打算再要你的钱了。

他的火气烧起来了，眉毛连跳两下，语气很冲地说，往后你也不要再回去住那楼房了！

这话是很重的。那楼房是家，不能回去住，就意味着把蓝嫂扫地出门了。但是蓝嫂仍然很平静，因为她不稀罕，她知道那楼房只是拿来圈住她的。她说，我也想明白了，我不能老住在家里，你在外头做你的人，我也要做我的人。

蓝嫂男人只是想吓唬蓝嫂，万万想不到她会这么说。他愣了好久，最后问，你真的想分开？

蓝嫂说，想。

她男人不再那样凶了，瞟着她问，你想好啦，打算怎样分开？

蓝嫂从怀里掏出两张打印好的离婚协议书递给他，说，你看这个，可以的话，签个名，咱俩的事就算完了。

蓝嫂的男人眼瞪瞪地瞧着那协议书，一边皱眉头，一边又瞟着蓝嫂。看两遍后，他抬头来望着蓝嫂，问，就这么简单？你没啥要求？

蓝嫂知道她男人指的是钱，是不是让他给她一笔钱。她说，要求啥，你的你要，我的我要，你别动我的茶棚和烧烤摊就行了。

蓝嫂男人想了好一会儿，摇了一下头，签名了。他想对蓝嫂说点什么，可是蓝嫂抓了那协议书走出了宾馆。

蓝嫂离婚了，她对谁都不说，可是，精明的猫大还是看出来了。那天蓝嫂男人的司机跑来茶棚叫蓝嫂，蓝嫂去不久就回来了，蓝嫂的表情虽然没啥变化，可是眼神很沉静，说明她刚完成了一件很纠结的大事情。这天后，蓝嫂少穿短袖衫了，都穿长袖的。女人心里没事，就穿得轻松；心里有事，就穿得紧。蓝嫂突然叫佑哥把茶棚旁边那爿石棉瓦房拆掉，又叫来工人，盖成一间大瓦屋。住石棉瓦房，是临时，盖成了大瓦屋，情况必定是大变化了。综合各方面的迹象，猫大很快便得出一个结论：蓝嫂十有八九已经离婚了。

佑哥也猜出蓝嫂和她男人离婚了。那天后，蓝嫂叫他的口气明显不同了。以前蓝嫂叫他去干啥，前面都用个“帮”字，比如，佑哥，你帮我过去看一下，树林边那桌的鸡翅上了没有？现在“帮”字省掉了，直接喊：有人叫啤酒啦，你快拿过去！蓝嫂也越来越喜欢唠叨他了。一会儿说，嗨，胡子这么长了，也不刮一下，做野人呀？一会儿又说，你这套衣服穿多少年啦，还穿？掏一把钱硬塞给他，唤道，上街去买几套新的，把原来的都扔啦，对，还要买双皮鞋，哼，看你这样子！最严重的是，他去哪，不跟她先说，她就不高兴；跟她说，她就很啰唆，嗨，你真是事多啊，快去快回！

猫大觉得形势大好，但是情况紧急。他分析，蓝嫂是耐不住寂寞才离婚的，她目前的首要任务就是赶紧找个男人过日子。女人这个时候，就像要摔倒时，啥都乱抓。当然，蓝嫂不是一个简单的女人，机会要抓住，还要创造符合她的条件，力争水到渠成。

这天中午，猫大着条短袖衬衣，扎领带，穿一双锃亮的皮鞋走进蓝嫂的厨房来。

蓝嫂正在炉灶前烧火煮开水，侧头来问，啥事？

猫大拉张板凳在蓝嫂身旁坐下，说，咱俩该好好地谈一谈了。

蓝嫂疑惑地问，谈啥？

猫大说，从今天起，只让佑哥管茶棚，我和你一块儿管烧烤摊。

蓝嫂嗅到点异味了，咧嘴一笑，故意说，你来管，谁还来吃烧烤？

猫大说，你别小瞧我，你开这个烧烤摊，还是我出的主意呢！

蓝嫂说，你要是行，也在旁边开一个试试啰？

猫大知道蓝嫂拿话压他，但是他不生气，马上从上衣口袋掏出一张纸，递给蓝嫂，说，你看这个。

蓝嫂瞧见是一张离婚证书，疑惑地问，你让我看这个干吗？

猫大说，我离婚了，为你离的，我知道你也离了，咱俩有缘分。其实，咱俩本来就是天生一对，共同点太多啦，都是重感情、爱事业的人。我和你结合，我能想，你能干，多好啊！

蓝嫂的脸有愠色了，她瞅着猫大说，我离我的婚，没关你啥事。她把那离婚证书丢回给猫大，走出厨房。

佑哥站在茶棚旁边瞧盖屋的工人砌墙，他见蓝嫂从厨房出来，马上掉头望过来。

蓝嫂瞧着他，喊，佑哥，开水煮好啦，你快去舀进茶壶里。

佑哥故意把脚步声踏得很响，撞进厨房去。

猫大只好耷拉着脑袋走出厨房来。

这天后，蓝嫂对佑哥叫唤得更勤，回头一瞧不见佑哥，就喊，佑哥，你去哪啦？她又啥事都让佑哥去做。佑哥呢，不知是怎么回事，总是很迟钝，有时还装作听不见。

对于佑哥这个异常的表现，蓝嫂当然觉察，但是她不当一回事。她这么个女人，要外貌有外貌，要性情有性情，要能力有能力，啥都盖过佑哥，她愿意嫁给佑哥，这是他多大的福气呀！佑哥的异常，应该是他乐蒙了，或者是幸福来临，他不好意思了。

蓝嫂的大瓦屋盖成了，有厅有房，装修得很漂亮。

运家具的车来了，蓝嫂瞧不见佑哥，找去找来，最后望见佑哥蹲在码头边那舢板上。

蓝嫂很不高兴，赶过来，喊，佑哥，你在干啥呀？

佑哥说，舢板漏水啦。

蓝嫂又喊，嘿，你真是的，这破舢板还管它干吗，干脆把它扔了！

佑哥仍一动不动地蹲在舢板上。

晚上，茶棚和烧烤摊的客人都走了，蓝嫂和佑哥坐在那新盖成的瓦屋的客厅里说话。

蓝嫂那不可思议的眼睛睁得很大，盯着佑哥说，你傻吗，不愿意和我过？

佑哥确实不愿意娶蓝嫂。他一直悄悄地观察蓝嫂，他很欣赏这个女人，甚至佩服她，可是他很清醒，如果他和她结合，只是依附她，也只有被她嗟来唤去的份。因为她太强了，她的优势总是不知不觉地撑起她居高临下的姿态，她又习惯把自己的强势施加于人。佑哥有些害怕，他不想做那个男人。想一会儿后，他说，我这个人自在惯了，不想受别人管。

蓝嫂说，我不是别人呀，做你的女人，怎么不管你？这是关心你呢！

佑哥望着蓝嫂，心里想问，你原来的男人也很“关心”你呀，干嘛非要离开他？你现在挣脱了，干吗又不知不觉地学习他，再拿强势对待别人？可佑哥没问，只是摇摇头。

蓝嫂也望着佑哥，思索片刻后，她好像明白了什么，换另一种口气说，这样吧，算是咱俩一块儿做生意，这茶棚和烧烤摊就是咱们合伙的。

佑哥仍然摇头，他说，不，我没本钱，不是合伙，等我攒够本钱了，再说这个。

蓝嫂说不出话了，可她仍怯怯地望着佑哥。

大　海

一个打鱼的好天气。好天气就有个热得人流汗的大太阳。风很小，毛毛的。浪很平，懒懒的。大海像一位没有脾气的老妇人。

渔网收上船来，渔工们都傻了，又是空网。已经放了几天空网。这个时节，正值捕鱼旺季，连续放空网，急死人了。船主孟阳像一只热锅里的螃蟹，烦躁地走来走去，最后赶到船头去，瞪着大海狠狠地骂，鱼都死光啦！

海上的渔船一阵混乱，像一群找不着死牛的乌鸦，散了，纷纷开回港去。

孟阳仍然蹲在船头上发呆。

伙计们就像缺氧的鱼，无精打采地坐在甲板上。

二狗见别的渔船都去远了，想叫孟阳也开船回去，可他不敢。他灵机一动，赶到船尾去，打一桶淡水哗啦浇在身上，拍拍胸膛说，啊，好爽呀！

孟阳蓦地站起来，跺脚骂，喂，你干吗？二狗，你干吗！

二狗说，不是要回港啦？

谁告诉你要回港？你替我当船主吗？孟阳见渔工们都疑惑地望着他，又走过来说，从现在起，一滴淡水也不能乱用，我们去闯南边渔场！

南边渔场在海南岛的南面，鱼很多，但是夏季南风烈，那里风狂浪高流急，有渔歌唱道：南风天，南边渔场闹翻天。渔船都不敢去。看来孟阳是急红眼了，要铤而走险了。

渔工们都坐着，面面相觑，不说话。二狗想说什么，可是刚挨孟阳一顿臭骂，不敢再开口。孟阳够狠的，火头上，谁不听他的，就赶人。他好不容易才当上孟阳的伙计呢。二狗伸脚去碰金厚的屁股，小声说，你家那大堂屋才盖好，还没住几天享受呢。金厚明白二狗想让他说话，孟阳要骂人，就骂他。他挖二狗一眼，说，二狗，你去我就去，我有儿有女，大堂屋也盖好了，你老婆还嫩，还没生个崽继后呢！二狗没法捅金厚这个死螺开口，转头来瞧阿光。阿光刚高中毕业，做海还不够一年，没经过大风浪，胆子小。二狗故意问，阿光，今年你几岁了？阿光说，二十了，干吗？二狗说，哦——没啥。阿光听明白了，吓得脸都白了。阿光喊起来，孟阳叔，别去了，别拿命去换钱！孟阳的脸马上黑了，喝道，就你们的命值钱！谁不想去，就滚，我自个开船去！孟阳太霸道了，在海上，人家怎么滚呀，难道叫人游泳回去！

渔工们还是坐着不动，可目光却移向贞福去。贞福正半躺半坐斜靠在驾驶室旁边，若无其事地抓一只螺壳夹胡子。贞福是渔工中最有影响的人物，他以前也是个有本事的船主，就是因为南风天去闯南边渔场，渔网放下海去，风狂浪急收不回来，开一艘空船回港，破产了，才到孟阳的船上来当伙计。其实，这时他正在犹豫，不知去还是不去？他见孟阳这么说，霍地站起来，扔掉手里的螺壳，喝道，去，一人一条命，怕啥！他还想说，孟阳是一条命加一条船呢！可他没说出来。

贞福也说去了，谁也挡不住了。二狗马上顺风转舵说，去，怕啥，哼，你们下边都不长卵，就滚回家去窝娃，让老婆出海来！

但是，孟阳要到船头去起锚时，贞福小声说，孟阳，是不是找几艘船跟帮去?

孟阳知道几艘船跟帮去安全许多，但是他讨厌跟帮。孟阳的渔船放四指流刺网，捕马鲛、鲳鱼、刀鱼、带鱼等流动性强的鱼类。许多船在一块儿做海，碰到鱼群大家抢，渔网横七竖八地交错在一起，烦死人了！他说，屁话，叫几艘船一起去，我还去干吗！

渔船在海上颠簸了一天一夜，到了。这里真是一个不平静的世界。风像一群恶魔，在狂奔，在号啕。浪很嚣张，在和风搏斗，哗啦掀起来，又轰隆扑下去。潮水汹涌澎湃，急急的，像去赶鬼。渔船忽然变小了，变轻了，左摇右晃，又漂来荡去，像一只秋千板。

渔网放下海去，渔船准备抛锚。急流疯一样涌来，把渔船拖去，南风却硬把渔船拉回来。渔船在急流和狂风拉扯中，突然打横，一个巨浪拦腰撞来，渔船一阵震荡，接着第二浪又撞到，船身被高高掀起……渔工们都亮出大刀、斧头，叮叮当当敲打着，又大喊，砍！杀！恶浪是妖魔兴起的，要把它斩回去。第三浪又到来，渔船侧倾了，半边船身插进水里，眼看要翻了过去，可是第四浪却缓和了。海上的恶浪就是连续三浪。这时孟阳已经调转船头朝浪来的方向冲去，再滚过来的浪被船头劈成两半，哗啦一声便过去了。

太险了！船上的人都吓出了一身冷汗。那次贞福就是被这种恶浪吓得下边的卵都碎了，丢下渔网逃命。但是此刻孟阳依然很镇静，站在驾驶室里紧握方向盘，一声不吭，默默地望着前方。

连续两天不再出现险情。

连续两天打得很多鱼。

不出现险情，渔工们就不去想危险。想危险干吗，做海人就是活在风口浪尖上，哪天不危险，老想着不把人吓死。做海人想鱼，鱼就是精神，打得多鱼就高兴，高兴就要说笑，说了笑了更加高兴，也就什么都不怕了。

二狗高兴了，事情就多。他见金厚从机舱爬出来，突然喊起来，哟——你们快看呀，鱼太多了，有条章鱼跑上船来啦。渔工们看过去，见金厚穿条破裤衩，前开窗，后开门。大家都哈哈大笑。金厚也笑，急忙将大腿夹住了。

渔工们把打上来的鱼都装进了鱼舱。但是，他们还很兴奋，不想去休息，凑在一起，坐在甲板上说话。二狗更兴奋，一个人跑到船头去唱山歌。他唱：

风吹海水浪波波，
打得多鱼想唱歌。
一条大鱼送妹妹，
妹妹嫁给打渔哥。

二狗的歌声不好听，像海鸭叫，可他的情绪却很打动人。孟阳笑，这个家伙！他从驾驶室出来，喊，二狗，你唱歌给鱼听吗？过来，给大家说点有趣的，让大家乐乐。

二狗笑吟吟地走过来，说，好啊，我说了，你们也要说。

二狗说什么呢？当然是说女人，说女人才有趣。世界上的职业大多有女人在旁边滋润，做海没女人，都是干巴巴的男人，嘴上说一说，也可以过个干瘾。但是他对女人的事情懂得很少，只好说自己的老婆。老婆有啥好说的？有，二狗就有。二狗很浪费老婆，总共娶了三个。第一个肚不灵，连生两个娃下边都是平的，他不要了。第二个亮得像五节电池的手电，可是很不安分，亮到别人的床上去，他又扫地出门。第三个才二十出头，虽然没有亮得耀眼，可鲜嫩得像刚剥开壳的熟鸡蛋。孟阳递一根香烟给二狗，笑，说，你快讲啰，你尝过三个女人，都吐出来，让大家嗅一嗅。二狗本来就很想炫耀，又见孟阳叫他讲，得意地咧开那口黑牙，嘿嘿笑。他咽了一下口水，接着咂咂嘴说，哟，吃女人就像吃鱼，一种鱼，一个味。他抬眼来瞧着大家，神秘地问，你们说，我忽然从海上回家时会怎样？嗨，他说，第一个老婆就像饿了半年的狼，绿着眼睛虎视眈眈的，想扑过来叼我一口肉。他自个吃吃笑着，又说，啊，第二个更凶了，她像嗅到血腥的大鲨鱼，嘴巴张得老大，似乎要一口气把我吞进肚里。第三个他不想说了，掏根烟来抽，磨磨蹭蹭的，可是见孟阳瞧着他，苦笑一下，又说，嗨，第三个吗，她像一条小蚂蟥，嗅到人的味儿，就摇摇摆摆游过来，黏在我身上，拔不开，非把我吸剩个空壳……哈哈哈哈，大家都笑歪了。

在海上说女人，冒傻！渔工们笑完后，心里酸酸的，都愣着不说话。孟阳见大家都吃错药似的，摇摇头，笑着骂二狗说，人人像你，这世界的女人哪够分！金厚也跟着骂，你这人，长得像条干马鲛鱼，瞧着就恶心，可臭饵鱼偏吃！二狗又笑，说，男人看我不好，女人看我可帅哩！贞福喊起来，别讲啦，找罪受！他站起来，走开去，边走边骂，做海人就不该娶老婆！

德昌叔端一大锅鲜鱼过来，放在甲板上。德昌叔是个老渔工，该收海了，可他有个儿子在外地读书，负担重，还是跟着孟阳出海来。孟阳见他海上经验丰富，让他在船上干点杂活，又帮孟阳值班看网。德昌叔见大家很高兴，干脆把孟阳买给他、让他晚上加班时吃的一塑料罐番薯酒提来，让大家吃。

大家都蹲在甲板上，围着那口大铁锅。

二狗端着酒碗，盯着锅里的鱼，喷着唾沫说，嗨，我就说到南边渔场来嘛，不然哪有这么多鱼！他像一个大功臣。他见孟阳很高兴，又说，做海就是靠个胆嘛，胆大人撑死，胆小人饿死！他又变成个大英雄。

金厚也很高兴。他抓一双筷子往裤子擦几下。他有个习惯，不管筷子洗多干净了，用前总要往裤子擦一下。他夹一块鱼肉往嘴里塞，一边嚼着一边附和说，来南边渔场做海就是合算，辛苦点，可一天收入等于平时十几天。

二狗马上接住说，对，孟阳哥就是行，有头脑，有胆量，我最佩服这样的船主——他见贞福瞧着他，不说了，低头把鲜鱼舀进碗里，像吃番薯一样，大口地咬着吃。忽然，二狗的两边嘴角溢出两泡鱼血。他吐出来，见是吃了一块生鱼。他骂，谁搞的？渔工们都窃窃笑。这是贞福做的恶作剧。二狗吃鱼，总是把大块的鱼肉舀进自己的碗里。德昌叔煮鱼熟时，贞福悄悄把一块生鱼掺进锅里去。二狗把碗里的鱼倒掉，瞧见锅里躺着一条白鲳鱼，筷子又马上伸进锅里。白鲳鱼很香很甜很嫩，三下两下二狗便刮去一边鱼肉。他又伸筷子夹住，要把鱼翻转过来时，德昌叔突然挡住，说，别翻。做海人很忌讳这个不吉利的“翻”，吃鱼从不翻。二狗有些不高兴，加上酒兴，骂德昌叔，老封建，老迷信，翻了又怎样！筷子又伸过去。贞福抬起头来，瞪着二狗，接着夺过他的筷子，咔嚓折成两半，骂，你不怕死，跳下海去看看！

一天比一天打得多鱼。这天网拉起来，挂在网上的鱼像辣椒树上的辣椒一样密麻，收网的渔工像摘辣椒的农民，七手八脚摘得欢。

网收完了，渔工们都高高兴兴去打海水洗澡，贞福却跑去鱼舱边蹲，瞧着那白花花的一大堆鱼出神。他心里很复杂。他当过船主，要是以前他的渔船打到这么多鱼，这钱大部分是他的，可现在他是个伙计，分到他口袋的钱，只是一点点。他弄不明白，此刻他是高兴还是难受。

二狗站在船边拉尿，一边拉一边哥哥妹妹哼着山歌。

贞福招手叫二狗过来，指着鱼舱里的鱼问，多鱼吗？

二狗答，多。

贞福又问，拿什么捞的？

二狗说，当然是拿网啰。

蠢泡！贞福说，是拿命换的。

二狗说，是，是。

贞福说，你说值得吗？

二狗的脑瓜滑溜，知道怎么回答了，说，不值得，我们是赌命，可赢了没拿到多少。

贞福又问，船主值得吗？

二狗说，他值得，他是在赌钱，赢了，他就赚大了。

贞福说，你也不算傻。

贞福和二狗的对话有病毒，马上传染给旁边的渔工们，渔工们马上不舒服，都围了过来。

贞福抬头来问，你们说怎么办？

贞福的意思已经很清楚了。马上有人说，这鱼是咱们命换的，照原来的分成不合理，应该让孟阳增加分成。

贞福点点头，站起来，捶一下腰骨，又伸个懒腰，说，嘿，累死人了！接着，一屁股坐在甲板上。

渔工们当然明白贞福为什么累，也马上都跟着累起来，东歪西斜地在贞福身旁坐下。

哼，真的这么累吗？驾驶室里的孟阳见渔工们突然都像病鸡，死模烂样的，心里很怀疑，但是他不知道为什么，只好装作没看见。

二狗爬进驾驶室来向孟阳讨香烟。二狗鬼精，他知道孟阳一定对渔工们反感，他要借故离开，他不能让孟阳对他有看法。但是，他也很想多得点分成。于是他给孟阳打火点烟时，故意朝甲板上的渔工们努努嘴提醒孟阳。孟阳问，他们怎么了？二狗不敢直说，支支吾吾半天后说，可能他们太累了。孟阳不理会，转过头去。二狗又说，你去给他们打打气啰。孟阳还不明白二狗的意思，不高兴地瞪着二狗说，你去咯，去说点笑话，平时你的舌头鬼巧，现在被鱼骨梗住啦！二狗弄巧成拙，心里叫苦，但是他马上挤出笑容，又点点头，伸手去抓孟阳一包宝岛香烟，退了出去。

二狗给每个渔工分了一根香烟，接着在渔工们中间坐下。他吸一口烟，朝空中吹烟圈，望着那烟圈说，这烟怪香的。没人应答。他又自言自语说，哎哟，这会儿有桌好菜，又有几瓶好酒多好哦！还没人答话。渔工们这么做是想让孟阳亲自过来说点鼓励话，好趁机提出增加分成的要求，不想被二狗搅了，很不舒服。但是二狗不是等闲之辈，他干脆对着贞福问，福哥，你出门多，见识广，你说文昌鸡、加积鸭、东山羊、和乐蟹、那大狗肉，哪一种最好吃？贞福不得不回答了，他说，你都买来给我吃，我再告诉你呢。全部人都笑了起来。二狗要的就是这个效果。大家又说又笑，也就不再懒洋洋的了。

二狗又爬进驾驶室来，邀功似的朝孟阳笑笑，又伸手去抓一包香烟。啪，孟阳把他的手打回去。二狗立即又咧嘴笑笑，说，对，刚才那包还剩一半。孟阳脸色很不好看。刚才二狗去逗渔工们时，孟阳就躲在驾驶室里听，愈听愈不是滋味。他心里想，这些渔工太不像话了，他出钱造船造网雇他们出海，养他们，他们理当感激他，讨好他，就像二狗那样，可是，呸，他们居然闹情绪！二狗狡猾地望着孟阳，小声说，狗啃到鱼骨就摇尾巴，多给一点分成不就行啦。孟阳明白渔工们闹情绪的原因了，气得脸都黑了，骂道，我拿几十万元的渔船渔网来赌，换来这些鱼，你们已经占便宜了，还想提高分成，良心拿去喂鱼啦？要是我的渔船坏了，渔网丢了，谁来赔我！二狗见孟阳的眼睛瞪成一双鱼眼，急忙掉头爬了出去。

躺在驾驶室休息床上的孟阳连续打几个喷嚏，眼水、鼻水都流了出来。孟阳有过敏性鼻炎，嗅到刺激性气味就打喷嚏。孟阳从驾驶室探头出来，瞧见金厚蹲在厨房边，开煤气炉烧一块铁片补他那双塑料凉鞋。金厚这双鞋平时舍不得穿，拿块布包住藏在船舱里。渔船靠港时，他上街去，提着鞋走过码头那段路，到街口后才放下来穿。他说码头这段路死长，穿鞋走一路过去，磨薄多少！所以这双鞋已经买了五年多了，鞋底依然完好，只是塑料变硬变脆了，鞋帮裂了个口子。

孟阳从驾驶室里出来，径直朝厨房走去，一把夺过金厚的鞋，一抛，鞋在空中画一道弧线，噼啪两声落在十几米远的水面上。孟阳心里有火，正想找个人出气，金厚是最合适的人，又恰好给他撞上了。

金厚原来在别人的渔船当伙计。有一个端午节，恰逢渔船停港，渔工们都要坐车回家去过节。孟阳正找不到人守船，金厚跑来说，阳哥，你放心回家去吧，我守。孟阳问，你不回家吗？金厚说，不去。几天后孟阳从家里回来，见船上收拾得很整齐，堆在甲板上的破渔网也补好了。孟阳要感谢金厚。金厚说，我要留下当伙计。孟阳说，伙计够了。金厚又说，我愿意做轮机。孟阳知道金厚没学过机器，只是多看多摸会了一点，可是做轮机又苦又脏又不讨好谁都不愿干，加上孟阳的船上也没人学过机器，就答应了。

孟阳已经走回驾驶室去了，金厚仍趴在船帮上心疼地望着鞋落下的地方发呆。其他人却一声不吭地望着金厚。

二狗走过去，拍拍金厚的肩膀说，喂，还看个鸟呀，这双破凉鞋早该扔了。

金厚回头来望着二狗，眼红红的。

二狗又骂，哼，你也真是，一双烂鞋不值几毛钱，却开煤气炉来补，耗的煤气有两三块钱啦!

天很黑，大海很黑，海水很脏，水里的微生物闪闪烁烁的。一更天刚过，孟阳便叫收网。鱼大多是在黄昏时分东窜西闯撞上渔网的。夜深了，月亮出来了，水里亮了，鱼就不再傻乎乎地往网上撞了。孟阳做海很聪明，不像别的船主心眼死，糊里糊涂地让渔网放在海里久久的，希望多捞一点鱼，其实那样并不合算。渔网放在海里很久，捞上来的鱼大部分都不新鲜了，也就卖不到一个好价钱。再说，早点把网收上船来，渔工们就多一点休息时间。

网纲拉起来半天了，可网身和网脚才开始拉上船来。收网需要分工协作，一两个人拉网纲，其余收网身和网脚。打得多鱼的时候，收网身很辛苦，一边敛网，一边脱鱼，一边清除网上的杂物，忽前忽后忽左忽右，两只手动个不停，而且身上沾满脏兮兮黏腻腻的秽物。因此都是技术熟练、动作灵活、肯吃苦的人收网身。可是，今晚四个人去拉网纲，甚至历来都收网身的贞福也过去拉。而且，他们都慢吞吞无精打采的。

孟阳知道这是他们故意做给他看的。他很恼火，想不到愈打得多鱼，他们愈闹情绪。但是他没办法，他不动声色，只是看着。

二狗跑过船尾来找水烟筒，抱着水烟筒进驾驶室来向孟阳借打火机。

二狗说，看来到天亮还收不完网。

孟阳问，你们要咋干？

二狗慢吞吞地抽完烟后，一边吐着烟气，一边低头对着烟筒说，有钱能使鬼推磨呗。

孟阳把德昌叔叫进驾驶室来替他驾船配合收网，然后对二狗说，你和我一块儿去收网身！

二狗有些为难，但是只好点了点头。

孟阳和二狗走过来，拉网纲的四个人好像突然很卖劲起来，哟——哟喊着，憋得脸红红的，可脸红不出力，网纲像蛇爬一样，好久拉不上来。孟阳也憋红了脸，不过憋的是火气，他好像和渔网过不去，把网身拉得一弹一弹的，网上的杂物飞溅，沾得他满身都是。

终于天亮之前把网都收上船了。但是，渔工们没冲洗甲板，没收拾渔网，洗完澡便钻进船舱去。

第二天中午，放网时没人说一句话，放完网又没人说一句话。渔工们不声不响地坐在甲板上刮盐斑。盐斑就是盐垢。渔工们打海水洗澡，海水干了，在身上结成一层斑斑灰白的盐垢。拿竹片刮出来，出汗时就不再痒痒辣辣的了。二狗鬼，经常偷淡水擦身，他的盐垢薄，刮一会便干净了。他抓块干布一边抹身，一边看人家刮。其实，他一直在悄悄地瞧着驾驶室里的孟阳。孟阳的脸紧绷着，从不朝这边瞧来。二狗很为难，他不想让孟阳觉得他也在闹，又不愿得罪渔工们。他见金厚刮出来的盐垢又黑又腻，亮亮的，他故意说，金厚，别刮了，刮出来的都是营养哩。金厚白他一眼。金厚是轮机，摸机器，身上沾油污。金厚说，那你把营养拿去吃啰，伸手往下边搓一把，抓着递给二狗，这儿的味道更好呢。笑，渔工们都笑。贞福没笑，瞟二狗一眼，站起来，打个哈欠，钻进船舱去。渔工们也纷纷站起来，跟着进船舱去。

太阳好毒，阳光辣辣的，像火，泼在海水上，闪闪晃晃。大海很焦躁，海浪缤缤纷纷闹得凶。船面上只剩下孟阳一个人。孟阳心里烦，驾船顺着网行巡视时，开得很快，渔船在波峰浪谷间颠簸着往前冲。一排大浪滚过来，渔船晃了几下，醉酒似的撞向网行去。船忽然停了，下边的螺旋桨被渔网缠住了。

真倒霉！孟阳骂。

螺旋桨被渔网缠住十分糟糕，就像一个人的脚被绳子捆住了，动弹不得，唯一的办法只有潜水下去把渔网割开。但是，在这风浪嚣张的大海里，渔船荡来荡去，潜在水里的人万一被螺旋桨撞伤了，或者被渔网卡住了，或者出现大鲨鱼……总之非常危险，而且只有胆子大、水性好的、体力足的人才能完成这项工作。

出来，你们都出来！孟阳疯了似的朝船舱口吼。

渔工们出来了，但是都远远地站着。

孟阳好生气，在心里说，这些人的屁股都翘到我的鼻子上来啦，狗再不咬人就变成羊羔了！他没有直接叫谁潜水下去割渔网，而是黑着脸瞪他们。他突然发觉二狗不见了，心里暗骂，这狗东西躲起来了！他喊，二狗，你在哪？

二狗确实躲起来了。二狗估计孟阳会首先叫他潜下水去，因为能够潜水下去的只有金厚、贞福和他，可是昨天孟阳刚扔掉金厚的凉鞋，现在贞福又带头闹情绪，孟阳不可能先叫他们。他只好躲了起来。他从卫生间里应出来，我在拉屎呢。

孟阳喝道，给我滚出来！

二狗一边捂着肚子一边慢吞吞地走过来。他问，啥事？

孟阳已经看穿二狗的把戏，不好气地说，你给我潜水下去割渔网！

哎哟——二狗喊一声，皱着眉头说，我肚子疼呢，在拉稀呀！

孟阳瞅着他，冷冷地说，你这肚子太怪了，遇到急事就疼，看来不适合做海，这次渔船回港，你就收拾包袱走人吧。

渔工们想不到孟阳居然要赶二狗，都吓呆了。没有二狗，孟阳根本没有这艘船。当初孟阳要造船，给镇上那信用社主任送鱼干，送了半牛车鱼干还贷不到一分钱，是二狗带他上县城找一个银行行长，答应给回扣，很轻易就贷到三十万元。

孟阳见渔工们都看着他，又绷着脸问，还有谁肚子疼吗？

渔工们都低下头去。连二狗他也要赶了，谁还敢。

二狗想不到又弄巧成拙。他见孟阳掉头走进驾驶室去，马上跟过去，想说什么，可是走到驾驶室门边又收住脚，接着，乖乖地走回来，很无奈地跳下水去。

十几分钟后，二狗湿淋淋地爬回船上来。

怎样了？渔工们问。

嗨，渔网缠得太紧了，割不开。二狗说。

孟阳又从驾驶室里出来，他没问二狗，连看都不看。他已经看出二狗在作假。如果二狗真的潜下水里割渔网，一两分钟便浮出水面一次，也一定有动静，可是二狗下去十几分钟无声无息地，分明是他躲在船边。但是他没有拆穿，拆穿了，对他，对二狗都不好。刚才他赶二狗，是教训二狗，不过更主要是杀鸡儆猴。

孟阳背对二狗，恰好面对阿光。阿光好紧张，以为孟阳想叫他下去，来不及弄清楚，扑通就跳了下去。阿光潜进水里不够两分钟便浮出水面来，他喊，咦，下边黑咕隆咚，好吓人啊，我才割了一点点。孟阳见他气喘吁吁的，喊，阿光，你快爬上来吧。

渔工们你看我，我看你，又看看孟阳，不知下一个孟阳会叫谁下去。

突然，咚一声，金厚已经跳下去了。金厚接过阿光手里的刀子，一个鲤鱼翻身便钻进水里，一会儿浮出水面吸一口气，又扎回水里。经过好几次折腾，金厚终于把缠在螺旋桨上的渔网割断、解开了。不过，金厚爬上船来时，他的背脊布着一道道一斑斑刮痕，冒着血星，那是黏附在船底的牡蛎刮的。

孟阳一招“斩马谡”效果巨大。这个晚上网收得格外迅速。渔工们各就各位，一声不吭，像在拼命，不到三更天，渔网便全部收上船来了。

但是，孟阳并不因此高兴，反而像有什么东西塞在心里。

渔工们在收拾渔网，冲洗甲板。孟阳心情不好，掉头要进驾驶室去，忽然，那部一直喊着的大机器哑了。为什么哑了？不知道。总之蹲在机舱里的金厚手忙脚乱地连续几次重新启动，可机器还是哑着。

孟阳赶去，对着机舱口喊，金厚，你怎么搞的？

金厚满头大汗，仰头望着孟阳，结结巴巴地说，不——不知道，可——可能出毛病了。

孟阳跺一下脚，想骂，但没有骂。

渔工们都洗好澡了，见孟阳脸色很不好看，心里怯怯的，都不敢去睡觉，默默地坐在甲板上。

孟阳烦躁地蹲在机舱口看下边的金厚修机器。金厚慌里慌张地左看右瞧东敲西打，可是机器还动不了。孟阳蹲得脚麻了，站起来，拍一下脚，不好气地朝金厚甩去一句，哼，真笨，修不好就别出来了。他又回头来看渔工们一眼，没说话，接着一拐一拐地走向驾驶室去。

孟阳刚进驾驶室去，渔工们便都钻进船舱里。他们在外头时，都不吭声，进船舱来便叽叽喳喳说开了。二狗说，啊，刚才真替金厚担心，以为孟阳会把他赶走呢。贞福说，傻货，赶不赶要看渔船回港时呢，现在赶，谁修机器，孟阳会修吗？二狗说，他够狠的，连我他也赶！贞福说，人家是船主呢，谁叫你是个死打工的。二狗说，船主又怎样，要不是我，他有船主当吗？嘿，早知道这样，我干脆就自己造船，也当个船主。贞福知道二狗在吹牛，他根本没能力掌一艘船，但是，他没说穿，他说，别废话了，你认吧，在人家船上，就乖乖听人家的啦。二狗看着贞福，问，我好奇怪，我怕他还可以，你有本事，你能干，不担心没伙计当，干吗也怕他？贞福瞥二狗一眼，一会儿说，你懂个屁！其实贞福没有怕孟阳，是怕钱，他身上还欠债，在孟阳船上当伙计就是得多挣钱，孟阳比别人会做海。

在海上，渔船机器出故障，很可怕。渔船不能继续放网，甚至开船回港也不能。孟阳心里很乱，躺在驾驶室的休息床上发呆。外边的风在呜呜叫，浪在哗哗喊，他觉得很像鬼哭。他想，这风就是鬼，人死了变成鬼，鬼就变成风。不然风不长嘴，怎么会叫？风不长脚，怎么会跑？风很坏，他纵容海浪闹得大海乱纷纷的——他迷迷糊糊地睡着了。

孟阳醒来时天亮了，一个太阳红红的，海水也血红血红的。孟阳马上跑到机舱口去窥，见金厚仍蹲在里边，衣服不穿，满身黑乎乎的油污，像一条海豚。他很生气，但什么也说不出，得一直在机舱旁边坐下。

渔工们逮住机器出故障睡了个懒觉，很晚才起床。他们从船舱出来，见孟阳早醒了，脸阴阴地坐在机舱口旁边，都不敢走近来。他们磨磨蹭蹭的，有的朝船尾走去，有的索性退回船舱去。

孟阳本想等渔工们醒来后，叫个会点机器的和金厚一块儿修机器，可是见渔工们都躲着他，好不高兴，一脚把旁边的一个空瓶子踢得乒乒乓乓响。

渔工们都惊呆了，大气儿不敢出。

这个早上渔工们都小心翼翼地，生怕惹怒了孟阳。他们不敢看孟阳，又忍不住从眼眶的角落偷偷地看着。可是突然和孟阳目光相碰时，眼珠子却像受惊吓的鱼，在眼眶里四处逃窜。

早饭大家不坐在一起吃，都端着碗到各个角落去。

吃完饭孟阳便钻进驾驶室去。

德昌叔又去看天气。他一动不动地坐在甲板上，眼睛死死地盯着远处，嘴里嘀嘀咕咕的不知说什么。看天气是德昌叔每天的功课，几十年了。以前做海人都是自己看天气，后来有收音机预报了，许多人不看了，可德昌叔依然看，他说自己看心里踏实。他也看得很准，经常和收音机说的一样。

平时德昌叔看天气，没人去理会他，可是现在船上的机器出了故障，渔船在茫茫的大海上抛锚，他这一看，就很让人牵心。

贞福警惕地站起来扫视四周，见没有别的船，说，嗨，有渔船跟帮来就好了。

二狗跑来问德昌叔，不会变天吧？

德昌叔继续凝神看了片刻，说，这天的脸色不好摸，它老绷着脸，不知为啥？德昌叔喜欢把天当一个人来说。十八年前他曾经在海上遭遇一场台风，全船人都死了，只剩下他。他抓到一块突然漂来的木板，才活下来。从那后，他就觉得大海是有感知的，或者有海神存在。比如海上风平浪静时，他说大海睡了；波兴浪激时，他说大海笑了；浊浪滔天时，他又说，大海发怒啦。

忽然两只海鸥慌慌张张地嗷叫着从空中飞过，德昌叔的脸顿时变得沉重。海鸥比人更熟悉大海的脾气，海鸥嗷叫逃遁，说明要变天了。

忽然，孟阳疯了似的，从驾驶室里冲来，喊，天呀，完了，天要刮台风了，下午就刮到！刚才孟阳就是躲进驾驶室里听收音机预报天气。

全部人都吓得面如土色，不知所措。

孟阳急忙找来一根竹竿，挂上件破衣服，爬上驾驶室屋顶去插，发呼救信号。下来时太紧张了，脚一滑，摔在甲板上。他爬起来，见渔工们仍在发愣，气不打一处来，顿脚骂，你们还待着，都不要命啦？快，快修机器去，统统下机舱去！

机舱里的空间很狭窄，且四面不通风，又有浑浊刺鼻的柴油气味，这么多人挤在里边，又热又闷又呛，就像腌在咸鱼缸里一样难受。渔船在浪涛中不停地颠簸，渔工们在机舱里摇来晃去，很快就觉得头晕，接着便有人呕吐，一个呕吐大家便都呕吐，呕吐声彼此起伏，一只塑料桶拉过来递过去。但是渔工们仍然在里边熬。孟阳火烧火燎地在上边急得要死，谁敢出去。

中午了，机器还没修好，机舱里的渔工们已经累得东倒西斜地靠在黏腻腻的机舱壁上。其实，孟阳把这么多人赶下机舱去没起啥作用，他们同样不懂机器，根本帮不上什么忙。再说，机器已经没法修了，金厚已经摸了一个晚上，又摸了一个早上，能修早修好了。

金厚趴在那个大飞轮上，有气无力地喘了一口气，说，我受不了啦，我要出去了。蹲在金厚身旁的贞福站起来，说，出去，我和你一块儿出去。对，斜躺在机舱壁上的二狗也直起腰来，大家都出去，死也要到外边去死，这个时候了，还要怕谁！的确，机器坏了，渔船在大海上，又碰上刮台风，都要顾命了，船主还有啥用，还要畏惧谁。

渔工们爬出机舱来，身上都湿漉漉的，像从水里爬出来。刚出机舱口，他们便都横七竖八地躺在甲板上。

孟阳像一头石豹蹲在摇摇晃晃的驾驶室屋顶上张望，见渔工们都出来了，又急忙爬下来，问，喂，怎么样了，机器修好啦？

没人吭声。

孟阳很不高兴，盯着金厚，金厚老实听话。他问，没修好怎么都出来了？

金厚也不应答。

孟阳火了，骂起来，你们好混账，都回去，统统都给我滚回机舱去！

贞福倏地坐起来，说，我们没办法了，轮到你去修啦。

你——孟阳被呛得几乎喘不过气来。他青筋暴露，瞪着贞福，打算宣布不要贞福做伙计，可是嘴张开了，见贞福连看都不看他，而渔工们却都瞅着他，那目光很异样，像无数针尖射过来，让人不寒而栗，他忽然怔住，那张开的嘴巴像被鱼骨卡住了，好久闭不回来。

二狗马上说，孟阳哥，你省着吧，我们都不是你的伙计啦！

孟阳眼睛发直，瞪着二狗说不出话。接着，他的头耷拉了下来。他这船主忽然没用了，他的火气也顿时没有了。

海浪不规则地起伏，仿佛有无数头猛兽在水下蠕动，只要等到那一刻，猛兽就突然冲出来疯狂厮杀。

德昌叔自言自语说，唉，大海真的要发怒了！他跑到船头去，插上一炷香，下跪，磕头，请求大海息怒。

阿光把船上的木板、浮标、泡沫鱼箱都找来，拿绳子慢慢地拴在一起，他要扎一只浮筏。

孟阳走过来，拍拍阿光的肩头，小声说，阿光，别扎了，没用的，台风刮到时，浪涛像楼房那么高，一个巨浪就把浮筏撞散了。

阿光不答话，仿佛没听见，仍然低着头默默地扎着他的浮筏。

孟阳傻傻地在阿光身旁站着。过了一阵子，他叹了一口气，又问，阿光，机器没法修啦？

阿光停下，抬头来望着孟阳，望了好久，轻轻摇一下头，说，没法修了，机器的大飞轮卡死了，搬不动。

孟阳像突然被人抽走了骨头，脚一软，在阿光跟前瘫坐下去。他忽然想起他要贷款造船时，他老婆说的话。老婆说，孟阳，打鱼人有吃有穿就够了，别想得太大，海水无情，好多事情很难想，万一出个差错，这个家就没有了。他不听老婆劝，他说，女人懂个屁，做个渔工只能给家里挣口饭，孩子长大后，要读中学、大学，怎么办——他不敢再想下去。

孟阳刚坐下，贞福便站起来，说，大家快把身上的油污洗掉，死也要干净点死！

渔工们都爬起来，去打海水洗澡，很认真很耐心地把身上的油污刷得干干净净。

二狗接着说，都去打淡水冲洗，留那淡水干鸟！

渔工们又示威似的每人打一桶淡水浇在自己身上，那哗啦啦的浇水声很响，好像是故意浇给孟阳听。

孟阳站起来，想去说什么，又突然站住。二狗已经说得很明白了，他们不再是他的伙计了，他还能说什么，说也是白说。他只好眼巴巴地看着他们。他心里很不舒服。现在船还是他的，渔工们还在他的船上，他们却不认他这个船主了，太过分了！

洗完澡，金厚说，大家把好衣服穿上，死也要死得像个样子！

渔工们又都进船舱，把最漂亮的衣服翻出来穿，然后围坐在一起。

孟阳看着，很生气，在心里骂，哼，差几个小时台风才刮到，现在就等死了！

金厚最后一个从船舱钻出来。大热天他居然把十几天前刚买的一套大西装穿上，还扎领带，穿皮鞋。

孟阳实在忍不住了，走过去，口气平和地说，金厚，台风到来，船很快就沉了，大家都要下水，穿太厚在水里怎么动弹呀！

金厚背过身去，说，你闭嘴，我不要你说。

孟阳转身钻进船舱去，抱一大捆救生衣出来，扔在渔工们旁边，说，大家还是穿救生衣吧。

没人吭声，没人理他。

德昌叔走过来和渔工们坐在一块儿。他接过贞福递过来的水烟筒，一边抽一边说，刚才孟阳叫大家穿救生衣是对的。

金厚说，我们没傻，到时候会自个穿。

德昌叔说，孟阳这么说，也是好意哩。

好个屁！二狗说，我们被他害了，没有他，我们哪会到南边渔场来。

德昌叔又说，来南边渔场没错，问题是机器坏了，躲不了台风。

金厚说，你别为他说话了，他太狠啦，不是人，不把我们当人看，我们死也不和他死在一块儿！

二狗也说，对，反正要死，不理他！平时他那么神气，让他死前也尝尝难受的滋味！

德昌叔知道，此刻他们的怨气正缭绕在心头，愈说他们会愈生气，摇摇头，不说了。

德昌叔见孟阳很像一条被网围住的鱼，一会儿到这边站一下，一会儿又到那边去坐一会儿，又站不稳坐不安。他走过去小声说，孟阳，你去煮午饭吧，煮多点。

孟阳侧头来眼瞪瞪地望着德昌叔。在这艘船上，从来都是他孟阳安排别人干活，没人敢安排他，何况是干煮饭这种杂活。但是，他瞧了德昌叔一会儿后，居然不声不响地朝厨房走去。

孟阳把饭做好了，煮了两大锅米饭，还有一大锅鲜鱼。但是，没人过来吃。

德昌叔说，台风来了，人人都要吃得饱饱的，精神要足。谁能活下来，就看谁有力气挨到台风过后了。这是他的经验之谈，十八年前那场台风，他在风浪中漂游了两天一夜，又饿又渴，后来被一艘出海来的渔船救起。

渔工们还坐着不动。

德昌叔想了一下，走过来对孟阳说，你去叫他们，可能他们就来吃了。

其实，孟阳见没人过来吃饭，也很生气，他说，叫他们干吗，谁不饿谁就不来吃！

德昌叔说，这个时候，大家要抱成一团，闹别扭很糟的。

孟阳走过去，对渔工们说，你们去吃饭吧，就当这饭不是我煮的。说完便走进驾驶室去。

渔工们还是坐着。

德昌叔火了，喝道，这不是你们和谁过不去，是和饭过不去，和你们的命过不去！好呀，你们不吃，我去吃！

德昌叔走过去吃饭时，金厚对二狗小声说，是不是咱们也去吃饭？

二狗想了一下，说，吃，不吃白不吃，他这个船主我们都不要了，饭也不是他的啦！他掉头瞧贞福，见贞福坐着皱眉头，像在想什么，挪身进去，说，这会儿，咱们说啥，孟阳都会答应，干脆叫他把船上的鱼让大家平分好吗？

贞福瞧着二狗，喝道，混蛋！接着又骂，你太贪了，太贪就蠢，现在把全部的鱼送给你，要得了吗！贞福站起来，对大家说，去，大家吃饭去！都快死了，还赌啥鸟气！其实贞福已经觉得，再这样闹很没意思，只有闹着等死，不如大家拧成一股，再想想办法，或许会想出什么办法来，而且，这个时候必须有个有主张的人出来拿主意，这个人又必须是孟阳，他比谁都强。渔工们都过来吃饭时，贞福又说，现在谁说得对，谁就是爹，听谁的！

吃完饭时，西边的天色开始忽蓝忽紫，一块黑云正张牙舞爪地从那儿升起，愈升愈高，漫卷奔腾，向四面八方蔓延扩散。海浪愈来愈凶，翻开哗啦啦的浪花，一浪接一浪窜上船来，撞得渔船一阵阵震荡。

渔工们惊得屁股眼都凉了，有的望着天上的黑云发呆，有的望着海上的激浪颤抖，有的却什么也不愿看，低下头一动不动蹲在甲板上。

德昌叔叫大家拢到一块儿来。

德昌叔说，你们不要惊慌，慌是没用的，现在要为后事打算了。

德昌叔的话刚说出口，阿光嗷一声哭了。

孟阳一边向德昌叔摆手，不让他再说这些丧气话，一边过来扶着阿光，安慰说，别哭，不会有事的。

阿光尽量止住哭，可眼泪还是噼里啪啦地往外涌。

德昌叔不理阿光，继续说，这场台风是躲不过了，但是总会有人活下来，不管是谁活下来，责任重大，要尽量把咱们船上的话带回去说给他的家人！他顿了一下，抬头来扫视大家，接着说，你们有什么话要对家人说，现在就说吧，大家要好好地记住。渔工们惊得魂都散了，还能说什么，都呆呆地望着德昌叔不吭声。德昌叔低下头去，若有所思地沉默了很久，接着叹了口气，低声说，唉，十八年前那场台风来得急，我们很慌乱，谁都没想到要对家里人说点什么，嘿，我回去后，各人的家人都来问我，我一句也说不上，难过死了，回想起来心还不安……

金厚早已泪涟涟的了，突然哗一声，大哭起来，他叫，老婆啊，我对不住你，那晚我不该生气，不该和你吵架，不该呀！你问我那四百块钱去哪了？我现在告诉你，我藏起来了，我没乱花，我从不乱花一个钱，我已经拿去买了一套西装，还有一条领带和一双皮鞋，现在就穿在我身上，挺好看的。我从来没穿过一件像样的衣服，在海上，连衣服都不穿，光着身子干活，怕海水淋坏了。我想，咱省吃俭用终于盖了一间大堂屋，欠的钱也还完了，我也该有一套好的衣服了……他突然抬头望着孟阳，他说，老婆，你别再骂我窝囊了，我不窝囊，平时孟阳骂我，我很生气的，我不吭声是担心他不要我在他船上干，他这个人狠，可他挺会做海的，不过今天我终于敢顶撞他了，狠狠地顶了一把，真的，我总算在他面前出了口气……

孟阳把头低下去，不敢看金厚。

又有两个渔工边哭边说。

阿光已经不哭了，低头闷闷地坐着。孟阳拍拍他的肩膀，说，阿光，你说吧，有话就说出来。阿光迟疑一下，点了点头。阿光还没成家，只好对他的未婚妻说。他说，阿莲，每次出海回去，你都问我有啥感受，我不想告诉你，也不知咋样告诉你，做海太辛苦了！不，还是不说这些吧，现在我可以跟你说点有意思的了。这次出海来，孟阳叔让我握住方向盘把船从港口开出来，我不骗你，我一个人开的，那感觉很美妙！渔船劈开海浪往前冲，一震一颤的，震动通过方向盘传到我手上，又传遍我全身，惬意极了。我没骑过马驰骋在草原上，没坐过飞机遨游在天空上，我想，也许和驾船奔驰在大海上的感觉一样吧……阿莲，我对不住你，我连续几次推迟婚期，不是我不想和你成亲，我很爱你！你不知道，我们在海上不能用淡水洗澡，每次出海来两三天，我全身就发痒，特别是两侧腹股沟，黏糊糊的，发红溃烂，我不想在新婚之夜让你看见我身上这么糟糕……孟阳一把将阿光搂进怀里。

二狗一直像牛吽一样大哭，哭得死去活来。几个人催促下，他才说了一句，嗨，她太年轻了！他的意思大家都很明白，他是觉得他老婆太年轻了！他死后她一定改嫁，也就变成了别人的老婆。

金厚忽然推二狗一把，还哭？继续说啰，你哑糊啦！那次你借我一百块钱，还没还呢！

二狗停下，望着金厚，说，现在还你。

金厚骂，现在还，有屁用！你现在说给大家！

德昌叔很生气，说，金厚，别岔了！

轮到孟阳说了。开始他并不打算说，可现在他却忍不住要说。他说，孩子他娘，我不听你的，终于出事了，但是我已经尽力了，千万别怪我。我贷款造这艘船后，没睡过一夜安稳觉，做梦也想快点挣到钱还完贷款。我在海上很拼命，恨不得把整个大海的鱼都捞回去，恨不得把海水都捏成钱，可是现在才还了一半贷款，剩下的十多万块钱只有交给你和孩子还了，你们这一辈子只有受苦了，我对不起你，也对不起孩子……我想挣多点钱，硬逼渔工们和我一块儿到南边渔场来，我不听贞福的话叫别的渔船跟帮来……还有造船时因为资金不足，没能买一部新机器，只好用这部旧机器，出问题了，不仅害了我，还害了船上的九个渔工，我该死……泪水从他的眼眶溢出来，他想向渔工们下跪，可是渔工们都冲过去把他扶住。

贞福一直咬住嘴唇，皱着眉头坐着，这时他的眼睛也湿润了。月姑，他叫他老婆的名字，咱渔村的路历来都通往大海，只有读书才能跳得出去，你要叫孩子好好读书，千万别像我一样做海，我做了大半辈子海，尝够了。我从一个伙计做成一个船主，又从一个船主做回一个伙计，最后竟回不了家了。不过你别为我伤心，没什么的，做海人的命本来就捏在海龙王手里，哪年不死人，要吃鱼，总会有人被鱼吃。我要告诉你的是，不管出了什么事情，你不要怪孟阳，这次来南边渔场，如果我反对，孟阳可能不会来。我是觉得，南边渔场鱼很多，打得多鱼，我就得多钱，而且来南边渔场大多是损失渔网，既然孟阳肯拿他的渔船渔网来赌，我干吗还不来。后来我看见打得很多鱼，又眼红，带头闹情绪，给孟阳压力，逼他多给点分成……我不是人，我死了只是一条命，可孟阳是财和命都丢了，我对不住他……孟阳伸手来握住贞福的手，不让他再说下去。

德昌叔最后一个说。刚才他的脸色还充满悲伤，此刻却显得十分平静。他默默地盯着眼前，仿佛那儿站着一个人。他叫，阿贵，这次爹真的回不去了，回不去就回不去，没啥，十八年前那次死不成，现在才死合算了。他不想说了，可是突然想起每次海难的情景：海上漂着的尸体，有的没了眼睛，有的没了耳朵，有的却少了一条腿，个个又肿胀得不像人样……他又说，阿贵，爹告诉你，千万别到海上来找爹的尸体，就当爹还在出海，千万啊！

大家都说完时，黑云重重地罩下来了，世界一片昏暗，闪电开始露出狰狞的面目，台风好像已经来到头顶了。

可是很奇怪，此刻渔工们都很平静，个个显得轻轻松松的。其实，刚才渔工们对自己的家人说话时，心里已经经历了一场台风，对即将到来的现实的台风反而不那么恐惧了，尤其是他们把隐藏在内心的话都倒出来后，没有什么牵挂了，也就无所谓了。

贞福说，孟阳，我们都听你的，现在怎么办，你安排吧！

孟阳见渔工们又像以往那样，都望着他，船主的感觉又重新回到他的身上。他站在甲板上，挥手说，阿光，你和两个人去把救生圈都搬到甲板上来，每个救生圈都绑上一根绳子，下水时，把绳子系在腰上，大浪就冲不掉了。他转身来对德昌叔说，德昌叔，你去把锅里的饭分别装进十个塑料袋里，把驾驶室旁边那串矿泉水瓶拿来，都灌满淡水，每一份分一瓶。接着，他又回头对贞福说，你以前也摸过机器，你跟我和金厚一块儿下机舱去，再试一试，看最后能不能把机器修好。

金厚脱下西装，和贞福、孟阳一块儿下机舱去。又是一阵东敲西打，接着又三个人合力推那大飞轮，可是大飞轮丝毫不动。孟阳一脚踹在那机器上，这堆烂铁害死人啊！他绝望地招手叫贞福和金厚一块儿出船舱去。也许这一脚提醒了贞福，蹲在大飞轮旁边的贞福突然问，砸不？孟阳疑惑地问，砸啥？贞福瞧着那大飞轮说，砸飞轮。他估计飞轮被什么卡住了。孟阳不明白贞福的意思，喝道，砸吧，把它砸烂算了！贞福抡起一把大铁锤，使尽全身力气狠狠地砸在那大飞轮上，咣一声，溅起一片火花。孟阳已经掉头要爬出去。贞福蹲下推那大飞轮，居然转了。金厚手忙脚乱地启动机器，机器隆隆响了起来。果然机器是被一枚螺丝钉卡住。天呀，孟阳喜出望外，他喊，快爬出去，马上开船回港！不见动静，回过头来，瞧见贞福和金厚都瘫坐在那脏兮兮的机舱里。

可惜修好机器太晚了，渔船开出十几海里，台风刮到了。

一阵震耳的雷响，天好像被炸开几个窟窿，恐怖的闪电凶狠地把黑云撕成碎片，狂风暴雨呼叫着铺天盖地横扫过来，渔船被高高地掀起来，又重重地摔下去。紧接着，惊涛骇浪像一座座飞奔的山追到，疯狂地扑向渔船，一口气把渔船吞没，压下去……可是渔船却一次次顽强地从水里窜出来……

风越来越疯狂，浪越来越凶狠。站在驾驶室里和孟阳一起握住方向盘的阿光双手哆嗦，双脚颤抖。孟阳说，看来渔船最终要沉的，阿光，你出驾驶室去吧，要紧紧抱住救生圈。

阿光刚出驾驶室，一个巨浪撞来，咔嚓一声，船舵断了，船身一横，紧随着一个巨浪又扑过来，船被撞翻了。

孟阳抱住一个救生圈从水里钻出来时，只见海面上白茫茫的一片，什么都没有了。他侧头扫视四周，发觉金厚就在他身旁。他想叫金厚，一个巨浪俯冲下来，又把他压进水里。他再次浮出水面时，看见金厚的救生圈已经被巨浪冲离几丈远了，并正向远处飘去，金厚却抓着一个大塑料袋和一个塑料罐不放。在风浪咆哮的大海里，救生圈比救生衣作用大得多，金厚只穿救生衣，十分危险。孟阳将自己的救生圈扔给金厚，喊，快把救生圈的绳子系在腰上！不知金厚听清楚了没有，孟阳已经掉头朝那漂远了的救生圈奋力游去。

一直到下半夜，台风才渐渐减弱，但是海浪依然汹涌，不过没那么嚣张了。德昌叔他们这时才缓下来清点人数。他们是在渔船将要侧倾时下水。下水前，德昌叔叫大家把救生圈的绳子系在自己腰上，下水后，又叫各人把救生圈拴在一起。因此，他们都在一块儿。他们发觉不见孟阳和金厚。阿光哭，他说孟阳可能还在驾驶室里，出不来了。德昌叔不让阿光哭，这个时候哭会影响大家的情绪，是很不利的。德昌叔叫大家把救生圈拴在一起，除了便于互相照应外，更重要的是让大家在一起，情绪稳定，不会过于慌张。德昌叔说，孟阳决不会被堵在驾驶室里，台风刮到后，他把驾驶室里的门和窗都打开，已经做好了充分的准备。至于金厚，谁也没注意，只有一个渔工要下水时，好像看见金厚正低头去捡什么。

第二天早上，风停了，海浪也变得有气无力了。但是渔工们已经很累了，而且又冷，又饿，又渴。人长时间浸泡在水里，身上的热量、体力消耗得很快，何况是在风浪的剧烈冲击中。德昌叔说，大家吃点东西吧，要省着，不知我们要在水上再熬多久。阿光伸手去摸自己的救生圈上的塑料袋，不见了，他喊起来，我的米饭谁拿啦？刚才还在呢。阿光的右边是德昌叔，左边是二狗。德昌叔看二狗，说，快把阿光的米饭还给他。二狗迟疑一下，说，阿光是后生，不吃也顶得住的。他的话音刚落，他旁边的贞福伸手过来卡在他的脖子上，喝道，你给不给？他望着贞福想说什么。贞福说，你再说一句，我就把你按下海底去，吃饱海水！二狗抓一袋米饭递给贞福，说，我给，我给你。贞福骂，给我干吗，还给阿光！

忽然，远处看见一个人，大家很快认出是孟阳。他躺在救生圈上，随风漂流，身上的红色内裤很醒目。

大家很高兴。

二狗忽然想起，昨天孟阳把德昌叔分剩的半锅米饭倒进一个大塑料袋里，又提来半塑料罐淡水绑在一起。他骂起来，哼，孟阳这家伙不是东西，他有了一大袋米饭和半罐淡水，故意游去另一边，自个吃!

几个人跟着骂，孟阳太黑心了，狼心狗肺!

贞福问二狗，你肯定孟阳有一大袋米饭和半罐淡水吗?

二狗说，肯定。

贞福说，好，我跟你一块儿游过去，抢回来!

德昌叔说，别去了，保存体力吧，要是游过去没拿到，再游回来就困难了。

大家正犹豫时，看见孟阳正朝这边漂来，愈来愈近。

二狗说，他漂过来了，怎么办?

贞福说，叫他把米饭和淡水分给大家!

二狗说，他不给呢?

贞福说，你老是想那么歪!他不给，大家就把他撕碎，吃了他。

阿光担心地说，要是他给呢?

二狗说，他太坏了，把他的米饭全夺过来，一点也不给他。

贞福瞪着二狗骂，混账，不如现在就把你捏死，省出你的米饭!

二狗不敢再吭声。

孟阳漂到了，可是除了一个救生圈，什么也没有。

风又起了，是南风。台风有个特点，开始刮北风，过后总要刮回一场南风，叫回风。海浪再次汹涌澎湃。渔工们又在波峰浪谷中挣扎。一直到中午风才停下来，大海才恢复平静。

渔工们更加累了。孟阳叫大家都躺在救生圈上，这样有利于保存体力。现在他们的生存希望只寄托于出海来的渔船撞见，把他们救上船去。谁保存多一分体力，就多活一分钟，也就多一分希望。

阿光突然喊起来，你们看呀，那边有一个人哩。

大家看过去，见一个救生圈漂游在海上，旁边有个白点。

孟阳说，那一定是金厚了。

德昌叔说，阿光，你年轻，体力好，游去把金厚叫过来。

阿光说，我不敢，如果是金厚，他一定死了，他的头发是黑的，那白点肯定是他死后浮起来的背脊，我怕死人。

孟阳朝德昌叔摇摇头，不让他再叫别人，一掉头便游了过去。

孟阳游到后，没见金厚，救生圈上系着一个白色大塑料袋和一只塑料罐。看来是金厚为了系住这个塑料袋和塑料罐，没有把救生圈的绳子系在自己身上，救生圈再次被巨浪撞跑了。金厚啊，你很精明，临下水前还顾着一袋米饭和半罐淡水，但是你又很笨，没有首先顾命，将绳子系在自己腰上。

孟阳把一袋米饭和半罐淡水拖回来，马上分给大家吃。但是德昌叔坚持不吃。他说，我全身都麻木了，挨不了多久了，别浪费食物啦。孟阳说，你太饿了，吃饱就好了。德昌叔说，我老了，体力不支，顶不住了，我自己明白。孟阳说，吃吧，说不定过一会儿就有渔船开过来把我们救了呢。德昌叔说，不会的，今天不可能有渔船出港，明天也要到中午以后才有渔船来到这一带海面，可是我熬不到晚上就……他说不出话了，身上开始抽搐。孟阳抓一个饭团想要硬塞进德昌叔嘴里。他摇摇头，接着一翻身，掉进水里，沉了下去。不知什么时候，他已经把系在他腰上的救生圈那绳子悄悄地解开了。

德昌叔死后，大家的心情很坏，各人的脸像灌铅一样沉重，特别是阿光，一直抽泣着。孟阳很担心，这个时候，人要活下去，除了保存体力，还要有个好心情，尤其要有强烈的求生欲望。孟阳说，大家别这样，德昌叔去了就去了，咱们要想法子活下去。其实孟阳心里也很难受，他觉得德昌叔死得好惨，一块尸骨也没有，甚至想向他磕个头，也不知朝哪个方向磕。阿光说，我好怕啊！孟阳说，怕啥，有啥好怕？阿光的泪水涌出来，这……海……他说不下了。孟阳喝道，做海人还怕海吗？大海最凶是刮台风的时候，我们不是挺过来啦！阿光不抽泣了，但眼睛还是红红的。孟阳想一下，又说，阿光，你年轻，眼尖，要经常朝四周望望，看海上有没有船。孟阳明知这个时候海上不会有船，但他故意说，分散阿光的注意力，同时也给大家一点希望。果真，阿光不一会儿便抬头望一下，不再那样紧张了。二狗忽然问，金厚已经死啦？孟阳一怔，侧头瞧二狗，这家伙怎么哪壶不开提哪壶！他撒谎说，没有，可能他被什么船救去了。二狗皱着眉头，狐疑地望着孟阳。孟阳说，你欠金厚那一百块钱，你不用还了，回去我替你还。二狗忙说，不，不，我还，我一定还！他见孟阳仍看着他，又说，我是想，大家下水时，都紧张，各顾各，丢了金厚，唉，他胆小，一个人游，一定害怕死了。孟阳想不到这个时候二狗居然为金厚担心，好感动，他瞧着二狗，觉得二狗并不坏，其实大家都不坏，大家都是为了生活，为了生活而凑在一条船上，为了生活而互相争闹。贞福分明也被二狗的话打动，他说，现在谁都不能死，一定要一块儿回去；就便是谁死了，也不能解开绳子，死也要绑在一起。

下午，天上的云散了，跳出一颗太阳，白晃晃的，海上空阔无边，可是仍看不到一艘船的踪影。有几只海鸥一直盘旋在他们的头顶上，而且他们漂向哪，海鸥就嗷叫着跟到哪。海鸥是到海上来寻食。台风过后，海上往往浮着美食。孟阳见大家都惊恐地望着那几只海鸥发愣。他说，海鸥来了，天好了，渔船很快就来了。但是大家仍然惊慌失措地望着那几只海鸥。孟阳回头来对二狗说，你找点高兴的事说，让大家笑一笑。二狗很为难，让他说高兴的，当然就要说女人，可是这个时候他哪有心情说呀，他说，哼，下边那卵都浸溶化啦，还说个屁呀！确实，人在海水里泡浸久了，皮肤就皱巴巴的，特别是下边那东西松软，缩成一小撮，像只晒干的麻雀。大家都不自觉地伸手往下面摸一摸，想笑，但笑不出来。笑不出来不要紧，想笑就好，想笑心情就轻松许多。孟阳又说，大家唱支歌高兴高兴。于是大家就唱了起来：

潮水涨，
船归港，
孩子去打酒，
女人忙梳妆；
鸡进窝，
人入房，
昨夜船上摇，
今晚床上晃；
摇星星，
晃月亮，
渔工力气大，
一夜晃断几张床。
……

声音很沙哑，而且断断续续的，但是他们唱了一遍又一遍，歌声在水上浮荡。

次日上午，孟阳他们被一艘出海来的渔船撞见，救起了。

渔头的两个徒弟

海南岛西海岸一带，有许多村庄的名字带个“浦”字，如洋浦、排浦、东浦、西浦、上浦、下浦、徐浦等。据说，凡有“浦”字的村庄，都是海上来的移民。但是，从哪来？哪朝哪代来？不知道，更没明确的文字记载。不过，这些村庄都有两个特点：一是在海边，二是渔村。洋浦湾畔有个村庄叫海浦村，全村人都以打鱼为业。洋浦湾就是洋浦港里边的一个海湾，西连洋浦港，东是北门江出海口，南是春江出海口，水域宽阔，水质肥美，咸淡适宜，盛产鱼虾。海浦村人自然就以这个海湾为生。海浦村的男孩生下来，会走路就下海湾去泡，从小练水性，练就捞虾摸鱼的本领，让海水泡结实了，长大了，就成为一个捕鱼好手，也就成家，也就养家，也就是一个男子汉了。当然，那些捕鱼利索、网撒得出色的男人，就备受村里人尊崇，也就是村里的英雄。

近来海浦村出了两个英雄：一个叫石龙，一个叫水彪。怎么个英雄呢？那石龙，个头不高，皮肤黝黑，长一双鱼眼，像条海鳗。说他这双鱼眼十分了得，能看透海底。他提一张渔网下海湾去，东走西跑，轻易不撒一网，可网撒下去，一定有鱼，而且是什么鱼，多少条，多大条，他一目了然，网拖回来也就一点不差。更神的是，他坐在家里就知道哪天海湾的哪处鱼多，哪条水道，哪条河沟，哪片水滩有什么鱼。如果有人下海湾打鱼回来，他只要瞧你的鱼篓一眼，就能说出你今天在哪打鱼，鱼是哪个时辰捕到的。水彪呢，这人高大雄武，像条大鲨鱼。他的特点全在那张嘴上。他的嘴大而圆，往外凸，十足一张鱼嘴。他潜入水里，好久好久不起来，人家着急紧张，以为他永远起不来了，他却突然蹿出水面，左手抓一条鱼，右手抓一条鱼，嘴里还咬一条鱼。有人说，他那张嘴就像鱼嘴一样，能在水里呼吸。有人说，他能跟鱼说话，把鱼都哄到一块儿来，趁机抓几条便浮出水面来。

石龙和水彪都是大礁伯的徒弟。

大礁伯是海浦村的渔头。什么叫渔头？就是村里的大英雄。英雄经常有，渔头不常有。村里十年二十年才出一个渔头。渔头自然精通海上的百般技艺，又本领过人，尤其有一身绝活。比如，石龙和水彪那几手，就是大礁伯教的。渔头在村里有至高无上的威望。当年村里人公认大礁伯成为渔头时，他已经三十出头，村里一个最漂亮的十八岁姑娘嫁给了他。可惜那姑娘命不好，几年后才怀个孩子，生出一个丫头便走了。大礁伯悲痛欲绝，此后不再娶，和那丫头相依为命。那丫头叫凤姑，现在已经出落成一个大姑娘，漂亮极了，像一朵海棠花，酷似当年她娘。大礁伯已经放出话来，他要让凤姑嫁给村里的英雄。

要凤姑嫁给村里的英雄，当然就是嫁给石龙或者水彪，因为村里的年轻人只有他俩称得上英雄。其实，当初大礁伯招石龙和水彪做徒弟时，他就有了打算，这两人都没爹没娘，他却没儿子，他要给凤姑培养个上门女婿。所以大礁伯对这两人很好。以前的渔头带徒弟，只是下海湾打鱼时让徒弟提网背鱼篓打下手，跟在后边看怎么打。大礁伯不同，下海湾回来，又叫石龙和水彪到他家去，听他讲海。大礁伯没文化，可是讲起海来，条条是道，而且有啥讲啥，毫无保留。比如，石龙知道什么时候海湾的什么地方有什么鱼？鱼多鱼少？就是大礁伯给他讲海湾的季节、气候、潮汐、水质特点，讲海湾各处的流水、土质、水生物的变化情况，又讲各种鱼类的生活习性，让石龙慢慢感悟，最后摸索出各种鱼在海湾里的活动规律。又比如，水彪能够空手潜入水里抓鱼，也是得益于大礁伯的讲海。水彪心浮气躁，急功近利，大礁伯不给他讲复杂的，讲什么鱼喜欢玩沙土，什么鱼喜欢躲泥潭，什么鱼喜欢钻石缝，什么鱼喜欢舔石苔，什么鱼喜欢吃海藻，什么鱼喜欢啃螺壳，他潜入水中便知道到哪去找鱼，也就抓得得心应手了。

但是，要让凤姑嫁给石龙？还是嫁给水彪？大礁伯却为难了。大礁伯对两个徒弟都很欣赏，凭他俩的本事，在海湾都吃不穷，也就是说，凤姑嫁给哪个，他都放心。另外，他不知道石龙还是水彪更爱凤姑，也不明白凤姑到底更喜欢哪一个？平时石龙和水彪来听他讲海，凤姑对两人都很热情，给他们搬凳子坐，又煮绿豆糖水给他们吃，还坐在旁边陪着听。石龙呢，他知道凤姑爱吃螃蟹，每次下海湾，都捉一只螃蟹回来给凤姑。水彪呢，他听讲海时，总是分心，偷偷地瞟着凤姑，弄得凤姑很不好意思。

端午节到了。这年端午节和往年一样，海浦村又要举行撒网比赛。怎么个比法？就是在村前那片沙滩上画好界线，那些年青的捕鱼手提着自己的渔网来撒，一个接一个，看谁撒的阔，圆，远。但是今年的情况很特别，只有两个人参赛，就是石龙和水彪。为什么呢？因为其他人都不是他们的对手，再说，赛前大礁伯已经当着石龙、水彪和凤姑的面说，嗨，凤姑大啦，该嫁了，就交给你俩，谁比赛胜了，把她带回家去！当然其他人就不好来凑这个热闹了。至于大礁伯为什么这样说呢？这是没有办法的办法。他硬生生地把凤姑指给谁，都不好，何况他曾经问过凤姑，凤姑说，谁有本事就嫁谁。

大早，村前的沙滩上便围满了人。大礁伯和凤姑走过来了。凤姑瞧见这许多人，脸色唰地变了，她拉她爹衣袖，爹，别比了好吗？她爹说，你不是要看谁有本事吗？凤姑不吭声。他爹又说，没啥，爹知道咋办。这时水彪也来了，提着渔网走过来，精神抖擞，脚步急促。他瞟大礁伯一眼，又瞟凤姑一眼，接着，执网站在界线，深吸一口气，憋住，使尽全力一抛，渔网呼啦飞了出去，飞得很高，散开，仙女散花一般，散成一个满月，又慢慢地落下，罩在沙滩上，好阔，好圆。哦！太棒了，太好看了。本来应该有一阵掌声，可没人鼓掌，因为谁都知道这不是简单的撒网比赛，主要是对凤姑的争夺。水彪很满意，长长地舒了一口气，又马上转头去瞧大礁伯，瞧凤姑，然后斜眼瞅着石龙。轮到石龙了。石龙脸无表情，不声不响的，给人感觉他好像不很有信心，他执网撒网动作很快，人们还未定下神来，渔网嗖一声飞出去了，飞得好快，飞得好远，罩在远处的沙滩上。但是，网形不很圆，像个卵。全部人都不作声。全部人都瞧着大礁伯，又瞧着凤姑，当然也瞧水彪和石龙。大礁伯表情很淡，抓个水烟筒蹲下，慢慢地吸。凤姑刚才捂住眼睛不敢看撒网，此刻她却紧抿着嘴，眼睛死死地盯着沙滩那两张渔网出神。水彪的目光漂移不定，一会儿瞧大礁伯，一会儿瞧凤姑，一会儿瞧石龙，一会儿又瞧旁边围观的人。石龙呢，像个局外人似的，躲在围观的人群中间。究竟谁胜了呢？当然是由大礁伯来评判。大礁伯是这两个人的师傅，又是权威的渔头，尤其是凤姑的爹。大礁伯等围观的人叽里咕噜一番后，站起来说，好啊，都撒得不错！他对水彪说，你撒得很好看，又阔，又圆。他又掉头来面对石龙，说，你动作好快，撒得好远，可不太圆，不圆就不很阔。哦，看来水彪胜了！大家都屏住呼吸等待大礁伯宣布结果。可是大礁伯并不急于宣布，磨磨蹭蹭的，接着瞧一会儿水彪，又瞧一会儿石龙，然后说，水彪撒得很好看，可不太实用，网飞那么高，好久落不下来，鱼不是死鱼，瞧见网，早溜啦。又说，石龙的动作快，渔网贴着地面飞，也就是贴着水面飞，又飞得那么快，什么鱼也跑不了。一阵掌声，点评太精彩了，石龙胜啦！水彪像忽然被霜打的番薯苗，蔫了，头低了下去。这时大礁伯又说，哦，两人赛了个平手。围观的人轰地散了，大家好像都不满意这个结果，很失望。大礁伯这时又忽然说，再比，比捕鱼！石龙、水彪，你俩提网下海湾去，午时三刻回来，看谁打得多鱼！其实，大礁伯不是判不出谁胜谁负，而是这个结果太难宣布了，因为直接关系到凤姑的一生。

午时三刻，村前的沙滩上又等着好多人。石龙和水彪都按时回来。石龙才捕到大半篓鱼。水彪却背着满满一篓鱼回来。这回用不着大礁伯评判了，谁都看出水彪赢定了。水彪高兴坏了，笑意粘在他脸上，他伸手去拉凤姑，要把凤姑带回家去。可是凤姑仍站着不动。大礁伯眉头皱了一下，说，慢着，你俩都把篓里的鱼倒出来。水彪和石龙的鱼都噼里啪啦倒在沙滩上。大礁伯瞧水彪那鱼，又瞧水彪，轻轻摇一下头，接着说，这鱼大多是鱼炮鱼。什么叫鱼炮鱼？就是鱼被鱼炮炸死后，才被捞上来的。的确，水彪的鱼大多肚子肿胀，鱼肉松软，不像石龙的硬挺鲜亮。那么说，是水彪作弊啦，太不像话了！议论声叽里喳啦，像一阵浪声。水彪什么也不说，耷拉着脑袋走了。大礁伯朝凤姑递个眼色，说，去吧，爹说过的，跟石龙回家去。凤姑望着石龙。石龙说，凤姑，今天你还是跟你爹回去，等成亲那天，我再把你娶到我家来。凤姑的脸泛红，朝石龙做个鬼脸，接着蹲下，和石龙一块儿把他的鱼捡回篓里，又瞅石龙一眼，最后才跟在爹后边走回家去。

第二天早上，凤姑兴冲冲地跑到石龙家来，见石龙提渔网要下海湾去，她拉住石龙的鱼篓，狡黠地说，我跟你一块去撒网好吗？石龙说，别闹，人家看见笑话呢。凤姑淘气地说，我偏不让你去。石龙说，再闹，就去晚了，退潮了，赶不上鱼啦。凤姑仍然抓住石龙的鱼篓，翘起嘴，不。石龙估计凤姑可能有什么话说，问，有事吗？凤姑挖他一眼，说，我爹叫你到我家来商量成亲的事。石龙明白，所谓商量成亲的事，就是商量让凤姑嫁到他家来，还是他去做上门女婿。哪一样他都同意。但是他还是感觉有点不对味，凤姑怎么一下子变得这样大胆了，难道女人就是这样吗？他故意开玩笑说，这么急呀？凤姑翘起嘴说，你不急吗？石龙说，急啥，你跑得了吗，迟早都是我的媳妇。凤姑伸手拧石龙耳朵，说，咦，嘴上说不急，可心里急死啦，昨晚干吗那样急？昨晚！昨晚咋啦？石龙有点摸不着头脑。凤姑的脸红起来，拍石龙一巴掌，嗔骂道，真坏！昨晚你从我家出来后，半夜又贼一样摸回去找我……哼，早上就装糊涂啦！什么？石龙的头嗡一声，脸变白了。凤姑也慌了，着急地问，真的不是你？！石龙喊，没有啊！凤姑的脸由红变紫，嗷一声，捂着脸跑了。事情已经很明白，昨晚大礁伯办酒叫石龙和水彪去吃，说吃完这顿酒，石龙和水彪就算出师了。三个人都吃得很醉，三更天后才散。石龙和水彪手拉手一块儿离开大礁伯家。也就是说，水彪和石龙分手后，水彪偷偷地倒回去，窜进凤姑房里去。

石龙抓一把鱼叉怒气冲冲闯进水彪家来。水彪正坐在一张板凳上发呆。石龙的鱼叉逼向他的胸口，喝道，你这混账东西，今天我叫你拿命来抵！水彪一点不慌，仍静静地坐着不动，早有心理准备似的，他说，你扎吧，不怪你，我值啦！石龙一怔，手软了，“我值啦”三个字震了他一下，把他震懵了。这时凤姑已经跟在后边跑了过来，见这情形，嘚一声瘫坐在门口，说不出话。石龙回头来，盯着凤姑，问，你说句心里话，愿不愿跟这个混蛋？凤姑望着气呼呼的石龙，望着那把闪着寒光的鱼叉，又望着水彪，泪水涌了出来。好久后，她艰难地点了点头。石龙扔下鱼叉，跑了。

水彪已经不再撒网，改炸鱼炮。为什么呢？事情应该从大礁伯说起。大礁伯很不想让凤姑嫁给水彪，但是生米已经煮成了熟饭，没法子的事了。大礁伯所能做的，就是不认水彪这个女婿，再就不认他这个徒弟。水彪也犟，不认就不认，不再撒网就是了，改炸鱼炮。炸鱼炮大礁伯更窝心。打鱼人炸鱼炮，就如坐船人凿船漏一个道理，大鱼小鱼通通炸死了，往后哪有鱼打！但是大礁伯无话可说，炸鱼炮的技艺不是跟你学的，你没理由干涉。其实，水彪炸鱼炮比撒网划算得多。水彪水性好，鱼炸死后，都沉下海底去，他潜水下去捞，炸一个鱼炮胜过撒一天网。

这天大早就刮南风，刮南风天气就好，就很热，也就鱼多。日头升上天腰时，涨潮了，海水疯一样从洋浦港涌进来，急急匆匆，浩浩荡荡，不一会儿便漫过港道边那片沙滩，漫过了岸边那堆礁石，奔向远处那块青草地去。海湾中间那个高高的沙丘只剩下一顶草帽那样大小。那沙丘在北门江和春江交汇处，两条江水冲下来的沙土堆积而成。这时正是鱼来的时候，鲳鱼、黄尾鱼、花斑鱼喜欢成群结队随汹涌的潮水游过来。石龙很忙，在水道边奔来跑去，追着一群鲳鱼撒网。石龙望去，见水彪站在那沙丘上。他心里骂，哼，这混账东西又炸鱼炮了！水彪会看鱼流，他等鱼群游过沙丘旁边时好扔鱼炮。石龙刚打了一网鲳鱼，又见一群黄尾鱼游来，他执网正悄悄跟着时，忽然轰一声巨响，他吓了一跳。这响声当然是水彪的鱼炮响，可是声音太清亮了，太高亢了，分明是鱼炮还没扔进水里便爆炸了。这会儿日头正毒，阳光刺眼，点着鱼炮时，引线喷火了，不容易看得清。石龙定神望去，果然见水彪倒在那沙丘上，他被炸着了。水彪啊，你干吗不小心呀！情况很紧急，海水渐渐漫过那沙丘了，水彪已经浸在水中，再过一会儿，不管水彪死了还是活着，正在高涨的海水很快就把他淹没了。石龙急忙将渔网和鱼篓扔到岸上去，转身游了过去。水彪还活着，而且还清醒，可他全身是伤，两只手炸断了，眼睛也瞎了，动弹不得。石龙见水彪痛苦地呻吟，叫他一声，扑过去将他抱起。水彪太沉了，又没有手挽住石龙，石龙好不容易才把他背上身去。石龙背着水彪朝岸边走去，趟过一片水滩，脚下是泥泞，移步很艰难，脚步很慢。背后的水彪动了一下，石龙问，干吗？水彪小声说，你……你干吗救我？石龙心里咯噔一下，不好气地骂道，你这混账东西，真该让你躺在这儿喂鱼！但是石龙没有放下，趟过那片水滩，又拖着他游过一条水道，最后背他上岸去。

水彪变成了一个废人。水彪从医院回来，每天只有坐着等凤姑端饭来喂他，洗澡也要凤姑帮手，大小便更不用说了。可是水彪的脑子还好，正是这个还好的脑子折磨他。他情绪很坏，有时一天不说一句话，有时悄悄地流眼泪，有时又很暴躁，发脾气骂人，尤其是凤姑小心翼翼地照顾他时，他却突然大喊大叫起来，疯了似的。凤姑呢，只有顺着他，依着他，哄着他，一直到他最后安静下来。

这天凤姑煮一锅黄鳝鱼粥，听说黄鳝鱼补眼。凤姑端来喂水彪。水彪说，我自己来。凤姑说，不行的。水彪不高兴，说，不试怎么知道。水彪叫凤姑把碗放在他手上，让他自己端着，猪吃食一样低下头吃。水彪的两只手都没有手掌，像两截棍子。水彪将两只手合拢，凤姑把碗放上去。“呼”，水彪的手抬起，那碗黄鳝鱼粥便掉下来。水彪好恼火，一脚踢去，那口铁碗乒乒乓乓滚一路去，黄鳝鱼粥溅得凤姑一身都是。凤姑不吭声，只是悄悄地抹眼泪。也许是水彪听到了抽泣声，骂了起来，骂凤姑，接着又骂石龙，骂石龙不该救他，骂石龙不安好心，特意救他回来让他难受。正好这时石龙来看他，站在门外，全看见了，也全听到了。石龙好生气，几步冲进去，想揍他一拳，可是没揍，跺脚骂，真不是东西！想死吗？你命贱，就死呀，一头撞向墙去，死个干净！凤姑嫁给你这种人，真不值！石龙的话也许刺痛了水彪，他怔一下，头低了下去。这时凤姑已经哭成一个泪人了，石龙不再骂了。石龙走时，叫凤姑出来，小声说，好可怜的，你要好好待他啊！

那天后，石龙经常来看水彪，其实也是来看凤姑。石龙明白凤姑的心里也很难受，你看，她眼眶黑黑的，眼泡又肿，分明她睡不好，而且还偷哭。她瘦多了，颧骨凸了出来，腮帮凹了下去，整个人瘦了一圈，不过依然很好看。石龙更主要的还是来看这个家。现在水彪变成了一个废人，凤姑要照顾水彪，又要操持这个家，衣食住行，柴米油盐，好难啊！这天石龙送米送鱼干来给凤姑，看见凤姑家那柴房的屋顶塌了一个大窟窿。柴房很重要的，渔村不靠山，柴火要预备好，比如下海滩去割海草，要把海草晒干，藏在柴房里，或者请辆牛车上山去，砍两天，拉回来装进柴房去，等到雨水季节，等到冬天，就不愁了。石龙找来椽条、瓦片、石灰，爬上去修屋顶。凤姑说，正午日头毒，晒死人，快下来，等天凉了再修。石龙说，今天涨大潮，下不了海湾，不修，不知哪天又得闲。石龙在屋顶上换椽，铺瓦，抹灰。凤姑在下面和石灰，递瓦片，递工具。石龙望着下边的凤姑，见她干活好利索，左来右去轻便机灵，尤其一把锄头在她手里使得轻巧活泼，心想，真是一个难得的女人啊！其实凤姑也悄悄地看着上边的石龙，见他铺瓦、抹灰一招一式，很像个专业泥瓦匠，心里好羡慕。修好了，石龙下来了，晒得脸红耳赤的，满身是汗。凤姑把煮好的绿豆糖水端来，晾在板凳上，又提来一桶清水，递一块手帕给石龙，说，嗨，看你，晒成这个样子，洗洗手，抹把汗。石龙说，不抹了，我回家去再洗。凤姑想拉住他，手伸出去了，可没拉。水彪突然叫，石龙，吃碗绿豆糖水再走呀。不知什么时候水彪已经从屋里摸出来，在旁边站好久了。他虽然没看得见，可他感觉得到，眼瞎的人感觉很灵敏，耳朵特尖。石龙只好坐下，端起一碗绿豆糖水。凤姑也端起一碗绿豆糖水，给水彪喂。水彪说，石龙，真谢你了。石龙有些不好意思，说，谢啥。水彪停了一会儿，忽然问，你不恨我啦？石龙一激灵，瞧着水彪。说心里话，当初他很恨水彪，可现在水彪变成这个样子了，还恨个啥呀！但是石龙不想这么说，反问，该不该恨？水彪说，该恨，我不是人。水彪的忽然认错，让石龙一时不知该怎么说。水彪又问，你恨我，干吗又来帮我？石龙又语塞了。石龙心里总觉得应该帮水彪，可又说不清为什么要帮。他迟疑了一会儿说，我傻。水彪笑了一下，说，你没傻，你是好人。石龙说，是个傻瓜好人。水彪说，别这样说，会让我心里更难受。石龙不想跟他说这些，吃了一碗绿豆糖水便走了。

天气凉了，入秋了。秋天鱼肥蟹多，是忙死打鱼人的季节。石龙每天都是踏着朝霞下海湾去，踩着夕辉回来。石龙单身一人，一人出门家里没人。他回家来时，锅凉灶冷，等到他挑水煮饭，吃完晚饭上床时，人家早入梦乡了。可是，这些天总有一个“田螺姑娘”来帮他。他踏进家门，便见屋里整齐干净，揭开锅盖，饭也煮熟了。这个田螺姑娘当然就是凤姑。凤姑见石龙忙，下午就早早给水彪喂饭，洗澡，接着就到石龙家来，煮好饭就离开，这时石龙才回家来。这天下午，东面山那边下大雨，北门江水顿时暴涨，江水噼里啪啦涌下来，不一会儿海湾就黄澄澄一片，鱼也不知跑到哪去了。石龙只好提前回家。石龙才打得半篓鱼，抓到两只螃蟹，他想一下，干脆不买，全带回家来。凤姑这时正好在他家生火煮饭。凤姑说，今天回来早呀？那我该回去啦。石龙看着凤姑，愣愣的，说，别回去，好吗，在我家吃顿饭啰。凤姑也瞧着石龙，想了一下，点了点头。石龙把篓里的鱼倒出来给凤姑煮，他指着那两只螃蟹说，我特意留……发觉说漏嘴了，又马上把话咬断。这两只螃蟹确实是他有意带回来给凤姑吃，他还记得凤姑爱吃螃蟹。凤姑很会做鱼，不一会儿，一桌鲜鱼摆上饭桌来了，有煎鱼、炒鱼、蒸鱼、炸鱼，而且都是根据不同的鱼不同的味道采取不同的做法。天黑下来，凤姑点亮了煤油灯。石龙站在饭桌边，看着一桌鱼出神。他很会打鱼，可平时吃鱼都是一锅清水加一把盐煮熟就行了。凤姑去洗碗洗筷子时，石龙跑出去打来了一瓶番薯酒。可是，两人坐下吃饭时，都低着头，居然没说一句话。那盏煤油灯却很调皮，火苗扑闪扑闪的，火光晃晃，在石龙的脸上跳跃，也在凤姑的脸上跳跃。凤姑瞅去，见石龙的酒到碗半了，伸手去给他斟酒。石龙挡住凤姑的手，说，够了，别斟了，我会醉的。凤姑说，怕啥，醉了就睡，你还有啥事。石龙说，几天的衣服还没洗呢。凤姑抓到话头了，说，是呀，没个女人，不像个家，衣服没人洗，没口热饭吃，你也该找个媳妇了。石龙脸红，好久后，说，去哪找呀？凤姑说，你看上哪个了，我替你说去。石龙摇摇头。凤姑又说，你喜欢怎么样的？石龙望着凤姑，说，你见好的，我就喜欢。凤姑笑起来，石龙却低下头去。吃完饭，凤姑要替石龙洗衣服，石龙不让。凤姑说，也好，你自己洗，等你娶媳妇时，就有人替你洗了。凤姑转身走了。

水彪又催促凤姑去替石龙煮晚饭。当初凤姑去替石龙煮饭时，是偷着去，他不敢跟水彪说，不知他高不高兴，可是去煮了几次，觉得瞒不住的，让水彪发觉了，不好说，就告诉了水彪。当时水彪只淡淡地说，去吧。可是现在，每到下午他就催促凤姑快去，生怕凤姑忘记了似的。可是，凤姑见他催得越急，越拖拖拉拉的，又故意说，不想去啦。这时水彪就嚷起来，嗨，你真不懂事，人家这么好，啥事都帮咱们，煮一顿饭，你都不肯帮人家。

这个晚上，凤姑给水彪按摩。水彪从小在海湾打滚，突然不动了，天天坐着，身骨反而很不舒服。凤姑给他捏，给他捶，给他揉，又煮生姜水抹，然后用清水洗净。凤姑收拾好床铺，准备扶水彪上床去时，他突然说，咱们到庭前坐一会儿好吗？凤姑扶水彪出来，两人坐在一张大板凳上。水彪抬头望了望，说，今晚的月亮好大啊！的确，月亮好大，黄亮黄亮的，可水彪怎么看得见？凤姑说，别乱说啦，哪有月亮。水彪说，别骗我了，我心里看见。两人都不再说话。过了一会儿，水彪说，咱们商量个事好吗？凤姑有些奇怪地瞧着他，应道，说呀。水彪说，咱家里没一分钱了，我又只剩一张嘴吃饭，还要你照顾，拖累你，日子怎么过呀？凤姑说，别傻想啦。水彪说，不是傻想，是不知怎么想。凤姑不想跟他说这些烦心事，站起来，说，外边太凉了，我们回屋里去。水彪不肯起来，说，你坐下，听我把话说完。凤姑刚坐下，水彪便说，你去嫁石龙吧！呸，凤姑跳起来，骂道，你疯啦！水彪依然很平静，说，这话堵在我心里好多天了，不说不行了。凤姑生气地问，你怀疑我和石龙有邪吗？水彪说，没有呀，你不会，石龙也不会，我心里水一样清。凤姑说，那你干吗说出这种混话？水彪说，我不能再拖累你了。凤姑说，我不会去嫁石龙，石龙也不要我！水彪说，不，我明白石龙心里仍有你，可他是好人，不像我那样自私，我在他面前总像个贼！水彪叹了口气，又说，天有眼，惩罚我，让我变成个废人，甘心情愿把你还给他！凤姑见水彪的话说得恳切，气消了，但是她说，你啥也别乱想，啥也别再说，我嫁鸡随鸡，嫁狗随狗！水彪说，不，你一定要嫁石龙！我想好了，给我一包老鼠药，啥都解决了。凤姑哭起来，扑过去抱住水彪说，你别再傻想啦，我已经跟石龙商量好了，他让我给他说个媳妇。不，水彪嚷起来，你不能给他说媳妇！凤姑不管三七二十一，硬拉水彪进屋来了。

凤姑不再去替石龙煮晚饭。水彪不依，大嚷，去，你一定得去！凤姑撒谎说石龙不让她煮了。水彪不信，说，你去把他叫来，我跟他说。凤姑明白，水彪想跟石龙说的不仅是煮晚饭这事，他会直接对石龙说，让她嫁给石龙。凤姑说，你疯，石龙没疯，他不会来听你说疯话的。水彪见凤姑不肯，牛脾气来了，一掉头，撞向旁边的墙壁去，可他没死，只是头顶起个大疙瘩。凤姑惊喊着扑过来扶他，他不让扶，一抖，将凤姑甩开，坐在地上说，你不叫石龙来，我就天天寻死！那天后，他不再撞墙了，可是不说话，也不吃饭。凤姑端饭来喂他时，他那双没有手掌的手一碰，饭碗便叮当落地。他的意思很明白，他已经横下心，逼凤姑受不了，让凤姑心死，然后去叫石龙来见他。

凤姑死也不去叫石龙，可是石龙却自个来了。话不长脚跑千里，水彪逼凤姑去嫁石龙，已经跑到了石龙的耳里。石龙从海湾回来，扔下渔网，一身打鱼的脏衣服没换，便赶到水彪家来。水彪听见石龙的脚步声，急切地叫，石龙，快到这儿来。石龙骂，我来揍你呢！赶过去，真的一拳打去。水彪没看见石龙的手，可听到呜呼的拳声，那双没有手掌的手下意识一挡，拳砸在他的手臂上，他一个趔趄，栽向屋角去。水彪喊，石龙，你疯啦？石龙骂，你才疯呢！水彪问，我咋了？石龙说，你怎样对凤姑？水彪见石龙是为这个来揍他，努力爬起来，委屈地喊，我是好心呢，为凤姑好呀！石龙的火气又上来，骂道，你不把她当人看呢！凤姑是条狗吗，谁家有食就跑去谁家？水彪也激动起来，那两只没有手掌的手晃动着，那双看不见人的眼睛睁得好大，喊道，你是什么东西，脑瓜进水啦，还这么想事？难道让凤姑跟着我受苦，就是把她当人看！石龙冷不防一震，愣着，一时不知怎样回答。水彪也愣着，不再说话。突然，一瓢水从窗外泼进来，泼得石龙和水彪满身都是。凤姑在外边骂，混蛋，两个都是混蛋，我谁都不想嫁！接着，她哭着跑了。

那天后，水彪不再闹了，当然也不逼凤姑了。可是凤姑却出问题了，整天坐着发呆。水彪呢，有时也一愣一愣的，但是他在凤姑面前总很平静。

一天，石龙来找大礁伯。大礁伯正在吃酒。自从凤姑嫁给水彪后，他酒吃得凶，每天吃，一吃就大半天，不想下海湾去。近来，他又得风湿病，天气坏，脚就疼，几乎天天都坐在家里。大礁伯以为石龙来叫他去说水彪，他说，我才不管他呢，你也别管！石龙知道大礁伯嘴硬心却很软，他三天两头就给凤姑塞一次钱。石龙说，我想和你商量个事。大礁伯问，啥事？石龙说，我想带水彪上省城治病。大礁伯问，治啥病？石龙说，治眼。大礁伯想了一下，说，我听凤姑说过，水彪在县医院时，医生说他眼睛的角膜被火药灼伤，换角膜，可能就好了，可是哪有这么多钱呀！石龙说，我打听了，两万元左右就够了，我有一万二啦。石龙把他留着娶媳妇的钱掏出来，压在大礁伯的饭桌上。大礁伯瞧那钱，又瞧石龙。石龙说，把水彪的眼睛治好了，我就娶凤姑。大礁伯一怔，又呆呆地望着石龙，好久后说，也好，不过你们别丢下水彪不管，他眼好了，手还残，要照顾他，这小子不算太坏。

三天后，凤姑和水彪和石龙上省城医院去。

生男生女

北门江从山里跑出来，急急匆匆，临近海边拐一下，拐出一个渔港。渔村就在岸上，酸豆树下一片矮矮的房屋，错错落落，杂乱无章。祖佑的家在村西，一幢上了岁数的大瓦屋坐北向南，中间是堂屋，左右两边是房。大瓦屋前面的两侧有两间小屋，左侧那间空着，右侧那间是厨房，厨房旁边围个猪圈。堂屋的正对面又有一间瓦屋，是大门。

秋天的日头软，淡黄的阳光漏过屋后那酸豆树的枝丫，洒在庭前的地上，花花点点，跳跳跃跃。桂叶坐在堂屋前的屋檐下做针线，两条腿伸直，左脚搭在右脚上。桂叶针线好，身上穿得衣衫都是自己做，她把做衣衫剩下的布头布尾缝缝缀缀做成个小书包。二妞七岁了，该读书了。桂叶肚不灵，连生三个都是女孩，大妞已经十一岁，三妞才三岁。桂叶的家婆北岸捋高衣袖蹲在猪圈里喂猪。北岸不是她家婆的名，是个地名，北门江的北边，她从北岸嫁来，就叫她北岸。北岸过六十了，身子骨还硬朗，干活仍利索，生产队散伙后，家里分到几块瘦地，交给桂叶，她只干家务。桂叶的男人祖佑是个好渔工，当人家渔船的伙计。这几天渔船停港，祖佑坐在大门边补网。

那头花白大肥猪很贪食，一张长嘴潜在槽里吃得凶，猪食从两边嘴角喷出，溅满了槽边。北岸一边舀猪食，一边唠叨，哼，不知吃啥，老拉稀！

北岸的话像锥子一样扎进桂叶的耳朵，针尖却扎了桂叶的食指，她长长地吁了一口气，又低头继续缝，可手发僵了，针脚乱了。北岸经常借骂猪骂狗骂桂叶老生女孩，今天当着祖佑的面，她该说句话。她把针线堆进旁边的一只箩筐，话从嘴角蹦出来，哼，你儿子给我吃稀的，我干吗不拉稀！

咣！北岸把舀猪食的木瓢扔进猪食桶，溅得她一身泔水。北岸的话的确要刺桂叶，也想激祖佑一下，不想桂叶扔回来的话这样砸牙。北岸瞟祖佑一眼，躲进厨房去。桂叶的话说是回应北岸，也是故意说给祖佑听。她不生儿子祖佑也没少怪她，说，哼，再不注意生，还生个女囡，夹着你的破篓走人！

祖佑见婆媳俩的话很扎耳，想发火，可发不出来，将手上的渔网一扔，一巴掌拍在身旁那三妞的屁股上，走了出去。

说祖佑都给桂叶吃稀的，是不公道的。祖佑为了让桂叶怀上个男孩，费尽心机。在海上，祖佑坚持吃公鱼公虾公蟹，绝不吃母的。吃啥拉啥嘛，祖佑懂这个道理。船上哪个渔工生多儿子，祖佑就靠近哪个，要讨人家的秘诀。有位老中医生八个儿子，祖佑提一篮鲜鱼送给他，要讨他的秘方。老中医教他，要生男孩 ，千万别在子时前碰老婆，这个时候阴盛阳衰，必须等子时过后，阳气回升了，最好在天快亮阳气正旺时，带着酒气行事。祖佑做到了，上半夜他躲进堂屋左前那间小屋，蜷缩在一张马扎上，紧紧守住阳气。下半夜他爬起来，吃酒，吃烈酒，吃到全身热腾腾了，听见家里那只高冠红脸的大公鸡打鸣，扔下酒瓶，咚咚咚赶去推开房门，扒开桂叶，骑上去。祖佑很拼命，咬紧牙猛冲猛打，好像一口气就让桂叶生出个男娃来。一次下来，喘一会儿又上，一直到他累成一堆烂泥了，一伸腿，有气无力地栽下来。桂叶对祖佑这套战术很不以为然，上半夜两人都很清醒，精神抖擞，做起来有趣有味又有劲而闲着，下半夜睡得迷迷糊糊的，炉清灶冷，兴趣提不起，却拼命做。不过桂叶还是尽量配合。几次后，桂叶的怀疑有依据了，祖佑刚骑上来时，还有力气，一次过后，就像湿柴烧火，火小烟大。桂叶说，男人的阳气很有限的，开始时最强，接着就弱了，也就打不过女的阴气了，咦，拉出来的精水稀稀拉拉的，怎么结得成男胎！桂叶不再让祖佑蛮干，一个夜晚只让他做一次，然后夹住，死也不让他扒开。后来桂叶更严，她一进房就把房门反关，隔三岔五才拔开一回门闩。

祖佑家的家风严，要等男人坐下了，才端饭碗吃饭。这个中午热，祖佑坐在村庙堂前那酸豆树下乘凉。祖佑走回家来时，一身汗，进门便提一桶水躲进那间小屋去洗。饭菜已经蹲在饭桌上，几个孩子围坐在桌边了，北岸站在一旁斜眼瞅，孩子们只好绿着眼睛等。桂叶喊，大妞他爹，身上沾屎呀，洗半天，孩子们饿啦！北岸白桂叶一眼，骂道，哼，这样说男人，咋做媳妇的！桂叶低下头，哄孩子们说，再等等，爹快洗好了。今天吃海螺煮酸瓜。海螺煮酸瓜味好，汤甜。二妞贪食，手快，嘴也快，一只小手不停地往饭桌中央那汤盆抓海螺，扒开，挖出螺肉，往嘴里塞。三妞手不够，站起来，踮着脚，抓到一个海螺了，扒不开，半天挖不出螺肉，急了，扔下哭起来。大妞伸筷子敲二妞的手，骂，就你会吃！二妞瞧着大妞，鼻翼扇动，眼睛发红。祖佑哄二妞，嗯，快吃，二妞乖哩。二妞仍哧哧哧地抽泣。祖佑烦了，心里骂，哼，都是些杂货，还多事！搁下筷子不吃了。桂叶的眼睛一闪，捂住嘴巴冲了出去。刚出厨房门口，她便抽肠拔肚呕吐。这是她早孕反应。以往桂叶怀孕都反应，可她悄悄地躲到一边去吐。桂叶是个明白人，她虽然知道这是好事，可当着家人的面吐很不好看。这次桂叶不再躲，还躲干吗，吐凶点，让北岸明白，又让她感觉这次和以往很不同，就是说，这次怀的是男胎，怀男胎反应大呢。桂叶很自信地觉得，这次怀的就是男胎。她和祖佑如此小心谨慎行事不说，她去求神仙，许大愿，神仙已经答应给她一个男孩，神仙说，你为人不恶，祖佑也不坏，苍天有眼，善有善报，不能让祖佑绝后。开始时她还怀疑，问，隔壁家的大福偷鸡摸狗，调戏人家媳妇，干吗给他生五个男孩？神仙解释说，不是惩罚大福了吗，让他媳妇早死了。但是大福家祖上行善，有阴德，大福虽然为人不良，可一碗清水滴下一滴墨汁，黑不透，还应该给他生儿子；祖佑家祖辈行恶事，有阴债，祖佑虽善良，可一碗墨汁滴下一滴清水，仍是黑的。桂叶觉得神仙说的有道理，相信了。不过，从此桂叶便知道祖佑家的上辈人作孽，有阴债，也就是说，她生这么多女孩主要不是她的原因，是祖佑家祖上人造成的。

桂叶的肚泡日日见大，五六个月便像抱着个大篮球。生过几胎孩子的女人，肚皮就松弛得像窗帘布，风吹来就鼓胀胀的。不过，桂叶的肚泡凸得大还有原因，她走路时，总是一只手撑腰，让肚泡挺出去。桂叶就是要让北岸觉得她的肚泡鼓得大，怀男胎就是要比女胎肚子大。北岸是过来人，生过一男三女应该有这个经验。北岸确实看出桂叶这回怀男胎，不瞧她的肚子北岸也相信，怀男胎时走路跛左脚，桂叶就是跛左脚。北岸心里有数了也就知道怎么做事了，不让桂叶干重活，主动替桂叶到地里去忙，让桂叶待在家里。桂叶见北岸啥都依着她，干脆就娇气起来。今天她说胃口不好，明天又说身体不适，让北岸围着她转，又让祖佑为她提心吊胆。女人最大的幸福莫过于撒娇了。女人嫁过门后，就要侍候别人，只有怀孕时才能趁机撒点娇，桂叶当然不放过这个好机会。北岸到地里去时，桂叶就活泼得像个初产妇，招手叫祖佑进房里去，抓祖佑的手按在她的肚泡上，说，你看啊，他好淘气哩，翻来滚去，还踢人抓人呢！祖佑很认真地摸，有时好像感觉里边有点动静，有时却什么也感觉不出。不过，祖佑也相信这回一定是个男孩，说，男孩子嘛，都很调皮。祖佑吩咐桂叶一定要多吃咸的，酸味绝不能碰。他听说吃咸多生男孩，吃酸多生女孩，肚里的胎儿未出来，还不保险，弄不好男胎还可以转成女胎的。

渔船出海去了，祖佑没出海，守在家里等他的儿子出来。这个时节渔船一去就到八所、三亚一带渔场去，离家远着呢。在海上就像瞎子聋子，什么消息也没有，桂叶哪天生了？生男生女？没个信儿，心日夜悬着，不把人急死！

鸡啼不久，桂叶感觉肚子痛，祖佑抓头挠腿地站在床边着急。还是北岸冷静，到神桌烧香点烛，叫祖宗保佑。

早上北岸陪桂叶去镇卫生院。祖佑很想一块儿去，可还是没去。一个大男人到医院去看媳妇生孩子，太丢人了，会变成这十里八乡人工余饭后的笑料，何况他去也帮不了什么忙。他和二妞、三妞守在家里，让大妞跟着去。大妞懂事了，听使唤了，有大妞在桂叶身边方便好多。其实，他娘和桂叶一块儿去已经足够了，该放心了。他娘很有经验，这回她又很重视，早就腌两坛咸鸭蛋等桂叶坐月子，今天早上还抓几只小鸡婆塞进笼里，挑着随桂叶一块儿去。

桂叶挺个大肚子在产床躺一整天了，孩子还没出来。桂叶来医院之前，肚子已经疼半天了，她以为到医院后，孩子就迫不及待地钻出来。生孩子对桂叶来说，已经是轻车熟路，生过三回了，哪一回不是叉几下大腿就出来，跟拉一泡硬大便差不了多少。不过桂叶并不着急，她心里想，以往生的都是女孩，这回是生男孩，男孩总是和女孩不同嘛。她听生过男孩的人说，男孩都比女孩难生。至于男孩为什么要比女孩难生呢？她想，是不是男孩多一个小鸡鸡，卡住？不，男孩调皮，不听话，要和母亲逗着玩。她在心里自我安慰说，让他逗，早出晚出他终归要出来的。她已经开始喜欢这个还未出生的调皮的孩子。

北岸上街去买来一大盆汤粉让桂叶吃。桂叶说她不饿，不想吃。北岸硬要桂叶吃，说吃饱了有力气生。桂叶明白，生孩子很费力，要使好大的力气才把孩子挤出来。桂叶坐起来，不一会儿便把一大盆汤粉都吞进肚里。突然桂叶的肚子一阵阵抽痛，接着下身一阵下坠感，又接着，热乎乎的淡黄色液体冲破闸门似的噼里啪啦奔涌出来，淋得她两边大腿湿漉漉黏腻腻的——羊水破了。北岸跑去叫接生婆。接生婆的家离产房不远。接生婆是个四十好几的女人，很肥胖，一身松肉，正坐在炉灶前煮晚饭，头发粘着炉灰，双手黑麻麻的。接生婆颤悠悠地站起来，解下围裙，双手抓围裙搓一搓，晃着沉重的肥肉跟在北岸后边走来。接生婆打开桂叶的大腿，戴上手套，一只肉手插进去，抠一会，抽出来，一边脱下手套一边嘟哝说，子宫口还没开足呢！接生婆转身要走时，北岸拦住，说，你再检查看看，这回怎么这样难生呀？以往拉泡屎的工夫就出来啦！接生婆白北岸一眼，说，生孩子都像拉泡屎，还要我们干吗！接生婆还是回头来再检查。那双肉手在桂叶的肚泡左右抚摸一番，皱一下眉头，说，不好办，胎位不正。胎位不正就是胎儿没有钻头出来，或是打横，或是伸脚出来，也就是说难产了。北岸着急地问，怎么办呀？接生婆说，怎么办，等孩子慢慢转过头来呗！北岸说，是个男孩呢。接生婆说，男孩又怎么样，女孩就甭管啦？北岸解释说，我是说你要尽心哩。接生婆不好气地说，怎么不尽心，多尽心我也不能躺上产床去替她生呢！说完便扭头走了。

桂叶的肚子越来越疼得厉害。开始时，她还能咬牙忍住，后来干脆放开来喊，像杀猪一样。接生婆领一位男医生走过来，进门她就骂，喊啥？舒服时总不喊，生孩子就大喊！桂叶的喊声小一点了，见进来个男人，忙收腿夹住。接生婆又骂，夹啥？叉开！男医生抓一只喇叭形的木筒按在桂叶的肚泡上，侧头仔细听了一会儿，说，胎心音还好，可以再等等。北岸问，要是孩子转不过来，咋办呀？接生婆很不耐烦，说，开刀，上县医院去开刀。北岸问，开刀能保住孩子么？接生婆不答。桂叶大叫起来，不，我不开刀，我自个生！桂叶知道开刀的后果。邻居有个女人，生首胎便开刀，子宫落下一道疤，以后几年不敢再怀孩子，怕撑破子宫。桂叶并不保证这回怀的一定是个男孩，要是开刀拿出个女孩来，几年不能再怀，这辈子就彻底没儿子了。北岸对接生婆说，要是看清是个男的，开刀保得住，就开吧。接生婆横眼瞧着北岸，反问，刚才你不是说男孩吗？北岸语塞。桂叶喊得更大声，不，我不开刀，我自个生……接生婆好烦，骂道，喊啥，你的洞这么大吗，打横也生得出来！桂叶不敢再大喊了，痛苦地呻吟着。

一直挣扎到第二天早上，孩子终于出来了。孩子侧身出来，先伸出一只小手，接生婆抓住胳膊使劲拉，拉出一颗头，全身也都滑了出来。别看接生婆很笨重，动作可麻利，力气也大，要不真拉不出来。由于时间太长，而且出血很多，桂叶很累。突然听见孩子的哭声，她精神为之一振，硬撑着抬头看，可抬不起，只好小声问，是男孩吗？接生婆抱孩子给她看，又是个女孩。桂叶闭上眼睛，说不出话，昏过去了。中午后桂叶才醒来。北岸不在了，只有大妞守在床边。大妞叫，娘，你睡醒啦？桂叶不吭声。大妞又说，婆婆说生出来了，没啥了，她挑那笼鸡回家去了。接生婆在给桂叶打吊针，见桂叶醒来了，唠叨说，哼，生个女孩就不管了，呸，旧封建！桂叶什么也不说，眼睛又闭回去，泪水涌了出来。

孩子生出来第二天，桂叶便忧心忡忡从卫生院回来。二妞和三妞眼巴巴地蹲在家门口等，见桂叶怀里抱个小孩，二妞迎过去掀开被巾瞧。三妞问，有糖块吗？大妞瞪着三妞。桂叶从一个布袋里摸出一个熟鸭蛋，塞给三妞。二妞闹起来，也要鸭蛋。大妞把三妞手里的鸭蛋夺回来，剥开，分一半给二妞。

屋里冷清清的，一条大黄狗躺在厨房前，伸出长长的舌头喘气，几只小鸡婆在屋檐下悠然地觅食，两只老鼠居然肆无忌惮地在庭前跑来跑去。大妞朝屋里扫一眼，问二妞，婆婆呢？二妞说，到地里去了。大妞像做错了事似的，忙向她娘解释说，昨天下午我回家来，已经跟婆婆说了，说今早你就回来。二妞说，婆婆要去地里时，我问她不在家等娘回来吗？婆婆说，你娘去当官还是去领奖回来？要我在家迎接她！桂叶摆摆手，不让孩子们再说。祖佑也不在家，昨天早上搭车到三亚去找渔船了。前天祖佑守在家里比谁都着急，一晚没睡，拿酒来吃，在饭桌前坐个通宵。第二天早上，他娘从卫生院回来，进门便将那只鸡笼扔下，鸡笼在地上滚，鸡在里边噼啪惊叫，撞开笼盖，纷飞四散。他娘骂，呸，一只破箩筐，全装瘪谷，扔掉算了！祖佑一切都明白了，感觉海啸来临似的，全身一凉，双眼发直，接着霍地站起，一脚踢翻饭桌，收拾包袱便走了出去……大妞见桂叶脸色很不好看，说，嗨，爹也真是的，不等你回来就出海去了。桂叶瞪着大妞喝道，怎么这样说你爹！她不怪祖佑，确实不怪。她只觉得自己对不起祖佑，不能为祖佑生个儿子，心里像犯罪一样。

桂叶把孩子抱进房里，从一个布袋里找出一块长布，把自己的肚泡扎起来。女人刚生孩子，身子空空的，肚泡就像个破麻袋，把它包扎紧了，行动就方便了，也就可以下地干活了。桂叶不坐月子，坐什么月子，鸡蹲窝也生个小蛋，鸭不蹲窝也生大个蛋呢，娇气就坐在房里等人家来侍候。桂叶把从医院带回来的一捆脏布脏衣服翻出来，要到村前港湾去洗。大妞说，娘，接生婆叫你别碰冷水，别吹风，我替你拿去洗。桂叶不让，说，你还是孩子，不能碰！桂叶已经想好，她回来后，事情自己干，不求北岸；她也不能让大妞帮她忙。女人刚生孩子身上有晦气，尤其是生女孩，要洗要刷的东西很脏，女孩子碰了，会倒霉。她不想让她的女儿将来也像她一样，连生一串女孩。桂叶洗完东西回来，把她的女儿都叫过来，叮嘱说，婆婆回来时，你们啥话也别乱说，就像平常一样；娘的事也别找婆婆，娘干得了。

半年后，村里的渔船回来了，祖佑也回来了。

半年时间很久的，村里经常有渔工从八所、三亚渔港坐车回来。渔工回来的借口自然很多，修房整屋红白喜事看老人看孩子。不用找借口的机会也有，比如打不到鱼的时候，比如天气不好渔船停港的时候。祖佑从没回来过。桂叶刚生孩子，肚里的气还冷，回来不浪费吗！关键的是，他回来不知道怎样处理桂叶的问题。桂叶过四十了，四年生一胎，已经连生了四个女孩，或许还能再生一胎，或许船靠码头抛锚了；就便还能生，也会生一个女的，他不想要这么多女孩，必须未雨绸缪及时处理桂叶的事情，也就是把桂叶赶出门，另娶个媳妇；或者留着桂叶，再娶个小的。桂叶刚生孩子，身子弱，他回来一闹，桂叶吃不消，她不出问题，那小女孩也要夭折了。这次祖佑回来，心里有主意了。和桂叶的一场闹不可避免，他要开始不理桂叶。男人和女人就像胶水，只要粘在一块儿，就拉不开，就闹不起来了。

祖佑背一肥料袋鱼干踏进家门，他娘正坐在庭前刨番薯片。他叫，娘。他娘不应，头还低着，两只手不停地刨着。祖佑用眼角朝堂屋瞟去，见桂叶坐在堂屋的门边，一只脚架在门槛上，露一截大奶喂那小女孩。祖佑的心突突跳，及时把目光收回。他犹豫一下，把那袋鱼干放在他娘身后，急急地扭头走出去。祖佑娘侧头瞅着祖佑的背影，足足看了一分钟，站起身，收拾刨薯刀，走进厨房去。她心里对祖佑有气，她怪祖佑不该这么晚才回来。这半年来，她在家里已经和桂叶唇不对嘴，互不理睬，就等祖佑回家来说话，把桂叶扫地出门。桂叶呢，她一直等祖佑回来，看他怎么样？她见祖佑不但没有走过来看她，连这个刚出生的小女孩也不来瞧一眼，全身都发凉了。桂叶的目光又落在庭前那一袋鱼干上。以往祖佑回家来，总是把鱼干提来交给她，让她倒出来分拣，哪些该拿去晒，哪些留在家吃，哪些挑去镇上卖，哪些拿去送亲戚，每次祖佑总叫她拿最大那条鱼回娘家去，她娘家在一个山村。桂叶把孩子放进摇篮里，试探着朝那袋鱼干走来。北岸突然从厨房冲了出来，抓那袋鱼干，麻利地提进厨房去。桂叶的脸一阵热辣，只好走回去，坐在摇篮边抓着摇篮摇去摇来，她的心也随着摇篮摇去摇来的。她明白，从现在起，她内当家的权力将被剥夺了，一切烦心事也随之到来了。

傍晚，桂叶做了一桌好饭，煎鲜鱼，煮咸鱼，还煮了祖佑喜欢吃的番薯粥。全家人围着饭桌坐。三个大人都不说话。三个女孩没心没肝话很多。大妞叫祖佑给她买一条连衣裙，她们班一个女同学穿条淡绿色连衣裙很漂亮，说是她爹从三亚买回来的。二妞叫祖佑买只花发夹，说她的头发可以夹发夹了。三妞却叫祖佑下次带很多螺壳回来，她要拿螺壳跟人家换橡皮圈。祖佑瞧见三妞的嘴边粘一片鱼鳞，伸手拭出来，又夹一块鱼肉塞进她嘴里。北岸白祖佑一眼。桂叶瞅着北岸，心头一阵堵，一巴掌拍在三妞的屁股上，骂，吃那么多干嘛？三妞哇一声哭了起来。祖佑扔下筷子，不吃了。

洗完澡，大妞便领二妞和三妞朝婆婆的房间走去。大妞懂事了，她爹每次从海里回来，她都很自觉地带妹妹们去和婆婆睡。来到门口，忽然嘭一声，房门关了，把她们挡在门外。大妞站着发愣。三妞和二妞却大声叫婆婆。里边没有动静。桂叶忽然跑过来，把三个女儿都拉进自己的房里去，接着在屋角铺一张草席给她们睡。

桂叶刚把她的女儿都拉进房里，北岸的房门又开了。北岸叫，祖佑，你来。祖佑进去，北岸又把门掩上。祖佑刚坐下，北岸便哭起来，泪水奔涌而出，鼻涕也跟着跑了出来。祖佑问，娘，咋了？北岸不说话，只顾哭。一会儿后，北岸突然问，你还记得你爹说的那话吗？祖佑低下头。其实那话是祖佑爹对北岸说的。祖佑爹死前，北岸生了三个女孩，祖佑还躲在她肚泡里。祖佑爹抓着北岸的手说，孩子他娘，我死后，肚里的孩子出来，女的，你赶快去嫁人，没男孩，日子没法过！是男孩，就有盼头了，你要好好养，哪也不能去，保住这个家的香火，我在阴间谢你！北岸拖着四个孩子过日子，下码头给人家渔船挑水挑柴。不幸的是三个女孩相继死去了，但她把祖佑拉扯成人。北岸瞧着祖佑问，你说怎样办呀？祖佑知道他娘要他赶桂叶，叹了口气，说，嗨，真不知该怎么想！北岸说，怎么想，赶呗！祖佑有些为难地说，孩子这么大了，还……还啥？不等祖佑说完，北岸打断说，女孩啥用！她顿了一下又说，别让她都带孩子走，两个大的咱要，她俩懂事了，听使唤了，能做工了，不久就嫁人了。祖佑说，怎么忍心赶……啥不忍心？北岸骂起来，媳妇是娶来生儿子的，生了儿子是宝，不生便是草！你舍不得一个净拉稀的女人，就舍得让这个家断香火？祖佑说，赶她走，她咋办？北岸喊起来，天呀，这用你操心吗？真没用，倒出去的水，你管它往哪流！他娘干脆一顿脚喝道，明早就赶，早一天好一天，别耽误你另找媳妇！她见祖佑不吭声，又哭起来，边哭边骂，他爹啊，我没脸去见你啦，你这儿子没出息，存心要断这个家的香火呀！祖佑不敢吭声了。祖佑也明白断香火是天大的事，决不能断，他的责任重大，他只是想把事情处理妥善一点，他说，留着桂叶，再娶一个就得啦。北岸骂道，别痴想啦，你是财主吗，能养两个媳妇？祖佑也明白很难养两个媳妇，但是他认为这是最好的办法，应付说，我劝她离开，看她怎么说。北岸说，劝不行，就赶！

桂叶把那三个女孩哄睡着后，抱牛女喂奶，坐在床缘想心事。牛女就是四妞，她不再这么叫了。孩子一、二、三、四……按编号叫，也就按编号生，难怪她生清一色女孩。桂叶叫她牛女，当然也有另外的意思，牛是世界上最贱最苦的，拖车拉犁没一天闲，又吃杂草，睡草棚，挨鞭子。桂叶就是说这孩子生来就命苦。牛女含着桂叶的奶头在她怀里睡着了，她把牛女放到床的最里边去睡，然后在牛女旁边躺下。桂叶无法睡着，眼睁睁地望着屋顶。她心里很乱，有一种暴风雨即将刮到的感觉。

二更天后很静，渔工们回来头个晚上渔村都很静。祖佑推门进桂叶的房里来。他点亮煤油灯，想叫桂叶起来说话。可是，桂叶已经睡着了，睡得很香，鼻孔发出轻微的鼾声。祖佑坐在床边，看睡着了的桂叶，桂叶瘦多了，原来花一样的姑娘，没多少年便折腾成这个样子了！他叹了口气，吹灭灯，慢慢地躺下床去。桂叶的鼾声就停止了。祖佑伸手推桂叶一下。桂叶忽然说，碰我干吗？祖佑说，不碰你，碰谁？桂叶突然抽泣起来。她故意撒一下娇，看祖佑怎样反应。祖佑心里有些内疚，但是他装糊涂问，怎么啦？伸手要给桂叶抹眼泪。桂叶抓住祖佑的手，咬了一口。祖佑哟一声，全身一阵震动，干脆把桂叶搂进怀里。这一搂，很不好办了。他们已经好久没干那事了，都很饥渴，身子粘在一块儿，热血马上沸腾，无法忍受，于是手到脚到干了起来。好奇怪，这次他们干得比任何一次都热烈，都畅快。以往他们干时，心里想要个儿子，心事重重，也就急着完成任务，这次没有目的，也就啥不想，要干就干，很轻松，很放开，也就很快活。愈舒服祖佑的动作愈大，如疯如狂，桂叶就如醉如痴，忍不住咿咿哎哎喊着，差点把一屋的孩子都闹醒。

北岸做好早饭了，桂叶才迟迟从房里出来。北岸瞧桂叶一眼，便明白昨晚祖佑还和她热乎甜蜜。女人的心情写在脸上，北岸读懂这种文字。北岸在心里骂祖佑，哼，抱着烟筒说戒烟！北岸去把鸡舍里的鸡放出来，那只母鸡领着几只鸡仔，慢悠悠地咯咯咯叫。北岸气不打一处来，一扫帚打去，几只鸡呱呱叫东飞西跑。桂叶当然知道北岸为什么要这样，不敢作声，赶紧提一桶猪食躲进猪圈去喂猪。

北岸没吃早饭，日头刚露出一张红脸，便挑两筐鱼干上镇去卖了。桂叶把饭桌摆好了，祖佑还睡死在房里。昨晚他很贪，一夜连做三次。桂叶让大妞和二妞去叫祖佑起来吃早饭。大妞似懂非懂地站着不肯去。二妞高兴地冲进房里去，揪着祖佑的耳朵，说，爹贪睡，不是个好学生。祖佑拭着发红的眼睛从房里出来，三妞又笑他，说，爹是懒睡虫哇。大妞不让三妞再说，捏她一把，又伸手捂她的嘴。吃完饭，祖佑塞给大妞、二妞、三妞每人一毛钱，打发她们出去玩。桂叶知道祖佑要跟她说话了，装糊涂，若无其事地收拾碗筷。祖佑说，桂叶，你坐下，我跟你说个事。桂叶见祖佑叫她桂叶，没叫大妞她娘，明白他要说什么事了，心头忽然很重，说，啥事，你说呀，我听着呢。祖佑说，咱家得有个儿子啊！桂叶一边抹饭桌一边说，是呀，咱们不是尽力生吗？祖佑说，你过四十了，又瘦，生不了啦。桂叶说，有的人生到四十六岁呢，我的月经还准，能生。祖佑说，连生四个都是女的，再生也是女囡呢。桂叶骂，闭上你这张臭嘴，再生就是男的啦，轮也该轮到咱们了。祖佑说，要是不生男的呢？桂叶斜眼瞟祖佑，迟疑一下，说，要是出啥差错，咱们就抱养一个儿子。呸，祖佑连连摇头，不好气地说，我长那东西是拿来玩的吗，抱养？哼，抱养哪是我家的血脉！桂叶知道事情早在祖佑肚里想好了，干脆说，吞吞吐吐做啥，肚里沤啥屎尿，都屙出来好啦！祖佑瞧着桂叶说，我想让你带三妞和牛女去嫁人，大妞和二妞留给我，我另找个女人生儿子。桂叶顿时眼前发黑，头晃了一下，突然又疯了似的，扔下抹布骂道，天地良心的，你无情无义不说，还赶我去嫁人！叫我去哪嫁？嫁谁？我哪也不去！祖佑说，你要害这个家不成？桂叶见祖佑仍坚持，耍赖说，你嫌我是老油灯，点不亮火，谁还肯收购！祖佑说，那些老婆死了的人，会娶你去管家过日子呢。呸！桂叶的眼泪涌出来，可她控制没哭，又骂，我不要你安排，我谁也不去嫁，你硬赶，四个孩子我都带走，我养不了，就卖掉，或一个个掐死！祖佑的眉毛竖起来，骂道，嘿，你掐呀，你心毒就掐啊，一篓鱼没条值钱的，谁稀罕！但是他又退一步说，我不赶你走，可你要让我娶个小的。桂叶知道，天要塌下来了，祖佑要娶个小的生儿子是无法阻挡的了，但嘴上还说，你没良心就要！

这天早上，北岸在翻晒鱼干，桂叶在掰赤豆，祖佑在劈柴，一家人都在庭前忙。那只老母鸡突然伸长脖子连啼三声，把全家人都吓傻了。母鸡啼是不祥的征兆。北岸赶去村东问巫婆。巫婆说她家犯煞了，犯白虎煞，一头吊睛白额的母老虎盘踞在她家里，吃她家的儿子，所以老生女孩。北岸问，桂叶就是母老虎？巫婆说，要是桂叶是母老虎，你也是母老虎，你生四个孩子，死了三个，仅存一个呢。北岸马上闭嘴。北岸请道公来做法事，除煞，赶虎。道公扮成武松，又跳又唱，左冲右打，说把老虎赶跑了，叫北岸在堂屋的屋顶正中安装一口瓦瓮收煞气，又叫北岸在大门的门楣上端挂一面镜子，门的左边挂一把荆棘，右边挂一把剪刀以避邪。桂叶却去庙堂问卦。解签的庙祝说，这是家神提醒你们。你家的炉灶口朝东，很不好。炉灶口朝东，十家中有九家空。空就是没人，也就是后代断了香火。桂叶叫隔壁的大福来改炉灶。大福的老婆死后，他不出海去，在家带孩子，顺便当村里的生产队队长，领一群女人种田，生产队散了，就以砌墙补瓦打炉灶为业。他的儿子都大了，他干脆就当了队长，可还干他的泥水工。祖佑家和大福关系很好的，每次祖佑出海回来，桂叶都亲自拿鱼干去送大福。大福改好炉灶后，瞧着桂叶神秘地说，不是炉灶的问题。桂叶问，是啥问题？大福说，是人的问题。桂叶不明白。大福瞧着祖佑，笑而不答。祖佑走过来，叫大福在他家堂屋前面左侧那小屋旁又搭一间草房。桂叶问，那间小屋空着没人住，又搭间草房干吗？祖佑不说。大福插话说，猪多就添槽，人多就添碗，你说会干吗呢？

北岸很努力，请媒婆四处去给祖佑说亲。她要求很低，不管是怎样的女人，只要能生孩子就行。可是没说上一个。媒婆烦了，对北岸说，往后要去你自己去，我没那闲工夫啦！北岸说，你去说不成，我还行吗？媒婆说，皇帝去说也不行！一头母猪领一群猪仔守在槽边，哪还有猪敢来抢食！北岸想，倒也是，一个炉灶放两口锅，怎样煮饭？人家要嫁祖佑，是来做人，过个安生日子，不是来吵架呀！北岸把祖佑叫来，绷紧脸说，祖佑，你不能再拎个破油瓶不放啦！祖佑很为难，嚅嚅说，我劝她了，她不肯走呀！北岸喝道，由得她吗？祖佑说，硬逼要出事的。北岸说，娶个媳妇就像买条狗，好就养，不好就赶，你说出啥事！哼，你怕出事，我现在就出给你看！她从身后抓来一瓶农药，拧开盖，要喝。祖佑一把夺过那药瓶，紧抓在手上。北岸捶胸顿足大哭起来，边哭边说，天呀，我不活啦，生个儿子没用，我没脸见祖宗啊……祖佑见他娘以死相逼，说，娘，好啦，我现在再去劝桂叶。北岸顿时跳起来，喝道，还劝啥，赶，你不赶我赶！

北岸一只手抓扫帚，一只手叉腰，威风凛凛站在庭前，摆出一副把桂叶扫地出门的架势。她喊，桂叶，你出来，你滚，你马上滚！桂叶知道早晚会有这一天，心理有了准备，从房里出来，不慌不忙地坐在一个捣谷子的石臼边，说，我是明媒正娶敲锣打鼓迎进来的，不是半夜三更跑来；我养公婆，善待丈夫，不偷野汉，本分做人，凭啥赶我？北岸骂架的功夫也很了得，跺脚说，牛不拉犁换牛，马不拉车换马；娶妻生子，传宗接代，你不生儿子就得走人！桂叶想说不是我不生，是你家祖宗欠阴债，天地神灵不给生！桂叶心里已经不尊重这家的祖宗。但是她不能这么说，这是挖祖坟的话，除非她不想做这家的媳妇了。她瞅北岸一眼，说，我拜过这家的祖宗，就是这家的人，赶我，往哪赶？北岸说，哼，卖了狗，还要去给人家搭狗窝不成？出了这个门，做猪做狗做牛做马是你的事！桂叶仍坐在那石臼上，她唯一的办法只有耍赖了。北岸喊起来，哼，耍赖，没门！马不跑甩鞭，狗不走挥棍，看我扫你的脚跟！她抓扫帚在桂叶跟前连扫几下。扫脚跟是当地赶媳妇最狠的一招，这一扫，就等于说你无法在这个家立住脚了。桂叶仍一动不动地坐在那石臼上。北岸更凶了，说，你不要脸，看我怎样治你！冲进桂叶房里去，抓桂叶的衣服、席、被，连床板也都扔出来。扔被、席、床板，就等于宣布从现在起这个女人不再是这个家的媳妇了。这时大妞哭了起来，跑去求婆婆，婆婆不理，又跑来求祖佑，抱祖佑的腿一边摇一边喊，爹，叫婆婆别扔啦，叫婆婆别赶娘走啊！桂叶见祖佑呆呆地站着，以为祖佑不肯赶她，横眼瞟着北岸说，哼，我偏不走，看你拿我怎样！天呀，桂叶也太傻了，这句话说得吗？这不仅是对抗北岸，也是瞧不起祖佑；北岸赶你桂叶就是代表祖佑，你让祖佑怎么办？北岸掉头来瞧着祖佑。祖佑呸一声，朝桂叶走去，一抬脚，把桂叶从那石臼踹倒在地上，喝道，滚，拎你的破篓滚出去！桂叶从地上爬起来，眼巴巴地望着祖佑，她绝望了。她说，我走，现在就走。她把大妞、二妞、三妞都拉进房里去，把门反关起来。不一会儿，便听见大妞、二妞、三妞都大哭起来，接着又听见大妞喊，救命啊！祖佑知道事情不好，冲过去，一脚踹开房门，见桂叶吊在一根绳子上，眼睛翻白，几个孩子惊慌失措乱作一团。好在桂叶人瘦，很轻，祖佑一把将她抱住，一只手托着，一只手解绳套，很快便把绳套脱出来了。北岸见桂叶吊颈，脸都吓白了，可她嘴仍硬，说，死呀，死就干净啦！只是声音很低。桂叶被救下来后，恍恍惚惚地坐着。祖佑把扔出来的东西都搬进堂屋前面左侧那间小屋里。桂叶吊颈，是垂死挣扎，也是以死相抗。家是丈夫的家，丈夫赶媳妇，哪有赶不走的道理！她之所以不走，一是走投无路，二是以攻为守。那天祖佑叫大福在那间小屋旁边又搭一间草房时，她已经猜出祖佑的心事，就是要她搬进那小屋去住，草房当厨房。她去吊颈，如果祖佑把她救下来，就说明祖佑还舍不得她死，她再搬进小屋来，就是再没有退路了，再逼就是往死里逼了，祖佑就不可能再赶她了。

从这一天开始，祖佑也就和桂叶分家了，互不相关了。祖佑和她娘吃一锅，桂叶和四个女儿吃一锅。

祖佑终于纳了一个女人，是个残疾人，叫跛妹。跛妹是本村人。小时候她患小儿麻痹症，走路一拐一拐的；越长大越不行，那条好腿兴旺发达，那条坏腿却变小了，站不起了，走路靠一只手撑地配合，拖那条坏腿滑行。跛妹今年二十九岁了，没嫁过人，她为什么嫁祖佑呢？因为桂叶从正屋搬出，住进一间偏房，已经和祖佑脱离关系了。又因为跛妹是村里人，有几个哥哥弟弟，不必怕桂叶，有什么事情哥哥弟弟闻声而到，你桂叶和四个女孩不会都是老虎吧？不管怎样，跛妹已经堂堂正正住进正屋原来桂叶住的那间房里。

桂叶的日子很不好过了。渔村人的生活主要靠男人，一个男人是个天。男人出海挣钱，从三亚、八所买家具，买衣服，也买米买番薯干回来。女人种岸边那几片薄田瘦地根本不够吃。开始分家时情况还好，中午桂叶在地里忙，家里甭管，她的几个女儿都跑去和祖佑一块儿吃，祖佑这边有什么好吃的，也一分为二，让孩子们拿过来。大家心里都明白，分家是给外人看，或者说是大人的事，孩子无法分。跛妹嫁来后，认真起来了，祖佑不再叫他的女儿去跟他们吃，北岸也不叫。桂叶呢，她对女儿们说，谁还去吃他们的，就挖谁的喉吐出来！二妞还不很懂事，说，要是饿了呢？桂叶绷紧脸说，饿死也不能吃！顿一下又说，也不准说饿！一天，大妞放学回来煮晚饭，没火柴了，去向跛妹讨，她叫，姨，借火柴给我点火。桂叶回来，见二妞说，脸顿时黑成锅底。她把女儿都叫进小屋来，恶狠狠地说，哪个是你们姨？她是贼，来抢你们爹！谁还要叫她姨，我就拿屎塞谁嘴！三妞问，怎么叫？桂叶说，叫她干吗，别叫！一会又说，叫她单桨！单桨就是一只桨划舢板，歪歪斜斜一摇一晃滑不快。桂叶觉得她这个比喻很形象，心里很得意。三妞不知深浅，有一次她叫跛妹单桨，北岸一瞪眼，一鞭子抽来，从此谁也不敢再叫。

桂叶对这些都能忍受，晚上眼睁睁看着祖佑走进跛妹房里去，却像抓把刀插进她的心里。这时她就躲进小屋发狠揪自己的头发。桂叶终于想出一个绝妙的对付办法。祖佑一踏进那间房去，不管是半夜还是三更，她就抱一捆柴去那窗外，垫在一块木板上劈，斧头落下，便嘭一声巨响，震得满屋摇动，接着又嘭一声响。里边的祖佑和跛妹不得安生，只好把窗门关得严严实实的。桂叶劈完柴了，家里那条大黄狗又莫名其妙地吠起来，也是吠一会儿，停一会儿，像是吠夜鬼。其实，不一会儿，桂叶便抓个石头朝那大黄狗扔去。早上事情就多了，跛妹就坐在厨房前做出很舒服的样子，然后找话说，哎哟，昨晚可睡得甜啦，我做了一个好有趣的梦，梦见一头牛吃草，另一头站在旁边干瞪眼。桂叶马上从小屋出来，抓把扫帚在小屋门前扫地，一边把沙土扫得飞扬，一边说，嗨，我做那梦更好笑呢，梦见种甘蔗的人把甘蔗吃了，有人跑过来捡甘蔗渣嚼。北岸就呸一声，抓一口破锅盖敲得叮当响，说，哟，你们真会做梦啊，这么好的梦干吗不到村头去说呀，村头可有很多人听故事啦！

渔村的端午节很热闹的，渔工们要斗酒，要划龙船。渔工们有用不完的劲，憋着难受，抖出来，再轻轻松松驶船出海去。还未到晌午，划龙船还没开始，祖佑便全身湿漉漉地像只落汤鸡跑回家来。祖佑被人家打了。今年还是多儿子的人争着披红绸站在龙船头打鼓。鞭炮声一响，大福便冲到船头去，抓住两只鼓槌。大福有五个儿子，还当村主任，他觉得，打鼓理所当然是他。跛妹的哥哥晚了一步，他站在大福身后骂，操，衰啊，一个光棍来当头，以后村里光棍多啦！大福的大儿子忽然举起一只桨，从后边砸过来，啪，跛妹哥哥趴在龙船上。不得了，码头上跛妹的三个弟弟都跳起来，要冲上龙船来打架。可是，忽然又静了，大福的四个儿子已经把他们围在中间。祖佑有自知之明，远远地站在码头的一侧。可是，跛妹的哥哥被打趴在船上，他这个妹夫不能不过去看。祖佑的脚刚踩上龙船，大福的儿子便骂，一个没有儿子的废物也上龙船来！随着一只桨横扫过来，咣当，祖佑掉进水里。祖佑爬上码头来，朝那船上骂，我惹你啥了，干吗打我？欺负人吗？呸，多几个儿子有啥了不起！有人劝他别骂了，拗不过人家的。祖佑反而骂得更大声，嘿，一个人拼命，十个人难当哩，鱼死网也破啊！但是他没敢去拼命，骂了一会儿，见没人再劝他了，心虚起来，掉头走了。回到家，祖佑便拿把菜刀来磨，气呼呼地磨，一会儿后又坐着发呆。他越想越伤心，越想越生气，突然又气不打一处来，瞪着桂叶那间小屋，仿佛他挨打是桂叶造成的，一跺脚站起来，闯进小屋去，举手便掴桂叶一巴掌。桂叶莫名其妙地愣着。祖佑又扇她一巴掌。桂叶捂着打痛的脸抹眼泪。祖佑更勇武了，一把将桂叶推倒，又踢一脚。桂叶跌在地上了，还不吱声。祖佑骂起来，呸，牛拉不了犁，还争草吃！再多事，你就走，别在这儿拉尿，臊！祖佑气呼呼地从那小屋出来，拎起一只装旧衣服的肥料袋出海去。

走到大门，又掉头回去对他娘说，哼，把那条狗卖啦，邻村闹疯狗病呢！北岸马上嗯一声。北岸当然明白祖佑的意思，更明白那条狗没疯，疯的只是桂叶。

这个中午，买狗的人来了，狗不在家。有道是鸡明狗醒。鸡和狗是听懂人话的。自从那天祖佑说要卖狗，这条大黄狗就很少在家，有时回来，也警惕地支着两只耳朵。桂叶从地里回来，见一个男人抓套狗绳坐在她家大门边。桂叶问，买狗吗？那人点头。桂叶又问，买谁家的狗？那人说，买你家的呢。桂叶说，我家的狗不卖。北岸赶过来，说，这条狗疯啦。桂叶瞅北岸，说，它聪明着呢。北岸说，没贼，还养狗干吗。桂叶说，有贼呀，她朝屋里瞟去，家里有头大贼哩！跛妹坐在厨房门外，她听出桂叶的话带刺，知道桂叶说她是大贼，抢桂叶的男人。她哼一声，喊过来，娘，别卖啦，卖了这条大公狗，母狗咋办呀！桂叶见跛妹骂她是母狗，马上转过来面对跛妹，跛妹才真正是她的敌人呢。她说，不能卖，让它抓跛脚老鼠！这时，那条大黄狗不知不觉地回家来了。北岸叫那人准备好，她去喂狗，让那人抓套狗绳从后边套住。桂叶嚷起来，不卖，狗是我的！北岸愣着。到底狗是谁的很不好说，分家时没有分这条狗，分家后狗是北岸喂，可当初是桂叶从她娘家抱来的狗崽。北岸不和桂叶争，只要卖掉这条惹祸的大黄狗就行了，她说，狗卖了，钱都归你。桂叶说，我偏不卖！北岸知道硬要卖，准有一场大吵，朝那男人摇摇头，就走了。

跛妹很憎恨这条大黄狗，瞧见它便想打，可行动不利索，只随手抓东西掷。大黄狗机灵得很，根本不让她打着。这天吃午饭，跛妹故意往桌底吐鱼骨，大黄狗跑过来啃。跛妹旁边放着一截木棍，一棍子砸过去，大黄狗汪一声喊，逃出来，提着一条腿边叫边跳。桂叶都看在眼里，她感觉那一棍好像打在自己身上一样难受，冲过来指着跛妹骂，单桨啊，你好毒，我的狗惹你啥了？你一只脚废了，要把狗脚也打废，和你一样吗？桂叶很久就想找机会和跛妹放开来大骂一场，尤其是祖佑打她之后。常言道，男怕瘌痢，女怕跛脚。跛妹其实也不是省油的灯。她肚里已经憋足了火气，早就严阵以待。她站不起来，那条废腿乱晃着，两只手左右挥动，骂道，是你歹毒哩，你不生儿子，养条公狗做男人，要生条公狗崽！跛妹也太狠了，夺了桂叶男人，还这样骂人，不怕舌头长疮。桂叶气不过来了，冲过去要和跛妹拼命，可是北岸早挡在门口。桂叶站在门外跺脚骂，你毒，你不得好死！我好歹也生了四个女孩，你生呀，一个也生不了，你拉屎也歪向一边，还想生崽！呸，生出来也是猫儿狗崽！桂叶也是挑要害处打，往痛处戳。跛妹嫁来已经半年多了，还没怀孕，北岸很担心她不能生，也就最忌讳这个。北岸喊起来，祖佑啊，你留这个毒心女人害人呀！可祖佑不在家，她连续呸呸几口，喊道，毒话良药！又马上脱下裤子抛向桂叶去，以败桂叶的毒嘴。女人的裤子比什么都毒。桂叶和北岸抓着那条裤子扔去扔来时，二妞已经趁机冲进厨房去，抓着跛妹乱咬。跛妹的脚不利索，可双手却力大无比，一转身抓住二妞，把二妞摔出门外去。不得了，桂叶顿时像一头发怒的母老虎，一使劲，把北岸推倒在门边，冲进厨房抓住跛妹便打，大妞和三妞随着也冲了进来。一时间，跛妹、北岸、桂叶和三个女儿扭打成一团。大门外早就围着好多女人，也都涌进来，七手八脚地拉，好不容易才把她们一个个拉开。战争结果是，跛妹头发蓬乱衣衫破碎满脸抓痕，桂叶的头破了，在流血，跛妹抓她的头撞在板凳上，三个女儿和北岸也都被抓伤和擦伤。

跛妹的哥哥来了。桂叶心里慌，但她叫自己别慌，故意不看跛妹哥哥。突然，一巴掌盖过来。桂叶踉踉跄跄，转头便朝跛妹哥哥扑去，伸手往他裤裆掏，好像抓着了什么，只见跛妹哥哥哎呦一声，身子猛一缩，急忙挣脱。跛妹哥哥下意识摸一下裤裆，吸了口凉气，一转身，从桂叶身后过来，一把揪住桂叶的头发，使劲扯，把桂叶揪倒在地上，然后一只脚踩那头发，另一只脚踢桂叶，像踢皮球一样。桂叶呢，一声不吭，任凭跛妹哥哥踢。北岸惊叫着赶了过来，一把趴在桂叶身上挡住，又侧头来哀求跛妹哥哥别打了。大妞、二妞、三妞也都哭喊着一呼啦跑过来，趴在桂叶身上。旁边的人也围了过来了，求跛妹哥哥别打了。跛妹哥哥不打了，骂，呸，死狗还张牙！看你往后还敢闹不？旁边的人都嘀嘀咕咕。大福来了，从外头一路骂进来。大福见桂叶躺在地上，推跛妹哥哥一把，骂，什么东西，无法无天啦，跑到人家里来打人！跛妹哥哥瞧着大福，不说话。大福又骂，啥本事，欺负一个女人，去找男人打啰，去跟人多的人家打啰！跛妹哥哥横大福一眼，低下头走了。大福又朝他身后骂，欺负祖佑一个人，有胆量就踏进我家去啰，让你爬着出来！跛妹见她哥走了，嗬一声大哭起来，捶胸顿足，说桂叶欺负她残废，母女几个人打她。大福回头来瞪跛妹，骂，一条跛脚狗，吠什么吠，来抢人家老公还有理？跛妹不敢哭了。桂叶已经坐了起来，没哭，也不说话。她的头仍在流血，脸上、衣服都抹得红红的。大福又生气地骂跛妹哥哥，那鸟东西真不是人，这样打人家女人！他对桂叶说，你去检查，去县医院，拍片，吊针，住院，开很多补药回来，要那混蛋赔！桂叶仍坐着一声不吭。她根本不敢想住院的事，没钱去住，也没时间去住，开钱单回来，也保不住能要跛妹哥哥赔。北岸刚才还拼死救桂叶，这会儿却变了，岔开话说，嘿，这架不该打的呀，两个女人，谁做谁的，谁吃谁的，河水不犯井水，偏要吵，偏要闹！大福骂祖佑，哼，祖佑这鸟人，没二两铁也要打把大刀，呸，有本事就学人家大官大老板在外头包二奶生崽啰，一只手拎两个油瓶，干吗不碰个叮当响！

农忙了，人忙起来事情就少了。

惊蛰过后农活紧，地要犁开，犁开了要耙平，耙平了要施肥，接着就下种，再就拔秧，然后又插秧。季节赶人，桂叶一天到晚在地里忙，家里的事情都交给大妞。穷人的孩子早当家，大妞放学回来，书包往墙上一挂，便生火煮饭。二妞很鬼，这个时候她总要做作业，趴在一张板凳上。三妞坐在一边玩螺壳。牛女流着一泡鼻涕趴在地上玩没人管，其实也不用管。二妞斜眼瞧见炉灶边的柴少了，放下笔，跑到门边伸头望一眼，蹑手蹑脚地跑到婆婆那柴堆抱一把柴回来。桂叶在缸里放几斤米，还有半箩筐番薯干，她们几乎没有碰过。二妞放学回来，背书包进堂屋去，见没人，便溜进婆婆的房里，快手快脚地把米扒进书包，再背着书包出来。桂叶当然知道二妞偷婆婆的米，可她从未制止。她说，狗饿了吃屎，人饿了偷吃。又说，这米本来就应该是她们的，不偷白不偷。

跛妹怀孕了。跛妹一只腿废，下半身运动性发育不良，瘪瘪的，胎儿往另一边鼓，很醒目。

北岸和祖佑松了一口气。当初娶跛妹时，担心她不能怀孩子，终于看到实处了，真是喜出望外。但是，跛妹能不能顺利怀下去呢？能不能顺利生出来呢？还是让人担忧。祖佑和跛妹去卫生院看，医生见祖佑一把年纪了，娶个残废媳妇，明白他是想要个儿子，特别认真地嘱咐他，跛妹走路一坐一撑，一摇一晃的，千万别让她走动，伤了胎气；另外，跛妹骨盆歪，将来必须到大医院来生。北岸和祖佑领会医生的意思，要跛妹天天坐在床上，连饭也要送到床边来吃。祖佑当然是不能出海去了。

桂叶的心像掉进冰窟里，冷了，死了。桂叶要闹，是她觉得自己还能生，又估计跛妹生不了，她不能眼睁睁地看着祖佑有现成的水田不种而去开垦一块干旱的荒地。现在跛妹已经怀孕了，她不再有任何痴想了，那块旱地长出了庄稼，她这块水田也就彻底变成荒田了。她这个活寡妇和四个女孩将永远从这个家游离出去。她的命运将随着女儿长大一个个出嫁，最后变成一个没人关心、没人照顾、受人冷眼的五保户。她不再闹了，没劲头闹了。

桂叶不再让孩子去读书，她们没有读书的命，要苦做苦吃。大妞已经十四岁了，可以帮忙了。地里的活虽然很苦，可不全是力气工，比如拔草、拔秧、下种、扶苗、施肥等。桂叶干重的，让大妞干轻的。有大妞帮忙，桂叶就不必一天到晚都拴在地里，可以空出点时间下海滩去赶海，比如挖海螺，挖沙虫，挖泥虫。别小瞧赶海，把采来的海鲜挑上镇去卖，就换回油盐酱醋，换回孩子的衣着，卖不出的破螺、小沙虫、小泥虫就拿回去给孩子们吃。二妞最爱吃破螺煮咸萝卜叶，每次都吃得肚泡胀成个气球，直不起腰，挺个肚子仰躺着喘气。

大福是一条守在橱柜边的饿猫，终于窥见橱柜里的鱼了。大福瞧出了桂叶的变化，变得呆呆纯纯，变得啥事都不关心了。大福懂女人，知道桂叶心死了。女人的心好像雷达一样有接收天线，一旦撤下天线就是心死了。大福猜出了因为跛妹怀孕使桂叶绝望。大福明白这个时候的女人最脆弱，也最危险，就像要滑倒的人啥都乱抓一样。大福要千方百计地让桂叶抓住他。他突然很热心，很肯帮人。他经常来替桂叶劈柴。桂叶和大妞到地里去时，他就来逗牛女玩，掏钱给二妞和三妞买糖块吃。他的方法是先外围再中心。聪明的大福知道，现在向桂叶伸出援助之手，就是伸出抓住桂叶的手。一天，大福提水泥拎工具来替桂叶砌炉灶。这间草房原来没有炉灶，当成厨房后，垫三块石头煮饭，一直煮到现在。大福砌炉灶是里手，半天工夫便砌成，可他磨磨蹭蹭，一直拖到桂叶从地里回来。桂叶瞧见大福给她砌个新炉灶，好惊讶，也好感激，要留大福和她们一块儿吃顿晚饭。大福说，晚饭不吃了，我想跟你说句话。桂叶见大福打个炉灶就为说一句话，更感动。她瞧着大福一双泥手，急忙提水来让他洗，让他坐下，再拉张凳在他对面坐。大福看了桂叶一会儿，说，桂叶，事情到了这步田地，你不能再傻了，不趁早想办法，苦了你，还苦孩子们哩！桂叶见大福今天说的话在理又恳切，心里一阵热，两粒泪水跳出来，说，唉，命不好，有啥办法，过一天算一天啦！大福见他的话使桂叶感动得流泪了，心里暗喜，想趁机搂住桂叶，把桂叶做了，可他没有，对桂叶不能，她不是囫囵吞枣的女人。他又说，我想去想来，还是你过来跟我过好，我的儿子都大了，大儿子已经出海去了，日子一天天好，咱们有男有女，生活一定很滋润。大福说的是真话。桂叶抬起头，抹掉眼角的泪水，说，大福哥，我知道你对我好，可别再说这个话了，我的主意已经打定了，我谁也不嫁，跟我女儿过，等她们都嫁人了，哪一天我动不了了，闭上眼睛就算了。桂叶心里拴在祖佑身上那条绳子还没解开，拉着她，不敢有跳墙的想法。大福平时搞女人很有办法的，这回要来真的，却变得很笨拙，想不出好招儿来，他拎着砌炉灶的工具走了出去。

祖佑一天三顿给跛妹送饭，晚上提水给她洗澡，还要提桶进房里给她大便小便，照顾得小心谨慎而又热情周到。但是，问题就出在夜晚。一个身强体壮精力充沛的大男人，每晚躺在跛妹身边，却不能碰她，就像一只老鼠守着一块肉而不能吃一样难受。以前桂叶每次怀孕，他从海里回来，都不管三七二十一爬上去。可是跛妹的肚泡耸得很高，又歪向一边，像抱着一个地雷，看着就心跳，哪敢轻举妄动。祖佑尽量在心里说，不想，不想！可心里有条虫，越这样那虫爬得越厉害，也就更加想。后来，半夜三更实在忍不住了，他就爬起来，说，嘿，太热了，我出庭前去吹吹风。祖佑出门口来长长喘口气，把心里那些躁动的东西都吐出来了，然后躺在一张马扎上，望着时暗时亮的天空，看那些忽明忽灭的星星，看那发呆的月亮，再看云飞云集云散。祖佑要把自己弄得很困乏了，弄得身上的热气全消散了，回去好安心睡觉。但是，祖佑仰头看一会儿天后，目光总不自觉地落在左边那间小屋的门口。那间小屋的门口总是静静地闭着，月光像灰白色的粉尘涂满门板。他想，孩子们睡得好安稳啊，没人说句梦话，也不起来撒泡尿。他又想到桂叶。桂叶也睡得太死了，要是有贼来偷东西，她一定不会发觉。他又突然想，桂叶知不知道他就躺在庭前呢？要是她知道了又会怎样呢？他苦笑了一下。他觉得桂叶好奇怪，她怎么这样会忍耐啊？他和桂叶已经一年多没做那事了，她怎么还睡得那样安静呀？

这个晚上没一丝风，空气很重，天地间闷热得像一只大蒸笼。天黑不久祖佑便出庭前来躺。约莫二更天时分，桂叶从小屋出来。祖佑将一把葵叶扇盖在自己脸上，装睡着了。桂叶把大门的地扫干净，铺上一张草席，然后把屋里的孩子们都带过去睡，自己又折回那间小屋去。这个晚上祖佑不再看天空，一直盯着那间小屋的门口。但是桂叶回那小屋去后，像蒸发了似的，再没有任何动静。祖佑在那马扎上翻去转来睡得很不安稳。渔村的夜晚很静，有两只猫很捣蛋，好像故意骚扰祖佑，它们追过去，跑过来，一会儿爬上屋顶去乒乒乓乓碰翻瓦片，一会儿又跳下地来，在祖佑面前抓着抱着翻去滚来，还喊天喊地的，闹得人心烦意乱。祖佑很生气，抓块石头要掷那两只骚猫，手举起来了，却没掷，他便蹑手蹑脚地走到那间小屋的窗前窥，见桂叶穿一条花内裤，一条粉红色小衫，叉开四肢一动不动地睡在床上。祖佑推门进小屋来了，立在床边，借着窗外泼进来的月光，看着熟睡的桂叶。桂叶睡得很甜。看了一会儿，祖佑吸一口气，坐在床缘上。祖佑的屁股刚挨近床，桂叶便噼里啪啦地爬起来，喝道，你来干吗！祖佑坐着不动。桂叶又喊，出去，你滚出去！祖佑仍坐着。她伸手推，祖佑抓住她的手，顺势把她压倒，骑了上去。桂叶拼死挣扎，于是两人在床上翻来滚去。毕竟祖佑力气大，他将身体压住桂叶，腾出一只手往下边抓，那条花内裤被扒开了，桂叶也渐渐老实了。女人的内裤是女人最后的脸皮，内裤被抓掉了，也就不存在脸皮了，不过桂叶还在捶打着祖佑，只是这种捶打让人很舒服。祖佑和桂叶做夫妻十多年了，从没有过这样的场面，感到很刺激，也就很兴奋，很快两人便抱得很紧，欲死欲活，二十头牛也拉不开。那夜之后，祖佑又连续来几夜，完事后，再心满意足地回去和跛妹睡。祖佑想不到这偷偷摸摸的事情很挠心，很有意思，很过瘾，难怪有人说，妻不如妾，妾不如妓，妓不如偷。他回想和跛妹做的过程，觉得太没味了。跛妹躺下就瘫在床上，不能转身，不能翘股，而且总感觉有一边身空荡荡的，必须伸手拉她那条废腿才能保持平衡……咦！祖佑躺在跛妹身边又渐渐不安稳，心里老想着那边的桂叶，也就莫名其妙地翻来转去。女人天生就敏感，祖佑的异常表现很快便让跛妹嗅出味道，但是她不声张，只要祖佑走出庭前去，她就叫祖佑，每五分钟叫一次，让祖佑像一条挡在岸边过不了河的狗一样，着急无奈心烦意乱，最后不得不垂头丧气地掉回头。

中午海水退潮，桂叶要下海滩赶海，她让大妞一个人在地里忙，自己赶回家来拿工具。桂叶刚进小屋，祖佑便从后边跟进来，一把将她搂住。桂叶说，你疯啦，大白天的别让人看见了。祖佑说，没人，我娘去庙堂烧香了，二妞也出去玩了。祖佑不由分说将桂叶抱上床去，拉张被单盖在身上便动起来。突然三妞推门进来，她奇怪地瞧了一会儿，走过去拉祖佑，说，爹，别打我娘！祖佑说，不是打，是舞龙。下边的桂叶也说，我跟你爹舞龙，你出去玩吧。三妞走出大门来，见几个孩子在那玩沙堆，三妞说，我爹和我娘好啦，他们一块儿舞龙呢。孩子们跟着三妞回来看舞龙。祖佑看见几个小孩站在门外看，但是正到紧要处，箭在弦上不能不发，拉被单盖住全身，加紧运动，一会儿后大功告成了，他滑下来了。孩子们看见动荡着的被单突然塌了下去不动了，很失望，说，哦，龙死啦！祖佑缓过气来了，瞧见孩子们还站在门外，没法起身穿衣服，骂道，看什么看，还不快滚！孩子们叫起来，啊，龙又活啦！祖佑将被单裹在身上，冲过来，嘭，把门关了。

跛妹发觉了。跛妹哭，哭得死去活来，她说祖佑拿盐巴腌她眼睛。祖佑劝她别胡思乱想，要注意身体，保护孩子。跛妹闹得更凶，说她不想活了。祖佑没办法，只好一天到晚寸步不离跛妹。

这天，大福突然走进祖佑家来，他左手夹一根香烟，右手抓半瓶矿泉水，瞧见北岸在厨房门边刮番薯皮，拉长声调说，喂，祖佑呢，叫他到村委会去开会！北岸忙扔下番薯，紧张地问，大福村主任，啥事要叫祖佑去开会呀？声音从大福鼻孔里溜出来，说，他去村委会就知道啦。

祖佑从房里赶出来，望着大福说，我犯啥事了，拿我去开会？大福脸上的肌肉顿时收紧，一副严肃的样子说，你犯的事大啦，抓去坐牢都不冤枉！北岸一惊，喊道，别冤枉我家祖佑啊，他可本分做人啦，蚂蚁都不踩死一只呀！大福得一声坐在一张板凳上，翘起一条腿，抓烟头在鞋底摁灭后，说，哼，他本分做人？他娶两门媳妇，犯王法呢，劳改的罪！邻里邻居的，不抓他，可结扎的罪免不了！他斜眼瞅着祖佑问，你是自动去结扎，还是让政府的人来抓？祖佑脸色发青，说不出话。北岸一啪啦跪在大福跟前，说，福儿，咱们两家以前没冤没仇啊！大福说，你别乱说话，这是政策，与我无关。北岸说，我家祖佑不要桂叶了，跛妹还没生，不该拿他去阉呢！大福哼了一声，说，桂叶还在你家，就是祖佑的媳妇，跛妹也快生了，群众反映很多，影响很坏，这个问题不处理不行了！大福瞧见北岸嘴巴打结，挨近她耳边去说，祖佑自动去结扎，问题好解决，要是让政府人来抓，跛妹也拿去引产！大福扔下那空矿泉水瓶，走了。

祖佑不敢去开会，他在跛妹房里的后墙挖一个洞，镇府人来抓，他就从那洞爬出，躲到屋后山去。

桂叶挑一担番薯回家，腰闪了一下，躺在那小屋里两天出不了工。这两天祖佑都待在跛妹的房里不敢出门。下午，祖佑大便憋得急，说，我出去大个便。跛妹翻白眼瞧祖佑。祖佑跨出房门，跛妹蓦地爬起来，要趴在那窗口朝外窥 。跛妹的身子一边重一边轻，又着急，一倾斜，滑跌了，从床上栽了下来。祖佑听到响声，掉头赶回来，跛妹已经躺在地上，脸色苍白，全身冒汗，神志模糊，前面流着一摊血水。祖佑吓坏了，喊，娘，快来呀！北岸赶到，双手捶胸口喊，天啊，坏了，坏了！跛妹流产了。她见祖佑呆呆地站在一旁瞧，喝道，看啥，出去！她扒开跛妹的裤头，抹下跛妹的裤子，见跛妹的裤裆里塞着一坨血淋淋的东西，她掰开来瞧，见个婴儿，忙抹掉婴儿脸上的血水，又抹一下下边，瞧见是个女的，双手顿时僵硬，全身也僵硬了。那婴儿嘤嘤哭着，双手像鸟翅膀一样扇动。北岸一直在发愣。好久后她才回过神来，可是那婴儿不哭了，手脚也不动了，全身也发紫了……她把一切收拾好，扶跛妹回床上躺，拎着那坨东西走了出来，瞥见二妞趴在窗外窥，她骂道，看啥！二妞好慌张，一头汗水，啪啦从窗台滑下来，惊慌失措地跑了。

这些天，北岸都躲在厨房里发呆，有时叹口气，有时又自个抹眼泪。

二妞一瞧见北岸，目光就慌张，就马上掉头躲到桂叶身后去。

二妞把事情说给桂叶，桂叶也惊慌，苦着脸，也抹着眼泪。

祖佑送跛妹去镇卫生院，医生说跛妹不能再生了。回来，祖佑疯了，把神桌上香炉扔出堂屋去，然后无声地坐着。

北岸吓得魂儿都散了。以为祖佑知道她让婴儿窒息死的事了，跌跌撞撞地赶过来，想解释说，那女孩还在，人家就抓你去阉啦！可是弄明白祖佑发狂的原因后，她不再慌了。她把香炉捡回来，小心翼翼地放回神桌，烧上一炷香，跪下磕头求祖宗别责怪祖佑。

祖佑说，求有个屁用！

北岸有百折不回的性格，跺脚骂道，愁啥，没出息！海水不干，怕没鱼吗？只要不阉你，哼，大不了再娶一个！

祖佑摇摇头，他怕了，两个女人已经弄得他焦头烂额，再娶一个，那不把他撕成几块来吃！

北岸瞧出他的心事，说，哼，这回两个都赶走，赶远远去，就省心啦！

祖佑不说话，收拾包袱出海去了。

三个月后，祖佑又从海上回来。

祖佑歪着头扛一包大米回来，走到家门口，桂叶闪出来，挡在他面前。桂叶说，大妞她爹，我跟你说个事。祖佑肩上的米重，说，啥事进门再说。桂叶说，不，现在要说清楚。祖佑瞧见桂叶一脸严肃，只好把米放下。桂叶把头扬起，目光却从眼角漏出来落在祖佑身上，说，今天起，我要搬回正屋去睡！好像屋顶突然掉下一块瓦砸在祖佑头上，砸得他懵懵的，不知所措。桂叶说，你想要个儿子，收那破烂货来，她不能生了，就滚，别占茅坑了！跛妹见祖佑被桂叶挡在门外，从屋里喊过来，祖佑，那女人不要脸，别理她！桂叶不睬跛妹，仍站在大门中间。桂叶要抓住机会占回自己的位置，别让跛妹占久了，习惯了，就不好办了！跛妹见祖佑不肯走进来，骂，祖佑啊，一个发神经女人你也对付不了，还是男人吗？祖佑见两个女人都闹起来了，干脆不进门，掉头走了。

北岸见祖佑不进家门，心里一亮，一定是祖佑想明白了，有打算了，故意不理这两个女人了。北岸颠悠悠地走出去，要找祖佑做安排。去村头，去庙堂，男人经常去的地方都找了，仍找不着。北岸走回来，瞧见祖佑就坐在屋后那酸豆树下，头靠在树干打盹。她明白了，祖佑是见两个女人闹了起来，不敢进门。她好生气，走过去，一巴掌拍在祖佑肩头上，骂道，真没用，回家去，看谁还敢嚷个啥！

晚饭后，桂叶便咚咚闯进正屋跛妹那房去。跛妹好紧张，也急忙爬进房来，见桂叶直挺挺地躺在她的床上，她喊，滚出去！桂叶不理跛妹。跛妹又喊，祖佑，你快来，把这个人拉出去！不见应声。又骂起来，祖佑，你安啥心，要让咸鱼翻生吗！

厨房里的北岸对祖佑说，天呀，祖佑你要管呀，抓根棍子进去，看谁还敢闹！祖佑愣着。北岸又说，哼，现在干脆把两个都赶走，赶远远去，另娶一个回来！祖佑还是愣着。北岸气了，骂道，呸，两个女人争床睡，像啥话呀！她要抓口破锅盖来敲。祖佑说，敲什么敲，好看吗？祖佑抓条棍子走进房里来，见两个女人都躺在那床上，很为难，愣了一会儿后说，女人真麻烦！他扔下棍子，说，哼，往后就让你俩睡这儿，我一个人到外边那小屋去睡！掉头走了出来。

近来桂叶的月经不很正常，时早时晚，时多时少。女人到这个年纪，月经乱了，就是要停经的征兆。桂叶没指望了，心灰意冷。连续两个月不见红，桂叶不当一回事。这天，二妞爬屋后那棵酸豆树，摘一把酸豆花来搓盐巴吃。桂叶口水呼啦涌出来，忍不住过去抢吃。桂叶明白，自己又怀孕了。桂叶把这个喜讯告诉祖佑，他脸酸酸的，苦笑说，唉，怀了就生呗，有啥办法，四个女孩，五个女孩，扳多个指头数就是了。北岸却斜眼瞧着桂叶，冷冷地说，哼，又拉稀啦！桂叶不吭声，她自己也没信心，生女孩生惯了。

桂叶把一头猪卖了，割块肉回来给孩子们解馋。孩子们好久不沾油水了。桂叶见孩子们肚泡都很大，挖苦楝树根煮水给孩子们吃，打虫。难得吃一顿肉，别让肚里的蛔虫抢光了。桂叶到地里去不久，二妞便呕吐，嘴唇发绀，脸色苍白，中毒了。二妞真是的，苦楝树根水苦死了，谁都不愿吃，她说她肚里虫多，偏多吃两口。大妞把桂叶从地里叫回家来时，二妞已经被大福送去镇卫生院了。北岸坐在厨房前，见桂叶回来，责怪说，哼，咋做女人的，几十岁了，还干这蠢事！祖佑蹲在大门边劈柴，也骂，哼，咋带孩子的，二妞咋了，看你怎么办？桂叶见这两个人都不送二妞去医院，不好气地应道，咋办，杀我呗！

桂叶赶到卫生院时，二妞已经好了。桂叶很感激大福。大福说，没啥，往后有事就叫我。一个护士走来，说，好危险呀，好在你丈夫送孩子来得早！桂叶见大福对医生们说二妞是他的女儿，心里晃一下，脸乍时涨红了。大福却瞧着桂叶笑。大福叫来一辆三轮摩托车，要送桂叶母女回家。桂叶说，大福哥，咱们不坐车，走路，一块儿走回去好吗？大福巴不得，但是故意说，这样走着，你不怕人家说闲话么？桂叶说，唉，还怕啥！桂叶已经对祖佑心死了，无所谓了。桂叶背着二妞，大福走在旁边，走得很近，很像夫妻。桂叶要找话说，找不到合适的话，笨拙地说，大福哥，真谢你了。大福见桂叶很局促，心里暗笑，说，谢啥，别把我当外人。泪水从桂叶的眼眶跳出来，她说，大福哥，现在我真想找个人好好过呀！大福的神色飞扬，说，你嫁给我吧！桂叶叹口气说，不行啦，我又怀孕了，生个男孩，我就不该多心了，祖佑也不肯放的，生个女的，我就……大福接住话茬说，我等你生！桂叶说，再生一个女的，就五个啦。大福说，五十个我也要！

一场清明雨纷纷扬扬下了一天一夜，土地淋个透。雨后草抬头。桂叶和大妞在番薯地里除草。大妞拿锄头挖草根。桂叶肚子大，弯腰辛苦，坐在薯垄边用手抓。大妞真是个好女孩，话不多，人勤快，做工快手快脚的。桂叶拔一会儿草，停一会儿，伸手捶捶腰骨，她太辛苦了。桂叶突然感觉头晕，接着肚子痛，接着又想大便。桂叶要生了。本来生产日期可以算出来的，凭桂叶的多次经验，完全算个八九不离十，可是她没心思去算。桂叶叫，大妞，别挖了，跟我一块儿去卫生院。大妞懂事了，瞧见她娘双手扶腰，咬着嘴唇，额头冒汗，心里明白了。大妞说，娘，我去叫人，打辆牛车来。桂叶说，等不了啦！我能走，咱俩慢慢走去。

接生婆见有个女人两腿泥，一头冷汗，挺个大肚泡走进产房来，后边还跟来一个扛锄头的女孩，要骂，可认出是桂叶，改口说，天呀，你不要命啦？这个时候还去种地，生在地里看你咋办！接生婆老经验啦，她瞧桂叶一眼，便扶她躺上产床去。桂叶刚摆开架势，孩子便赶紧跑出来了，比拉泡屎还快。接生婆很高兴，像孩子是她生的一样，抱着一个啼哭的婴儿笑得两边腮帮的肥肉震颤颤地，而且边笑边喊，中头奖啦！桂叶瞧见是个男孩，一句话也说不出，可泪水却汹涌澎湃地从她两边眼角飞流直下。桂叶唤大妞快点赶回家去。接生婆喝道，别去，没人关心你娘，告诉他们干吗！桂叶笑着说，大妞要回家去给我拿衣服呢。接生婆又说，别叫你家那个恶婆婆来，我讨厌她！

桂叶从卫生院回来时，跛妹已经从正屋撤出，搬到桂叶住的那间小屋去。北岸守在大门，迎上来接过她的儿孙，亲自抱进正屋那间房去。房里打扫得干干净净，还换了新被子。至于跛妹是怎样搬出来的？看来她并不乐意，或者说是被逼的，因为那间小屋的门总是掩着，偶尔她伸个头出来，一双眼睛却像两只胆小的小老鼠，慌慌张张的。

这个家的格局又改变，祖佑、桂叶和他们的孩子吃一锅，北岸和跛妹吃一锅。本来北岸叫祖佑把跛妹赶走的，说，借口水缸来装水，哼，一口破水缸，扔了算啦！祖佑说，不行啊，把跛妹踢出去，他哥哥弟弟打进来，咋办呀！北岸只好和跛妹一块儿吃。北岸想得很细，跛妹残废，让她自己吃，无异于让她饿死，如果北岸和她一块儿吃，情况就不同了。北岸虽然老了，不能耕田种地挣粮食了，可她是祖佑的娘，儿子不能让母亲挨饿，北岸不挨饿，当然跛妹就不挨饿了。

桂叶有儿子后，世界又忽然美好了。桂叶变胖了，苍白的脸红润了，人也精神多了。桂叶非常能吃。祖佑把家里的鸡一只只杀给桂叶吃。不过桂叶没吃多少，鸡肉煮熟，她就先夹给祖佑，硬要祖佑吃，生儿子的功劳也是祖佑的，孩子们也都围过来吃，她只喝鸡汤，再咬点鸡骨头。桂叶喜欢吃猪脚肉，猪脚煮木瓜生奶。祖佑还天天下海滩去打鱼，保证桂叶有鲜鱼吃。桂叶胖了，也就变懒了，不过懒也有懒的姿态，好像就有富态了。桂叶喜欢笨笨地坐在堂屋的门边，叉开一双肉腿，光荣地亮出一只大奶，让她那儿子躺在怀里含住奶头，她再幸福地眯着一双得意的眼睛享受儿子那有节奏的吮吸，等儿子吃饱了，睡着了，轻轻放进摇篮里，满意地微微一笑，然后拖张马扎在堂屋前的屋檐下躺，伸直腿，搬个木墩垫脚，悠悠的，懒懒的，一躺就是大半天。这样躺时桂叶的感觉很好，有一种完成任务后轻松的感觉，更有一种莫名的满足感。她喜欢这样躺着安排她的女儿干活，叫大妞去挑水，叫二妞去煮饭，叫三妞陪牛女玩。这样一来，就显出她的女儿很值钱，女大帮娘嘛，也就好像她有意先生四个女孩，最后再生个男孩。

祖佑歪着身背个沉甸甸的鱼篓回来，打得不少鱼。躺在马扎上的桂叶瞧去，立即跳起，接过祖佑的渔网和鱼篓，笑着说，哟，好多鱼呀，真行，咱大妞爹真行哦！自从她生儿子后，又感觉出祖佑的好，必须觉得祖佑的好，尤其在跛妹面前。她转身进厨房去打水，叫祖佑进去，要亲自给祖佑洗，把身上的咸味洗干净。祖佑要自己洗，说，不行的，你才生孩子，身子弱，别摸冷水。桂叶说，怕啥，儿子已经生了，现在还怕啥！桂叶出来，瞧那篓里的鱼，又回头向厨房喊，大妞她爹，咱挑大条的鱼叫大妞拿去给咱爹吧，嗨，他老就是爱吃大条鲜鱼。桂叶说这话时，北岸正和跛妹坐在那间小屋里，她故意说很大声，让她们听得真切。她就是要在她们面前显出这家女主人的气派来，特别是“咱爹”那两个字拉得很长，让人听出一种特殊的意味。跛妹那只好脚好大力，一搭一勾，小屋那门轰一声响，关了。

这天海水涨大潮，祖佑没下海滩打鱼。祖佑躺在那张马扎上，桂叶坐在一旁切猪菜。一杆水烟筒斜靠在祖佑后边的墙根上。不一会儿祖佑便坐起吸一口烟。桂叶不一会儿便放下菜刀，起身去给祖佑拿烟筒。如果水烟筒靠在马扎的扶手，就不麻烦桂叶拿了，可祖佑喜欢桂叶给他拿，桂叶也乐意拿。也许这就是他们在享受夫妻的乐趣。突然大福闯了进来。桂叶生儿子后，大福不再到祖佑家来了，今天忽然来，肯定有大事。大福朝祖佑笑，又朝桂叶笑，突然问，儿子呢？桂叶小声说，二妞抱出去玩了。大福说，有儿子了，要结扎啦。祖佑和桂叶都愣着。北岸慌慌张张跑过来，说，大福村主任，祖佑才生一个有用的，薄着呀，咱邻居，留个情啊！桂叶嫌北岸不会说话，这个话不合政策。她接住说，大福哥，我快五十的人了，哪还能生呀，你就别找我们啦。大福瞅桂叶一眼，笑起来，说，你不能生，祖佑还能生呢。扭头走了。大福的话很明白，就是说，祖佑还有个年轻媳妇呢。桂叶生了儿子后心里已经有了打算，只要有人来逼，她就去结扎，决不能让人家拿祖佑去阉，可是大福这么一提醒，她不肯了，要让跛妹去结扎。桂叶把切猪菜的刀扔下，站起来，拍拍沾在身上的菜叶，朝跛妹那间小屋哼一声，掉头走进堂屋去。祖佑和北岸都瞧出了桂叶的态度，怎么办呢？祖佑是绝不能去结扎的，一个大男人去结扎，遭人笑话不说，祖宗也生气的！可是怎么能叫跛妹去扎呀？祖佑生气地说，我去扎算了！北岸马上骂祖佑，你疯啦，说这遭天杀的话！突然，跛妹一撑一滑地从那小屋爬出来，眼睛红红的，来到祖佑跟前，说，我去扎。她又一撑一滑地爬回那小屋去。北岸和祖佑都张口结舌说不出话。好一会儿，北岸走进那小屋去。跛妹坐在床前的地板上，泪流满面。北岸说，我们没逼你呀！跛妹说，我愿意的。北岸的眼睛也红了。跛妹问，我没生个孩子，也算是个女人么？北岸点头。跛妹又说，我替祖佑去结扎，算不算对得住他了？北岸又点头。跛妹继续说，媳妇才为丈夫结扎的，我扎了，真正算是祖佑的媳妇了？北岸瞧着跛妹，又重重地点头。跛妹长长地吁了一口气，说，啊，我放心啦！

跛妹为了个名分，情愿去结扎，可是结扎回来后，又好像什么也没得到，她整天躲在那间小屋里不出来。

三翻六坐九站。桂叶的儿子十个月了，能在地上爬了。桂叶的儿子叫后贵，意思是最后才生，大福大贵。祖佑下海滩打鱼顺便抓回几只小螃蟹，让孩子们玩。三妞玩一只，牛女玩一只，二妞和后贵合玩一只。二妞担心螃蟹的螯钳后贵的手，把那两只螯都折断。他拿螃蟹赛跑。三妞和牛女的螃蟹跑得很快，二妞和后贵那只总是慢吞吞地爬。二妞好强，在后面使劲喊，跑呀，跑，干吗不跑呢？你脚跛，跑不快吗？正喊着，突然一只塑料拖鞋从那小屋飞过来，砰，砸在二妞的背脊上。二妞回头来，见跛妹脸黑黑地坐在小屋门口。二妞“哇”一声大哭起来。桂叶听见哭声，从屋里赶出来。祖佑也从厨房里跑出来。北岸从那间草舍伸出头来。三个人都盯着二妞身后那只拖鞋。二妞是何等家伙，她见这么多人看，明白事情很严重，一边哭一边诉说，哎哟，疼啊，单桨抓鞋掷后贵，我挡住，哎哟……她成了舍身救人的英雄。桂叶也哇一声哭了，冲过来抱起后贵，很夸张地紧紧搂在怀里，眼睛却瞟着祖佑。北岸侧头对跛妹说，不能这样干呀！祖佑的脸由青变紫，指着跛妹骂道，哼，十个月的孩子，犯你啥了？你这么毒心，就滚远远去！跛妹有口难辩，盯着祖佑发愣。

第二天早上，北岸起来煮早饭，要进小屋去拿米，敲了半天门不见动静。北岸从门缝窥进去，见跛妹躺在床边的地板上，蜷伏像条狗，嘴边有一摊涎液。

跛妹死了，吃农药死的。

祖佑一家人很惊慌，可不知为啥惊慌。惊慌过后很平静，也是一种不明白的平静。

跛妹娘家没一个人来奔丧。出殡那天跛妹的哥哥弟弟都送葬，从半路送出去，可都不走近祖佑家的人。

祖佑一家又大统一，全部人合吃一锅饭。这个家的格局已经发生了质的变化。桂叶一家之主身份当然是雷打不动了，呼风唤雨都是她说了算。桂叶的四个女儿顿时都生龙活虎成为家里的干将。北岸虽然不完全成为被领导者，已经大权旁落，绝对不是领导者了。桂叶安排家里的工作：祖佑照样出海去，大妞干地里的活，二妞干家务，三妞和牛女陪后贵玩。这样一来，北岸完全靠边站了。桂叶说，嗨，婆婆老啦，该闲了。等于说北岸已经是一个多余的人，只要给你一口饭吃就行了。北岸不计较，要后贵就够了，有后贵就有了整个家。后贵到哪，她就跟到哪，三妞和牛女陪后贵玩时，她就坐在旁边看。这也是桂叶的精明，知道北岸会寸步不离后贵，把后贵交给三妞和牛女，也就是交给北岸。

北岸跟着后贵很不省心。后贵并不喜欢她。她的手好像长刺，伸去抱后贵，后贵就躲。后贵很喜欢牛女。可牛女不喜欢北岸，说北岸不是他们的婆婆，坏。后贵也跟着说北岸不是他们的婆婆，坏。北岸骂牛女，不许她这样说。牛女更加生气。后来牛女和后贵在一块儿玩，北岸走过来，牛女就喊，婆婆来啦！后贵就慌张，像是听见叫狼婆婆来一样，赶紧躲。北岸很生牛女的气，可不敢得罪牛女，得罪牛女就是得罪后贵。北岸干脆讨好牛女，口袋经常装着糖块。牛女嘴馋，有糖块就不再纵容后贵讨厌北岸。这一来，每次北岸只有拿出糖块才能靠近后贵。牛女想吃糖块时，就捏后贵一下，把后贵弄哭，北岸也就乖乖地掏出零钱塞在牛女的手上。这个早上，牛女趴在地上做牛，后贵骑在她背上吃吃笑。牛女弓腰爬，突然手闪一下，后贵栽了下来。北岸吓昏了，惊喊着扑过去，一把抱起后贵，在牛女的背脊上拍了一巴掌，骂，死你的去！牛女爬起来，红着眼瞪北岸说，我的手扭了呢，还打我！北岸骂道，扭断你的颈了还要打！伤了后贵，打死你十个牛女也不够！牛女眼里的泪跳出来，扑过去，夺回后贵，呸一声，不再理北岸。下午，有人来村头照相，从没照过相的北岸要把后贵带去村头，抱着儿孙照个相。牛女和后贵正骑在一张没有一边凳脚的条凳“木马”上玩得热闹，牛女说，要照，去照你的！北岸给牛女塞两毛钱，牛女不要。北岸太想照这个相了，不由分说硬拉后贵走。牛女丢下条凳，扑过去，抱住北岸的腿拽住。这一拽，把北岸绊倒了，重重摔了一跤。北岸气不过来，给牛女的屁股重重一巴掌。牛女趁机在地上打滚，大哭大闹，把后贵也弄哭了。在庭前分拣海螺的桂叶都看见了，摇了摇头，走过去，又给牛女一巴掌，问，干吗不让后贵和婆婆去照相？旁边的二妞帮牛女应道，婆婆不好，照了，看后贵相片就看见婆婆，不好。桂叶见二妞说得太过分了，瞪着二妞喝道，什么话，这样说婆婆！二妞心里仍搁着北岸让婴儿窒息那情景，斜眼瞧着北岸。牛女说，北岸不是我们的婆婆，她是跛脚女人的婆婆！桂叶又要揍牛女，但没揍，亲自携后贵陪北岸照相去。北岸抱后贵照完相，笑容老粘在脸上。桂叶叫师傅又给北岸单独照一个。北岸说，老了，照这个啥用。桂叶说，老人留个相有用呢。北岸听到“留”字，一怔，笑容消失了。

大妞嫁了，嫁到山村去，不知咋的，她死也不肯嫁在渔村，二妞也嫁了，嫁在村里，嫁给一个儿子很多的人家。

祖佑把全部心思用在后贵身上，必须用心，男孩是树，扎下根就不移动了。后贵刚满六周岁祖佑就迫不及待地放他上学去。祖佑让北岸陪后贵上学。后贵坐在教室里，北岸守在教室外。后贵这棵树很怪，越浇水越长不好。后贵读了三年，还读一年级。人家都叫他留学生。每次开学后一个星期，后贵便把他的课本、作业簿撕下糊风筝。后贵读书不行，可爬树、钓鱼、打架、放风筝样样在行。北岸还是天天跟着后贵上学，下课后又跟着后贵村头巷尾跑。有一天，后贵把上语文课的年轻女老师的内裤偷来挂在风筝上放飞，被校长抓住关在学校的卫生间里。北岸拿自己的三条内裤去赔女老师，弄得女老师哭着去求校长快点放人。桂叶觉得不对劲，说这样孩子长不大的。北岸不理桂叶，说后贵是她家的血脉，祖佑娶两门媳妇才有一个儿子，你不看重她看重！

读到三年级时，后贵十五岁了，逃学、赌钱、偷东西，什么都干。北岸的腰已经佝偻了，行动不利索，可还是跟着后贵。这天早上，后贵扒几口饭，扔下筷子便溜了出去。北岸急忙跟出去，出了大门，便不见后贵的踪影。北岸村前村后学校海滩到处找。有人说后贵到地里偷甘蔗去了，有人说后贵下海滩抓螃蟹去了，又有人说后贵和几个孩子躲到一个旮旯处去赌钱了。北岸无法找了，扶着发酸的腰骨走回来，呆呆地坐在自家的大门前。北岸抬头，瞧见后贵就趴在大福家的墙头上，那墙头有两个人高，前边站着两只鸽子。北岸吓哆嗦了，喊，后贵啊，你快下来呀！这一喊不好办，里边的大福听见了，从屋里吼出来，哪家的狗崽子长个牛胆，要偷我的鸽子！后贵慌了，从墙上跳下来。下边的北岸吓昏了头，居然张开双臂接住。后贵的一只脚踩在北岸的背脊上，她一趔趄，两人摔在一块儿。后贵没伤着，爬了起来，北岸却爬不起了，腰骨断了。北岸只能躺在床上，吃饭、洗澡、大小便都要让人照顾。

祖佑家的境况越来越不好。祖佑过六十了，力气不足了，没人愿意要他出海去。桂叶去求大福。大福的儿子们都长大后，一家人造一艘渔船出海去，很热闹。大福看在桂叶的脸上，答应要祖佑出海，但是只吃七分的工钱。桂叶不再懒了，地里的活都交给三妞，天天下海滩挖海螺、沙虫、泥虫，家务也就交给了牛女。那天祖佑要出海去，叮嘱牛女要照看好婆婆。牛女翘起嘴说，干吗叫我一个人看。祖佑只好又吩咐三妞也要用心照看。桂叶知道她的女儿对北岸都不贴心。打懂事起，北岸就扮演另外一个角色，后来又回头做她们的婆婆，这关系好像粘贴上去一样，总有裂痕。桂叶等祖佑走后，对女儿们说，没有婆婆，就没有你们爹，就没有你们，应该关心婆婆。两个女儿都努着嘴。

祖佑出海两个月，回来了，一进家门便去看他娘。他娘蓬头垢脸，瘦得皮包骨头，躺在床上像截干柴。祖佑嗅到一股臭味，低头瞧见床底一个便桶的屎尿没人倒。祖佑给他娘洗澡，换衣服，抹床板，刷地板，然后陪他娘坐。北岸告诉祖佑，她经常吃了上顿不见下顿，大小便叫不见人。祖佑很生气，怪桂叶照顾他娘不周到。桂叶说，病久床前无孝子，你不见谁都忙吗？祖佑骂不了桂叶，想骂他的女儿们，可转眼间两个女儿都溜开了。祖佑见后贵把屁股塞在那石臼肚里，头枕在石臼边，两只脚高高翘起，嘴上叼一根香烟，手上抓一副扑克牌在玩。祖佑的火气顿时升起，叫后贵过来，问，你给婆婆送过饭吗？北岸抱怨说，嘿，别说后贵啦，我想吃口水，明明他在家，怎么叫也不应。后贵斜眼瞧着北岸，说，这臭老太婆，早该死啦，还啰里啰唆的！祖佑抓一条扁担砸去，“啪”一声砸在后贵的屁股上。后贵跑了。北岸噢一声喊起来，揪住祖佑的衣襟哭着骂道，天呀，你没心没肝，拿扁担砸孩子，砸出个伤砸出个痛来，哼，我也不活啦！

连续三天不见后贵回家。连续三天北岸都哭着闹着，硬要祖佑去找后贵回来。第四天村干部来通知，说后贵偷校长的手机和钱，派出所已经送他去县城拘留了。北岸捶胸顿足要死要活，说祖佑害了后贵，后贵在外头没吃的，怎么不去偷！那天起，北岸便不吃不喝，接着便昏迷了，可懵懵懂懂中还不时地叫着后贵。

北岸昏昏沉沉睡了七天，可总不肯咽气。第八天，后贵回来了，他抓北岸的手，叫，婆婆。北岸的眼角溢出两粒泪水，头一歪，咽气了。

安葬北岸后，祖佑变得傻傻的。一天，祖佑对桂叶说，唉，我娘死得好惨啊，没有后贵，她没死这么早呢！桂叶的眼睛发红，但是她好像比祖佑更理解北岸，安慰祖佑说，娘死时，后贵在她身边，她心足了。祖佑说，生这个孽种，没点用处！桂叶心里一阵刺痛，但是她说，嘿，别说啦，多钝的斧头也好过把刀呢！祖佑怔怔地望着桂叶，好久不说话。桂叶长长地吁了一口气，说，唉，啥也别再想了，现在该想后贵怎么办？祖佑说，我一想到这个混账东西，头就发胀！桂叶说，这次，学校不开除他，也不能再让他上学了，他读不下的。祖佑说，我听你的。桂叶瞧着祖佑，说，我想让他出海去，要他吃吃苦。祖佑一边叹气一边点头。

后贵见祖佑叫他出海，斜眼睨着祖佑，喊，不行，我不出海！

祖佑抓一根棍子，虎着脸瞪后贵，说，再说啥，我就把你打死！

后贵瞟着祖佑手上那棍子，又瞧着桂叶、三妞和牛女，喊起来，要我做海啊，我死啦！

后贵随大福家的渔船出海去。渔船靠港，他马上跑回家来。

后贵跪在祖佑跟前哭道，天啊，你硬要我出海去，就把我杀了！祖佑的脸很冷，说，想死，自个死去，我没工夫杀你！后贵回头来对桂叶说，娘，帮我说句话，要不，我死啦！桂叶也狠心地说，想死，没人拦你！他又哀求三妞和牛女，三姐、四姐，你们不帮我，这个家就没儿子啦！三妞和牛女呸一声，说，谁稀罕！

后贵的双眼发出绿光，他伸手到门边抓一把锄头，走了出去。

桂叶朝祖佑递个眼色，说，你跟出去，看他要干啥？

祖佑说，哼，让他去。

后贵扛锄头跑到北岸的坟前来，狠狠地连挖了几下，骂道，这臭老太婆，你干吗死了？你害苦我啊！扔下锄头，一屁股坐在坟前，捶胸顿足大哭。

一个多小时后，祖佑也来了。祖佑瞧见他娘的坟顶挖开一个口子，顿时恶气攻心，骂道，接个鸟香火，挖祖坟呢！一脚把后贵踹倒在墓碑旁。好久后，祖佑的气才顺过来，瞪着后贵说，行啊，你有本事挖祖坟，就拿本事活出个人样来，等到我和你娘也死后，三个坟一起挖！

祖佑掉头走，后贵爬起来，也跟着走了。

刘大刚的眼睛

1

海岸线弯弯曲曲，凹进来，便是一个港口。矮矮的瓦屋不经意地撒在岸边，密匝匝地连成一片，就是一个渔村。海南岛西部一带的渔村总是傍依一个港口，也就都有渔船。

黑山村前是一片海滩，平展展的，水浅，住不了渔船，渔船趴在海滩边动弹不了。潮水来了，从大海跑来，汹汹涌涌的，乍时便是白茫茫一片，渔船马上活跃起来；潮水又回去了，也是急匆匆的，渔船赶紧跟着去了，一去半年几个月，下八所，闯三亚。渔船去了，男人们都去了，扔下一个冷清的渔村，扔下一群女人。女人们在家干什么呢？都说渔村女人是男人家里的门锁，守着家，等男人回来。其实不是的。有道是，男人出去赚一升米，女人在家也要打一捆柴。她们不全靠男人。海水退潮后，海滩袒露出来了，有海草，有红树林，有沙滩泥滩水淖，还有纵横交错的水道，当然就有鱼有虾有鳝有螃蟹，又有沙虫泥虫和海螺。早上女人们撩高裤脚扛把锄头下海滩去，下午便挑着海鲜回家来，也就挑上镇去，也就挑回大米稻谷番薯，当然也买回油盐酱醋，买回花布头巾或者香油什么的，哦，一定要买一截甘蔗或者几个糖块回来，嘴馋的孩子不饶人的。但是，他们绝不会买肉买菜回来的，买什么买，女人的手要握紧，要会当家，决不能奢侈，过日子的精髓就是一个“俭”字。其实，黑山村人的饭桌很少空着，一口小碟里总是有点小鱼烂虾破螺，或者沙虫泥虫什么的。黑山村人经常自豪地说，嗨，买啥菜，菜就在脚下，只要勤，伸筷子下海滩就夹回来。

其实守在村里还有男人的，那些年轻人。黑山村的年轻人都娶村里的姑娘做媳妇；黑山村的姑娘也只想嫁在村里。为什么呢？有句话说，海里的鱼只能吃咸水，吃不了淡水。细想很有道理的，要是娶个外边的姑娘来，她能下海滩么？要是姑娘嫁到山村去，能和人家种地么？于是，还没成亲的男人就不出海去。出什么海，渔船漂泊在大海里，前不靠村后不着店，整天眼巴巴地看海水望白云，村里的姑娘都给人家要光了，哼，娶条大鱼做媳妇呀！但是，守在村里的年轻人不能为找媳妇而找媳妇，媳妇不是摆在村头卖，你找人家也得人家满意你，因此，要本分，要勤快，人家姑娘嫁给你就是要和你做人，一辈子的事情，不老实勤快怎么过日子。村里的年轻人于是也都下海滩。海滩上男人和女人不在一块儿的。女人扛把锄头在草滩、沙滩、泥滩上挖沙虫、泥虫、海螺，男人抓张渔网在水淖、浅滩、港道里捞虾、捕鱼、捉螃蟹。但是，傍晚时分，年轻人一定到村口那棵大酸豆树下坐。村口外有口水井，姑娘们都要等到傍晚才去挑水，都要打扮得漂漂亮亮的，都要打酸豆树旁边走过。年轻人当然是来看姑娘的。姑娘走来时，远远总要朝酸豆树下瞧，可是近了眼睛就要躲起来，目不斜视，表情也要突然变得很谨慎起来，步伐也要正，只有那腰总不自觉地扭着。那些年轻人呢，也要突然很老实，谁都不吭声，只是绿着眼睛看。能说什么呀，都是村里人，同吃一口井，哥哥妹妹的，不要脸么！但是姑娘过去了，就热闹了，这个说她屁股像箩筐那么大，那个说她的乳房像木瓜那么坠，这个又说她腰像水桶一样粗，那个又说她腿像凳脚那样短，都往丑里说，夸张地说，不丑也要说丑，说了便笑，笑完又说。刘大刚不喜欢到酸豆树下来坐。他讨厌这些人糟蹋人家姑娘。人家分明长得像月亮一样好看，哼，却偏贬成一口瓦碟！心里分明像老鼠想猪肉一样想着人家，呸，嘴上又偏要损！比如那个大彩，好一个大美人，肉肉的，前胸后股兴旺发达，在瘦女人多的渔村很难得的，可他们却说像条海豚鱼！刘大刚差点要和他们打架！

刘大刚家那条巷叫狗屎巷。为什么叫狗屎巷？也许是这条巷养狗多。其实渔村的哪条巷都养狗多。渔村的男人很少在家，都是女人，养条狗守门，心安。刘大刚家和大彩家隔一堵墙，是大彩家的后墙。小时候刘大刚经常和大彩在一块儿玩，他们喜欢玩“娶媳妇”，刘大刚总是抓一把锅底墨抹在嘴唇上做胡子扮新郎，大彩却扎一条花毛巾扮新娘。邻居们都说，哟，这两个小不点挺般配啊！但是，他们长大后，却渐渐生分了。什么缘故？说不清楚。总之，他们不再在一块儿了，路上碰见也不打招呼，远远时互相瞧着，走近了就都低着头走过去。

近来大彩很喜欢挖螺，一个人在沙滩上挖。她踩在那宽阔松软的沙滩上时，心里总是欢欢的，人很兴奋。沙滩上有珠白螺、红口螺、流水螺。珠白螺滑滑亮亮白白的，像女人的肌肤；红口螺圆圆的，螺口肉红肉红，很好看；流水螺很有趣，螺壳薄薄的，透明透明，锄头一挖，水就冒出来。大彩觉得这海滩里的东西很神秘，很有意思。刘大刚近来也喜欢药鳝，也是一个人药。黄鳝鱼躲在沙滩、泥滩、草滩的洞穴里，但是刘大刚不到泥滩和草滩去，只在沙滩上药。药鳝很有趣的，鳝穴很不起眼，好难寻见，又不好辨认，见个小穴，伸手去摸，如果穴口圆圆滑滑有黏腻腻的涎液便是鳝穴。抓一小撮鳝药抹在穴口，不一会儿鳝鱼便傻乎乎地伸出个头来。刘大刚抓把鳝叉在沙滩上走去走来寻鳝穴，但是总离大彩不很远。大彩瞧见刘大刚走来，便提着一双泥手站起，笑，自个笑，然后开玩笑说，大刚，你说药鳝的人像啥呀，跑去跑来的，真像个疯子。刘大刚也马上笑起来，接着走近来，边走边说，嗨，挖螺的人拱个屁股朝天，呆呆地低头挖，才像个傻瓜呢！笑，两人都笑。大彩瞧刘大刚篓里的黄鳝。刘大刚也瞧大彩篮里的螺。大彩说，真奇怪，干吗总是男人药鳝，女人挖螺呀？刘大刚说，就是怪，干吗分男人和女人呢？两人又都笑。大彩诡秘地瞧着刘大刚，问，黄鳝鱼没爪，怎么挖那样深的洞穴躲进去呀？刘大刚不知怎么回答，其实也不必回答，他嘿嘿嘿地笑。刘大刚也问，螺也不长爪，怎么躲得进沙土里呀？大彩也笑，哧哧哧地笑，她答，天生的呗！刘大刚接着又问，螺像啥呀？大彩知道像啥，但是她不能说，她狡黠地瞪着刘大刚，骂道，像你个头！刘大刚很喜欢大彩这样骂他，继续问，这螺叫珠白螺、红口螺、流水螺，真有意思，是谁取的名呀？大彩挖刘大刚一眼，说，你娘起的！刘大刚的心里痛快极了。刘大刚突然瞧见不远处的一条大黄鳝出洞了，伸个头出来，寸来长，黄亮黄亮的。他心里突然一动，叫大彩过去看。刘大刚神秘地问，你说它像啥？大彩眯着眼睛想，想不出，她说，这药鳝也太有意思了，抹一点药就把黄鳝引出来，就伸个头，呆呆的，一动不动。刘大刚说，男人也是这样，醉女人的药时，就傻乎乎地出洞来。大彩突然明白刘大刚说黄鳝像啥了，脸蓦地涨红，一巴掌拍在刘大刚肩头上，嗔骂，你坏！接着又抓一把泥土扔到刘大刚身上。刘大刚大笑，哈哈哈，拖着鳝叉跑了。

2

大彩突然不再一个人在沙滩上挖螺了，她去挖泥虫，和好多女人在一块儿。为什么呢？她爹不让她挖螺。大彩很听她爹话的。大彩娘生了大彩和二彩便撒手走了，她爹硬把她姐妹俩拉扯大。大彩爹没有儿子，自然格外疼爱两个女儿，他把她俩当作儿子来养，将来要靠着她们。大彩爹早就盘算好了，让大彩嫁给一个有钱的人家，以后他就有依靠了；让二彩去读书，以后嫁给一个吃国家饭的人，脸上也就有光了。村头有一户人家，几个儿子合造一艘大船，房子盖得很大，那人托人来给他小儿子说媒，大彩爹便答应了。有一天那人说，这个大彩也真怪，怎么老喜欢一个人在沙滩上挖螺呀！大彩爹听到了，回家来便把大彩挖螺的竹篮踩扁，扔一只挖泥虫的木桶给大彩。那天后大彩就不再挖螺了。

大彩不挖螺后，刘大刚也不再药鳝了，回去捞虾捕鱼捉螃蟹。不过刘大刚不怪大彩，也不怪大彩爹，他只怪自己，明知自己得不到大彩，就不该喜欢大彩。但是，刘大刚越叫自己不去想大彩，心里却越想，老想瞧大彩一眼。他下海滩回来时，总不自觉地把渔网挂在自家的大门边织。他家的大门和大彩的大门靠近，大彩进进出出就都走进他的眼睛。他发觉，他坐在那时，大彩不一会儿就走过一次，而且总是穿那件粉红色的衬衣，像一团火飘去又飘来。这时他的心里就热热的，噗噗地动，像里边躲着一只小老鼠。不过他不敢和大彩说话，大彩也不和他说话。他只是从眼角漏出一线光瞧着大彩，大彩也只是斜眼瞟着他。但是，大彩爹突然也拉张板凳到他家的大门边来坐，他的脸总是板得很紧，目光总是凶凶地朝这边瞧来，而且，不一会儿他就骂他家那条狗一次，呸，不摸屁股闻闻，看你是啥东西！哼，还想吃肉，老实吃屎去！从那以后，大彩很少在家门口出现了。当然刘大刚也不再在大门边织网了，他讨厌大彩爹，甚至也莫名其妙地生大彩的气。

大彩家没卫生间，大彩总是躲在她家厨房后边那旮旯处洗澡。大彩洗澡时喜欢哼山歌，边洗边哼，歌声和泼水声很不安分，大胆地溜过刘大刚家来，挑逗刘大刚的耳朵。开始时刘大刚很生气，很不耐烦，瞪着那堵墙跺脚骂，呸，骚货！发情啦！叫春呀！但是那歌声和泼水声没有收敛，依然肆无忌惮地侵略过来。后来刘大刚不再骂了，他突然觉得很好听，非常喜欢听，拉张椅子坐在墙边，竖起耳朵慢慢地听。再后来，他一听到那声音就觉口渴，猛咽口水，但不济事，要找水喝，可喝水过后又嗅到一种气味，像老鼠嗅到肉味那样，于是更加不安，霍地站起来，又得一声坐下，又站起来，接着烦躁地在屋里走来走去。刘大刚终于想到一个绝妙的办法，在那堵讨厌的墙上钻个洞。那洞很小，只够一只眼睛，山歌声和泼水声骚扰过来时，他便蹑手蹑脚走近去，狗攀桌子那样趴在墙上窥，左眼右眼轮流着瞧。

其实，每次刘大刚窥过后都十分难受。这就像一只馋猫守在玻璃橱柜旁边，面对柜里的鱼，只能看不能吃一样。这天刘大刚看完后，就像吃错药了似的，懵懵懂懂的。他走出来，居然不知不觉地来到村口那酸豆树下。好多人在说笑，说女人，说一会儿，笑一会儿。刘大刚听得心烦意乱。不知是哪个说，瞧女人身体很衰的，女人身上有毒，瞧了就要长眼泡针（麦粒肿），瞧上身就长在上眼皮，瞧下身就长在下眼皮。刘大刚不信，骂道，别瞎吹，我的眼睛干吗没长？那人瞟着刘大刚，问，你瞧过？刘大刚点头。那人又狐疑地问，是光衣服看哦？刘大刚说，一丝不挂。那人仍不信，说，哼，你也学吹啦，你瞧过谁了？刘大刚说，大彩。那人哈哈大笑起来，骂，你娘的嘴大，说大话，替眼睛吹大牛！

刘大刚见那人仍怀疑他，很不服气，也骂起来，你娘个东西，谁吹牛了，你不信就去问大彩，她的奶沟是不是有颗大黑痣！大家都信了，但是刘大刚要遭殃了。这么宝贵的秘密，本来只属于他一个人，应该尽量保守，百倍珍惜，长久地享用，怎么可以说出来呀！这个下午，刘大刚刚趴在那堵墙上，他家的大门突然被撞开，大彩爹抓根扁担气呼呼地冲进来，啪一声砸在刘大刚的背脊上，把刘大刚打瘫坐在墙根下。大彩爹骂，混账！接着揪住刘大刚的胳膊，硬把刘大刚拖到村头来。乍时，全村男人女人都围过来，像瞧一头怪兽一样瞧着刘大刚。大彩爹好气愤，立在人群中间骂，骂刘大刚不是人，是畜生，骂得理直气壮，骂得慷慨激昂，把刘大刚骂个狗血淋头。围观的人也跟着骂，接着又吐口水，有人还叫把刘大刚这双贼眼挖出来喂狗。刘大刚呢，像个被逮住的贼，低头蹲着，战战兢兢的。

这件事后，刘大刚臭了，变成不齿于全村人的狗屎堆。刘大刚一跨出家门，各种目光就朝他射来，似乎要把他射死。尤其有一群孩子，一瞧见他，就跟在他后边骂，坏，坏！村里的人都很正义地不理睬刘大刚，连那些年轻人也不靠近他，像他得了传染病似的，甚至不准他到村口那酸豆树下来坐。姑娘们更不愿意见刘大刚了，老远瞧见他就赶紧掉头走。这家伙眼睛有毒，别让他那双鬼眼瞧到了，倒霉！当然，刘大刚只有一天到晚都躲在家里。但是，更遭殃的是大彩。大彩爹二百五，这种事情是张扬的吗？呸，真是少一窍！本来，刘大刚瞧了大彩，没伤到大彩什么，砸了刘大刚一扁担，出口气，就该让事情过去，大不了把那墙上的小洞堵上，或者不让大彩再到那儿去洗澡，以后就没事了，可是他偏闹到村头去，结果全村人都知道大彩的全身上下被刘大刚这个遭雷打的看个精光了。村里人碰见大彩时，总要很认真地多瞧几眼，似是要从她身上找出刘大刚的眼痕。大彩当然只好躲着不敢见人。更糟糕的是，和大彩订婚的那户人家赶鬼一样急忙找上门来退婚。大彩的全身上下都让刘大刚那双毒眼瞧坏了，哪还要得！村里再没人来向大彩求婚。大彩突然从奇货变成了积压货。没办法，大彩爹只好把大彩当处理品，很果断地要把她嫁到好远好远的山村去。大彩自然是很不愿意的，求他爹说，只要让他嫁在村里，嫁给一个混蛋她也答应。她爹不依，说她没法在村里做人了，有多远就嫁到多远去！大彩哭，大哭，哭着骂刘大刚是混蛋，说刘大刚要遭天打五雷轰！大彩的哭声和骂声，刘大刚在家里都听到，当然他心里很难受，但是他也只能无奈地听着。

3

刘大刚不再在村里待了，待在村里也没用，不可能有姑娘肯嫁给他。刘大刚干脆出海来。村里的男人都造大船出海，没人要刘大刚去。刘大刚名声这么臭，谁肯和他在同一艘船上，谁愿意靠近狗屎。刘大刚只好造一艘小渔船，自己出海去放钩。刘大刚觉得这样也很好，一个人干，旁边没人，不遭人白眼，不遭人闲话，海阔天空，轻轻松松，自由自在，爱怎么样就怎么样，说啥做啥没惹谁怕谁。刘大刚出海来后，像一只飞出笼的鸡，像来到了另一个世界，心情顿时好多了，人又活泼起来了。

刘大刚的小渔船肯定是找不到海底放钩。你看，它傻傻的，一会儿叭叭叭喊着跑到那边去，一会儿又叭叭叭喊着拐回来。放钩是捕海底的鱼。鱼躲在海底，瞧不见，但是知道它们经常待在怎样的海底。比方，麻鱼和鳗鱼，滑不溜秋的，喜欢钻烂泥，就藏在海沟里；茂公鱼好动，爱玩螺壳，就在沙土地上窜来窜去；如果有石头，就会有爱吃石苔的石斑鱼。

小渔船不再跑了，刘大刚把那喊累了的机器熄了，咚一声铁锚扔了下去。天还没黑，还没到放钩时间。刘大刚站起来，伸一下腰，摇一摇肩膀，活络一下身骨，然后立在船头上望着那渐渐落下来的大太阳。这个时候的太阳要尽量抖掉身上的光和热，那淡黄的阳光洒落在海水上，跳跳跃跃，一晃一晃的，晃得人眼花，晃得人心乱。刘大刚忽然很想唱山歌。这山歌就是不安分的东西，你懂得它，你心里不安时，或者心情好时，它就要蹦出来。刘大刚肚里装着好多山歌，可唱出口来却是大彩洗澡时经常哼的那首：

花儿渴望雨露水，
杨柳渴望春风吹；
妹妹今年十八九，
不知心中渴望谁？

刘大刚现在还想大彩，说准确点，他还在想大彩洗澡时他瞧见的那对木瓜奶和那个南瓜屁股。去年大彩回娘家，他见过大彩一次。大彩像是埋在泥土里挖出来的坏萝卜，整个人儿全变了样。她目光死死的，脸色憔悴得像腌过的咸鱼，尤其那对高傲的大奶已经无力地耷拉下来，瘪瘪地贴在胸前的衣服里边，那个不可一世的大屁股也泄气了，像个破皮球，撑不起来，裤子失望地在屁股后边皱巴巴的，像松弛的窗帘。他不敢多瞧大彩，不忍看。不知怎的，在大彩面前，他的心总是慌慌的，头抬不起来，好像他欠着大彩什么。当然大彩也不敢多瞧他，只瞧他一眼，但那眼神好怪，让他惊慌，又让他难受。那次再见到大彩之后，大彩在刘大刚心中就像退潮了的滩涂，干了，除了同情和内疚，再无别的了。他现在是想二彩。虽然他叫自己别乱想，可心里总不知觉地想。他觉得二彩像个天使。他和她爹闹了那么大的事，她瞧他的眼神依然那样平静，她还叫他大刚哥。二彩不知不觉中已经脱颖成个美人儿了。大彩爹这个混球真会养女孩！二彩在镇上读中学。二彩没大彩那么胖，很修长，可是该凸的凸，该凹的凹，恰到好处，就像城里人说的那样，苗条而丰满。但是他没机会多瞧二彩，也不敢瞧，当然更不可能瞧见她洗澡。有大彩的前车之鉴，大彩爹对二彩格外小心，要衔在嘴里保护。他叫二彩在学校里不要唱歌，不要跳舞，不要和男同学说话；他不让二彩穿裙子，不让穿薄一点的衬衣，而且必须不是大花大绿的，最好是长袖的。好像二彩同意的话，他还想让二彩女扮男装，打扮成一个假小子。因此，刘大刚想二彩也只是模模糊糊地想，是可望而不可即地想，就像地球上的人想月亮里的嫦娥一样。

小渔船做海就是不方便，船帮挨着浪头，浪不停地窜上船来。放完钩，刘大刚被海浪泼得湿漉漉咸腻腻的，他马上舀一瓢淡水冲洗下身。别的部位可以不洗，这个地方一定要洗，不然要长咸水癣，黏黏的，痒痒的，脏死了，难受死了。做海人经常长那东西，医生说是因为少吃蔬菜，缺乏维生素。维生素是什么？刘大刚不信，他认为是海水腌的。因为刘大刚的下边仍很湿，他叉开大腿躺在甲板上睡。这个时候最难耐，没啥事干，又睡不着，要眼睁睁地挨到下半夜收钩时间，很折磨人。刘大刚伸手去弄下边那东西。他觉得他那东西很贱。人家长这东西，他也长这东西，人家有人嫁，有老婆使用，没个女人肯嫁他，他没老婆使用。他只好用手逗着玩。他那东西脾气很不好，碰一下就发火，气冲冲地站起来，硬逼他为它服务。他没办法，只好求助于五妹。五妹是谁？就是五个手指。刘大刚的想象力很丰富，这个时候他总是把五妹想象成一个漂亮的姑娘，比如是二彩。他一边摇他那东西，一边喊二彩，摇到紧要处，见二彩还没来，说大彩来也行，到关键时刻，大彩也没来，说谁来都好，是个女人就行啦！最终谁也没来，里边那不安分的东西忍不住了，愤怒地冲了出来。冲出来就好了，安静了，不去胡思乱想了。

但是，这个时候刘大刚的情绪就像海面上的气泡那么脆弱。短暂的平静之后，他又感到一种莫名的悲哀。他觉得很饿，一种画饼充饥过后的极度饥饿，整个身心空荡荡的仿佛被榨干了似的。他想哭。他很累。他不安。他躺在甲板上辗转反侧。最后他一侧身，把那颗沉重的头枕在船帮上，让海风去吹。他像一条受伤了的大鱼躺在浅水的海湾里让小鱼小虾舔它的伤口。海风可怜他，温柔地抚摸他，亲吻他。海浪也跑过来轻轻地摇着小渔船，小渔船安慰地摇着他，把他摇得迷迷糊糊的，把他摇进梦乡……

刘大刚打了个冷噤，醒来了。一个大浪窜上小渔船来，淋得他全身湿漉漉的。他爬起来，在心里骂，唉，真倒霉！他很沮丧。他傻傻地坐着，望着那茫茫的大海发呆。

月亮已经上来了，是个歪月亮，海上亮晃晃的，到收钩时间了。

连续放了几天钩，鱼舱里的鱼挤了，渔船要靠港了。刘大刚的小渔船开生水窗。生水窗就是在鱼舱的底部开个洞，和海水相通，让海水自由进出，鱼养在舱里就不会缺氧。舱里的鱼太挤了是要死的。

小渔船朝港口驶去。风是顶头风，风努力把浪掀起来，一排排，挡住去路。小渔船硬着头皮冲过去，撞开海浪，吃力地向前窜，一弹一弹的，船头被浪打得叭叭响。

刘大刚呆呆地坐在船尾掌舵。他想今天要把鱼买给谁？三亚渔港码头有几个女鱼贩子，专门收购小渔船的鲜鱼。她们很赚钱，竞争很激烈，花招也就很多，想着法子讨好这些小渔船。比如那个海月，她很鬼，总是穿得很露，远远就让人看得眼馋，不得不把船靠到她的面前去。她上船来就眼勾勾地看人，看着便笑，笑声很浪，使人觉得身上被她的笑声泼湿了。接着她便说粗话，什么都敢说，说到你耳朵痒痒热热的了，又故意拍你一巴掌，或掐你一下，让你感到全身不舒服，或者全身很舒服。但是，就在你颠颠倒倒懵懵懂懂时，她早把鱼称完，挑走了。每次她都至少吃你十斤……还是码头西边那肥婆老实，她的秤公平，鱼价也合理，不搞啥花招，还叫你站在她跟前看着她称鱼。刘大刚在心里暗暗决定，今天要把鱼卖给肥婆。

小渔船靠近码头来，刘大刚故意把头侧向一边，不朝那边看。他将舵把轻轻一推，船头便朝西边转去。

大刚哥——

海月站在码头上喊，那声音很脆，很甜，很悠扬，还有一种说不清的感觉。刘大刚一怔，心里在动荡，抓舵把的手不觉软了，迟疑一下，将舵把拉了回来。

海月一直笑眯眯地望着刘大刚，近了，又深深地挖了刘大刚一眼，接着嗔骂道，死鬼，你见肥婆比我胖吗，你爱吃肥肉？她见刘大刚不吭声，又说，我知道你没老婆，嘴馋，爱吃油腻的，嘻嘻嘻，看我今天怎么收拾你！不等刘大刚说什么，她已经跳上船来，一巴掌拍在刘大刚屁股上，又顺手拧了一把。刘大刚顿时觉得全身很爽。刘大刚正在愣愣地感受着时，海月又一屁股撞去，把刘大刚撞个趔趄，险些栽下海去。海月哈哈哈笑着，拎鱼筐钻进鱼舱去了。刘大刚好久才回过神来。他在心里骂，这个死路头的，今天一定不放过她，不让她白占了便宜！他一抽脚，也赶紧跟着钻进鱼舱去。

海月今天穿一条薄薄的短裤，裤脚很宽，又故意绾得很高。她的两截白生生的大腿在刘大刚面前晃来晃去，晃得刘大刚眼花缭乱几乎眩晕，十分难受。海月弓腰抓鱼，刘大刚从衣领口瞧见她胸前那两个肉团在里边淘气地摇晃，他挨近去，也假装伸手去抓鱼，一只手从她胸前穿过，猛猛地碰得那两个肉团一阵震动。但是海月没有反应。刘大刚干脆把手搭在海月背脊上，又向下滑，摸在海月的屁股上。海月还是没反应。刘大刚胆子更大了，心里想，可能是海月巴不得他摸，他要再摸多一点，如果她仍没反应，就干脆把她抱进怀里。刘大刚的那只手仍摸在海月的屁股上，另一只手又伸去摸她的大腿，且越摸越往上移。海月哧哧哧笑起来，说，你干吗啦，把我当鱼抓呀？小心我把你裤裆里那条黄鳝鱼抓出来。我的妈呀，海月没有骂他，甚至连躲都不躲一下，而且她眼睛淫淫的，像两潭汪汪的水在泛滥。刘大刚顿时感觉身上发胀，心里动荡起来，马上张开双臂准备抱海月。可是海月敏捷极了，突然抓一条鳗鱼伸过来，刘大刚差点抱住那条鱼。海月哈哈哈大笑，笑歪了。刘大刚被这突然的变故吓了一跳，不知所措，呆呆地望着海月。随着，他的全身不知不觉地冷了，也稀稀拉拉地松软了。这时，海月趁机把两筐鱼搬出鱼舱，挑上码头去了。忽然，刘大刚怒气冲冲地从鱼舱爬出来，喊，海月，把鱼挑回来！海月一怔，回头来问，怎么啦？刘大刚脸红成猪肝，嚅嚅说，不怎么。海月马上又挤出笑容，目光晃晃的，像有爪子似的伸过来抓住刘大刚。可是此刻刘大刚已经是一盆浇湿了的火炭，烧不起来了，再点火也烧不着了。

刘大刚呆呆地坐在船上骂，骂海月，他觉得海月在捉弄他侮辱他；

接着他又骂自己，骂自己贱，不争气！他心里难受，跑下船舱去提来一罐番薯酒，想让酒来安慰自己，但是愣了一下，他又转身跑上码头去，买一瓶冰冻矿泉水咕咚咕咚灌进肚里，让心情也冰冻后，便朝码头边的石大哥家走去。他经常到石大哥家去，他喜欢和石大哥说话，石大哥也喜欢跟他说话，可是好久他不去了。石大哥是他的堂哥，几年前在村里做木工，邻居一只母鸡爬他的木屑，他捡块木头扔去，不巧把鸡砸死了，他索性把鸡杀了。可是，鸡肉还没煮熟，邻居找上门了，他就成了偷鸡贼。他没脸在村里做人，背一个工具箱到三亚来，娶了个崖州女人，在码头边盖了这幢房子，变成了三亚人。刘大刚刚坐下，石大哥便打电话给崖州女人。刘大刚问，叫大嫂回来干吗？石大哥一笑，说，为了你那好事呀。刘大刚明白，所谓的“好事”就是为他找媳妇。石大哥很积极为他找媳妇。崖州嫂在街上开间杂货店，生意很好，她表妹跟她做工，石大哥让她介绍她表妹给刘大刚。刘大刚站起来，说，我回船去啦。石大哥生气了，骂，我表妹配不上你吗？刘大刚摇摇头。石大哥又骂，你这死脾气，撞上墙了，还不会转头！像我这样，在外头找个媳妇，在外头过日子，多好！刘大刚已经走出门外去了。刘大刚不想像他堂哥那样，在村里出了事，就跑到外头来过日子，让人觉得是被村里人嫌弃，脸上永远不光亮。他心里还想回村去娶个媳妇，即使是个不很漂亮的他也要。他认为自己并不坏，一定会有人愿意嫁给他。

4

刘大刚又回村来。他踏进村口便不自在，村里人的眼睛长刺，都扎在他身上。他很难受，又很气愤，但没办法。他讨厌村里人。他不愿意接触任何人，甚至不愿意见任何人。踏进家门，他便躲在家里，不再出来。但是，刘大刚躲在家里也不很舒服，尤其他瞧着大彩家那堵后墙时，心里就发慌。他想来想去，终于想清楚了那事情的根源所在，就是因为少一堵墙。假如当时他家这边也有一堵墙，大彩洗澡的泼水声就不会那样肆无忌惮地侵犯过来，而且，他打个小洞也不会看见大彩洗澡。再说，他在自己家的墙上打个洞，让大彩爹发觉了，大彩爹也无话可说。因此，他必须在他家和大彩家中间又砌一块墙，也就是他家的前墙。他家这块墙砌好后，他要在墙头上挂一把荆棘，避邪！

但是，刘大刚还是没有把墙砌成。这几天隔壁大彩家那边总有些不对劲，经常有一些人进进出出，说话的声音压得很低，叽里咕噜叽叽喳喳的，好像隐藏着什么秘密，不想让外人知道。而且，大彩也从那个山村回来，总见她唉声叹气的，有时又跟一个人说话，好像哄那人，又好像骂那人，但听不清说些什么。刘大刚猜，大彩家可能出什么事了。他不能这么缺德，在隔壁家出事的时候砌一堵墙挡住。但是，他心里却很希望大彩家出点什么事，他恨大彩爹。

果真，大彩家出了大事，二彩疯了。

在镇上读书的二彩，最近一次考试居然一半科目不交卷。这是多么令人惊异的事情啊！大彩爹问二彩，为什么呀？二彩说，这段时间老头痛，精神不集中，胡思乱想的。大彩爹听出了不祥的预兆，赶到学校去了解。班主任说，近来二彩上课时，老瞪着一些男同学发呆。大彩爹二话不说，便把二彩带回家来。开始几天，没什么情况，可是渐渐便不对头了，二彩老是发呆，说话也颠三倒四的，紧接着，她瞧见男人便死死地看着，然后傻笑，接着又唱，对面的男孩走过来……大彩爹气昏了，但又很心痛，很害怕。大彩爹把二彩带到县医院去。医生说，啊——青春妄想症！乡下姑娘往往得这种病。医生见大彩爹愣着，又耐心地解释说，女人青春发育期，如果体内的荷尔蒙分泌过旺，对异性的渴求就过强，假如对性知识不了解，加上心理未成熟，而且心里受到压抑，就会出现心理和生理混乱，也就出现异常反应……大彩爹像听医生讲天书，听得糊里糊涂的，他不明白妄想、荷尔蒙、分泌、压抑、生理、反应等是什么意思，他又带二彩去找民间医生。民间医生说得很白，嗨，“花痴”啦，想男人想疯了，没药治，找个男人跟她睡就好了。大彩爹心里像被刀扎一样难受。以前村里曾经有过一个女人花痴，跑出去，没几天就被人糟蹋个半死，后来虽然好了，可没脸见人了，跑去跳海了。大彩爹什么也不说，把二彩带回家关起来。

但是，刘大刚知道二彩“花痴”了，他并没有幸灾乐祸，反而心里很不是滋味。他很可怜二彩，甚至也可怜大彩爹。他不停地自言自语说，唉，怎么回事呀？怎么会这样呢！

早上起来，刘大刚便到庭前来坐。这些天他喜欢在庭前坐，听一听二彩家那边有什么动静。忽然，大彩推门闯进来。刘大刚像看见鬼一样吓得眼睛发直。自从那件事后，他瞧见大彩就躲，大彩瞧见他也躲，今天到底大彩来干啥呀？大彩倒是显得自然一点。她故意东瞧西看，但是没有看刘大刚。他走到刘大刚旁边，却突然问，你坐在这儿干吗？刘大刚吓了一跳，他明白大彩已经发觉他在注意她家那边的事情，他支支吾吾的一时不知怎么回答。大彩又问，你知道我家二彩病了？刘大刚不得不老实地点了点头。大彩瞧着刘大刚，说，我就是来找你去治二彩的病。刘大刚一惊，他明白去治二彩的病是怎么回事，他瞪着大彩说，干吗来找我？大彩反问，干吗不找你？刘大刚喊起来，不！大彩问，你不喜欢二彩吗？刘大刚说，喜欢，可你家的事别找我！大彩静了一下，瞧着刘大刚，说，我爹对不住你，可我没对不住你，二彩也没对不住你呢！刘大刚也静下来了，但是他说，反正你家的事我不敢沾。大彩想了一会儿，又说，来找你是我说的，我爹也答应了。刘大刚抬头瞧大彩，见她的眼睛居然红了，心里顿时很乱，不再说啥，头也低了下去。大彩说，你想明白了就到我家去，我在家里等你。她走了。

的确是大彩提出要找刘大刚来治二彩的病。大彩爹把二彩带回家后，就着急地物色一个合适的男人来治二彩的病。他不能眼看二彩老这样疯着，他不能让二彩疯到没办法后出去让人糟蹋，他要尽可能给二彩找个好归宿。可是这样的人很不好找。要是二彩没疯，大彩家的门口可能排成长队，可是二彩变成这个样子了，谁还肯！人家担心二彩的病万一好不了，二彩要不得，自己的名声也坏了，变成鸡飞蛋打。没办法，二彩爹最后想到了醉酒二光。醉酒二光好吃懒做是个酒鬼，三十几岁了还打光棍。只有醉酒二光不会有什么顾虑。但是，大彩极力反对。大彩说她想到了一个人。她爹问，谁？大彩说，刘大刚。大彩爹一愣，他想，刘大刚这家伙确实没啥名声可顾了，他可能会答应的，但是怎么可以是他？大彩爹马上问大彩，这家伙不坏吗？大彩答得很干脆，不坏！大彩爹又一怔，脸酸酸的，低下头去不说话了。对于刘大刚这个冤家，大彩爹真不知怎么想。大彩爹仍觉得他很坏，而且还很憎恨他，但是又感觉那件事自己的确做得太过了。大彩呢？自然大彩又有她的想法。后来大彩从那山村回来，哭着怪他把她嫁到那么穷的地方去时，每次都说一句，如果让她嫁在村里，嫁给一个混蛋她也乐意。他当然明白大彩说的“混蛋”就是指刘大刚。他很生气，但是心里又很难受，甚至有些后悔。大彩见她爹依然低头不语，居然又问，刘大刚不好过醉酒二光吗？大彩爹又愣住。他承认刘大刚的确好过醉酒二光，但是他心里很不是滋味，他真不愿意找刘大刚。他想了一会儿，瞧着大彩说，要找刘大刚，你去，我不去！

刘大刚从上午想到下午，翻来覆去拿不定主意。他想不通大彩为什么来找他？又想不通大彩爹为什么肯把二彩交给他？特别想不明白他该不该去接受。他得到二彩，当然十分高兴，可是二彩现在是疯了，并不是她真的愿意跟他；再说，他去跟二彩做了那事，二彩的病好了，愿意嫁给他还好，不愿意就难办了，二彩就像大彩那样，很难做人，他也就彻头彻尾成为一个乌龟王八了。

日头要下地时，大彩又忽然闯进刘大刚家来。这回大彩的脸色很不好看，她见刘大刚歪着身靠在庭前的墙壁上发呆，瞪着刘大刚不好气地问，你到底去还是不去？刘大刚摇摇头。大彩又问，为啥？刘大刚说，不为啥。大彩说，为了我你也不去？然后逼视刘大刚。刘大刚不禁一愣，他瞧着大彩那双凹陷的眼睛心里有点难受，但是他还是摇摇头。大彩的眉毛忽然竖起来，骂，你害我这么惨，我没怪你啥，今天……大彩的泪水突然涌出来，说不下去了，捂着脸扭头要走。刘大刚的脸也忽然变白，但是他喊了起来，去就去，现在就去！

刘大刚跟在大彩后边走进大彩家来。大彩爹脸无表情，他瞧刘大刚一眼，扭头过去，坐在一张板凳上，头重重地沉了下去。

大彩去打开二彩房门时，她却挡在门口，瞪着刘大刚说，你进去，二彩要是愿意，你就做；二彩要是不肯，你别硬来！

刘大刚不吭声。

大彩又说，二彩交给你了，是你的人啦，不管怎样，你不能嫌弃她！

刘大刚还是不吭声。

刘大刚推开房门，跨了进去。但是，他踏进房间一步，便铁板打钉似的挪不开步了。二彩一丝不挂地立在房中央。刘大刚的眼睛发直，气都喘不出来。二彩实在太美了！刘大刚尽量发挥想象，比如他想象她是从挂历里跳出来的，不，像街头画册上那些美人……二彩突然笑起来，朝刘大刚笑，然后唱，哥哥你大胆往前走……刘大刚走近去时，二彩忽然盯着他问，知道我是谁吗？刘大刚说，你是二彩。二彩说，不，你不懂，我是七仙女，我要找董永哥。刘大刚怔一下，但是马上说，我就是董永。呸，二彩的嘴翘起来，骂，你不是董永，是混蛋、鸡蛋、鸭蛋、鹅蛋……一口气说出七八种蛋。刘大刚的脸顿时辣辣的，仿佛突然被掴了一巴掌似的。接着二彩突然又大笑起来，哈哈哈哈……那笑声像冰冷的水泼湿了刘大刚的全身，使他打了个冷噤，鸡皮疙瘩都冒了起来。刘大刚的心凉了，什么欲望也没了。他望着二彩，见二彩的眼神很怪，似火，似水，似风。他想，二彩根本不清醒，根本不知道自己是谁……他决不能和她做什么！他一咬牙，跨一步过去，抓一条床单披在二彩身上，什么也不说，转身走了出来。

大彩一直守在门外，见刘大刚很快便低着头走出来，她的眼睛忽然红了，噙着泪水，望着刘大刚问，你要反悔啦？

刘大刚红着脸，不好气地说，我是禽兽吗！

大彩低头下去，不吭声。

刘大刚走回家去，进门，梆——把门反关。他长长地舒了一口气，然后走到床边，嘭，栽在床上，直挺挺地躺着，一动不动。

5

刘大刚的心理像藏着一只蝎子，蜇得他一夜睡不安稳。早上起来，他的眼皮跳。眼皮跳很不吉利的，他在心里骂，这双倒霉的眼睛又要遭罪啦！他突然很后悔昨天不该踏进二彩的房里去。

刘大刚开门出来。他要洗把脸，要认认真真地洗这双该死的眼睛。但是，他突然傻了，大彩就站在门外，一双红肿的眼睛正在火火地瞪着他。刘大刚的眼睛也马上大了起来，也傻傻地盯着大彩。大彩不跟他对视，她的眼睛躲开他的眼睛，但是她骂了起来，哦，大刚，你是畜生，你去看二彩了，就拍屁股走了，走啊，走得干净啊，你这双贼眼真的该挖出来喂狗！刘大刚眨眨眼，好像眼里突然掉进了沙子，有点刺痛，不自觉地伸手揉了揉。大彩气不打一处来，冲过来，揪住刘大刚便打，但是她只捶打刘大刚的胸脯，像打鼓一样，接着又发狠地在刘大刚的胳膊上咬了一口，似有无限的怨恨要发泄在刘大刚的身上。刘大刚仍然傻傻地站着，一动不动，也不吭声。大彩的火气发出来了，松口气了，缓了缓，接着便突然哭了起来，坐在刘大刚跟前哭，噼里啪啦的哭得很伤心，很委屈。刘大刚仍在发呆，木木的，像一个做错事的孩子，他的脸却一阵儿红，一阵儿白。

本来今天早上大彩爹是不让大彩再来找刘大刚的，现在他见大彩红着眼睛一个人走回家来，脸色顿时发青，便骂了起来，嗨，我叫你别去，你说他不坏，偏要去，你看，怎么样了！大彩不吭声。她爹又骂，哼，这回你该明白了吧，那家伙不是人，是禽兽！其实昨天刘大刚没和二彩做那事时，大彩爹已经在家里骂，他说刘大刚不是东西，不安好心，趁机来瞧二彩，还说大彩是叫猫来给老鼠治病。当时大彩仍坚持说刘大刚没坏，刘大刚不想来的，是她逼刘大刚来的，可能刘大刚的心里一时还接受不了，他想明白了一定会帮忙的。可是，今早大彩没能把刘大刚叫来，她没话可说了，她“得”一声坐在门阶上发呆。大彩爹更着急了，像一条搁浅在泥滩里的鱼，转来转去的，接着又抱杆水烟筒蹲在门边吸，一连吸了好几口，忽然嘿一声，站起来，要走出去。大彩一惊，叫，爹，你去哪呀？她爹不好气地说，去哪，找二光呗！大彩说，天啊，醉酒二光是人吗！大彩爹瞪着大彩说，哼，二光不是人，那找谁？你叫我再去找刘大刚吗！大彩见她爹拿话气她，也急了，说，叫那个酒鬼来糟蹋二彩，不如让二彩疯到死算了！大彩爹火了，瞧着大彩喝道，你……都是你，这事你不要管了！转身便走。大彩喊起来，爹啊，你别再害二彩啦！这话太重了，刺到了他爹的痛处。大彩爹一怔，脚不自觉地停住了，接着他一跺脚蹲下，抱着头蹲在大门边发呆。大彩却哭起来了。就在这时，刘大刚忽然闯了进来。大彩爹瞧见刘大刚，顿时眼睛瞪圆，火气呼地烧起来，转身便进厨房去拿来一把菜刀。他瞪着刘大刚问，你……你来干吗？刘大刚没吭声，转头去瞧大彩。大彩爹更火了，喊起来，滚，滚，你给我马上滚出去！大彩见她爹忽然像头疯了的公牛，气势汹汹的，她很紧张，一边过来挡住她爹，一边朝刘大刚使眼色，叫刘大刚快点出去。刘大刚仍站着，他不理大彩爹，他对大彩说，我是来娶二彩的！大彩爹一愣，傻了，但是他手里仍握着菜刀，而且仍死死地盯着刘大刚。大彩也很吃惊，呆呆地望着刘大刚。过了好一会儿后，大彩回过神来了，她从口袋里摸出二彩房门的钥匙，递给刘大刚。刘大刚没接，顿脚喊道，不，我要把二彩娶回家去！

婚礼很简单，没有张灯结彩放鞭炮，没有敲锣打鼓吹唢呐，甚至也没办一桌酒。刘大刚在自家的神桌上烧一炷香，跟祖宗说了，便把二彩迎进家来。大彩亲自做伴娘陪二彩到刘大刚家来。大彩在家里替二彩梳妆时，二彩很安静，只是不一会儿便莫名其妙地笑一笑。大彩一边给二彩梳妆一边流泪，但是她不让二彩发觉。大彩在二彩的头上结两朵红花，给二彩绞脸毛，又给二彩换上一套粉红色的新娘衫，然后拉着二彩的手从房里走出来，走出自家的门口，又走进刘大刚家来。大彩担心二彩要闹，在洞房里陪二彩坐，一直坐到月亮爬上屋顶了，外边的天地变成一片灰白了，才悄悄地闪出来，朝坐在门边发呆的刘大刚看一眼，小声说，我回去啦！转身便消失在月色中。

但是，刘大刚仍坐在门边，一动不动地坐着，只是有时抬头来望天上那寒冷的月亮一眼，有时又望着那朦胧的夜色发呆。他一直坐到了天亮。

早上，刘大刚跑到大彩家来。他在门外站了很久，最后推门闯进来。大彩爹瞧着他问，二彩好啦？刘大刚不答。刘大刚对大彩说，大彩，你跟我一块儿带二彩上省城去。大彩爹说，不，甭去，医院治不好的。刘大刚回头来瞧大彩爹一眼，说，你甭管，现在二彩是我媳妇了。大彩爹还想说什么，可是刘大刚已经掉头走了。

大彩赶到刘大刚家来看二彩。大彩瞧见二彩身上仍穿着那套粉红色新娘衫，顿时都明白了——昨晚刘大刚和二彩什么也没做。大彩皱眉头看着刘大刚说，你不跟二彩好，她的病怎么好得了？刘大刚瞪着大彩，不好气地说，哼，你叫我强奸她吗！大彩一怔，又望着刘大刚，她的心情很复杂。她想了很久后，又说，大刚啊，你没和二彩先好上，把她的病治好了，她闹着不肯跟你，咋办呀？刘大刚发火了，骂起来，混账，你还是她亲姐吗！大彩低下头去，不再说啥了。

二彩关在省精神病医院治疗了一个多月，好了。大彩把二彩接回家来了。但是，二彩死也不肯嫁刘大刚，也不承认她是刘大刚的媳妇。大彩爹很为难，硬要送二彩到刘大刚家去。他很感激刘大刚，现在他已经确信刘大刚不坏，不能对不起刘大刚，更不能失信，不能过河拆桥。他说二彩已经嫁出去了，泼出去的水收不回了。大彩也很为难，但是她不同意这样逼二彩，她叫她爹别急，待她亲自去和刘大刚谈一谈。

刘大刚坐在庭前喝酒，自从二彩回到家那一刻起便开始喝，已经醉醺醺的。刘大刚发觉大彩走进他家来了，但是他没瞧大彩，端起酒碗，瞧着碗里的酒问，二彩回来啦？大彩点点头。又问，好啦？大彩又点头。刘大刚喝一口酒，突然哈哈哈哈笑起来。大彩很莫名其妙，刘大刚怎么啦？她从没见过刘大刚这个样子。大彩小心翼翼地在刘大刚面前的一张板凳上坐下，然后瞧着刘大刚嚅嚅地说，唉，二彩，她——她不肯到你家来呢。刘大刚愣了一下，眉头皱了皱，但很快便笑起来，他放下酒碗说，嗨，这个二彩真是的。大彩心里一阵紧，愣着。一会儿后，她有些为难地问，咋办呀？刘大刚忽然转头来看着大彩，傻傻地看着，然后说，谁叫你们要送二彩到我家来？大彩很疑惑，也奇怪地睨着刘大刚，但是她说，你把二彩娶过门了，她已经是你的媳妇了，她……刘大刚又哈哈大笑起来，头一仰，把碗里的酒喝光，搁下酒碗，歪着身子，眯着醉眼摆手说，嘿，不算，那天没放鞭炮，还不算！大彩呆了。刘大刚往碗里斟酒，一边斟一边瞧着那酒问，我大刚不坏吧？大彩瞧着刘大刚，摇摇头。刘大刚又问，我不是混蛋吧？大彩又摇摇头。刘大刚又大笑，哈哈哈哈，接着，如释重负地吐出一口气，抬起头大声喊起来，我刘大刚不坏啦，我刘大刚不是混蛋啦！他又把一大碗酒咕咚咕咚全灌进喉咙，但是他突然不醉了，他很清醒地对大彩说，你回去吧，没事了，啥事都没了！不过……不过你要跟你爹说，二彩治病的钱要还我。说着，他居然流出泪来。大彩已经站起来了，但是她仍瞧着刘大刚，她的泪水也忍不住往外涌。